世紀末
的
誘惑

曾紀鑫長篇小說

推薦序　鄒原的話語意義及主人公形象分析

冰馬

一部歷史肯定有一個中心話語，作為一種分析方法，話語理論已成為歷史寫作的一個重要理論。通過文本「窺視」歷史尤其是歷史人物存在的祕密是正本清源的有力途徑。在曾紀鑫的長篇小說《世紀末的誘惑》中，鄒原作為紫瓦村的歷史話語言說者，為我們提供了一個獨特的話語意義分析文本，同時也為當代中國農村的變遷史提供了一個有力的佐證。

從本質上看，鄒原已經失去了傳統農民的典型意義。作家在這部題為《世紀末》三部曲之一的長篇處女作開篇，便向讀者這樣做述：「鄒原退伍回到了紫瓦村。退伍後的鄒原仍穿著一身綠色軍裝。這是一套嶄新的軍裝，鄒原穿上它走在秋天的山野裡，一團耀眼的黃。」

紫瓦村通往大千世界的道路尚不是汽車的通途——這是一個極端閉塞的自然村落（部落），村民們日出而作，日落而息，保持著原始村莊的大部分樸拙習俗。而從這裡「出走」「轉了一圈，又回到原來的起點」的鄒原，其「內心深處，卻不時地湧動著一種莫名其妙的失望與惆悵」。他的內心感歎為我們提供了有力的證詞：

沒意思，沒意思，真他媽的沒意思！鄒原在心裡說著，右腳將一片雜草踏平，一屁股坐了上去。摸出一支香煙，劃一根火柴，慢悠悠地吐出一口煙霧。秋日的太陽暖暖地照著，柔和宜人。鄒原感到全身無力，長長地扯了一個呵欠，伸伸懶腰，朝後一躺，融入草叢。

什麼才有意思，怎樣才能有意思呢？他問自己……

退伍僅是他的第一次遭遇，還沒有真正回到故鄉，還沒有來得及展開自己真正的人生經歷，便感到這般無奈與困惑。而隨著生活的戲劇性場景不斷轉換，無論是偷情還是無意中陷入「黑道」，無論是打架鬥毆還是暴發後紙醉金迷，這種情緒總是不停地侵擾著他，這有點像王朔筆下的人物形象；對一切具有「神聖」「崇高」「嚴肅」「高雅」的東西予以褻瀆、輕鬆調侃、尖刻的反諷甚或近乎滑稽的戲擬，這正說明鄒原失去了傳統農民的本份。不思進取的話語方式，已浸染了世紀末的「無家可歸」的焦躁、衝動、頹廢中不願沉淪的情緒。同時這種城市人的「後現代主義」話語方式已經暗暗蘊含了鄒原後來的一系列日常生活事件的悲喜劇。

著名評論家程光煒先生曾指出：「歷史為歷史中的個體構建了一個綜合環境，在這一特殊環境當中，歷史已經設定了個體生命存在選擇方式的幾種可能性。因此，個體的活動，包括思想趨向……無論呈現怎樣的形態，體現多麼大的創造性，實際上都已在某種程度和範圍內蘊含於歷史的必然性。一般人根本無法真正超越他的時代，無法突破總體的歷史文化語境。」（《中國詩選・NO.1》）在當代農村變革的歷史文化中，鄒原作為紫瓦村這一典型語境的話語言說者，通過積聚了農村基層——農業村莊的滄桑變遷「經驗」，其話語意義也逐漸向我們揭示出來。日本當代文學批評家桑原武夫在《文學序說》一書中論及「小說的價值」這一問題時，指出小說能使特定時代的社會得到一定程度的反映，並充分地表現「人」，為讀者提供關於人生的知識，使讀者「產生窺見他人祕密的感覺」。鄒原——這個作家為我們創造的話語文本人物，其實向我們據供的，正是我們這個特殊歷史時期的一個典型的新農民話語方式。

一、追求知識

小說特意為鄒原安排了一個令其父親鄒啟明深感驕傲、言聽計從的弟弟鄒始——大學畢業教書、後任《墨市日報》記者——的出場，並將「原始」兄弟之間緊密聯繫起來。鄒始實際上是鄒原形象的一個補充材料，他自始至終為鄒原的生活前途出謀劃策。鄒原因鬥毆判刑入獄是鄒始利用知識與社會關係為其「翻案」；鄒原暴發後沉浸於紙醉金迷之中時，鄒始為其構畫藍圖並引導幫助他回鄉開辦紫瓦村的第一家私營磚瓦廠，走上自強道路；當磚瓦廠被洪水沖毀，鄒原經過適當的心理與生活調整後被鄉民推選為村長時，又是鄒始為其獻策，以村委會名義與臺胞、鉅賈姚一葦取得聯繫，重新邁出帶領村民走共同富裕道路的步伐。鄒原不斷接受知識份子再教育，而且由最初在迷惘中被動接受發展到後來的主動向鄒始請教，就已經完成了這一話語意義的構成。當然，鄒原在無意中走上「黑道」，並充任老大，被小學校長陸老師（姚一葦之弟姚一帆，原地下共產黨員）一記耳光和一頓責罵後猛醒的情節，則為這一話語意義提供了又一個佐證：知識的力量是無窮的，既改變人的思想、精神狀況，又為物質狀態的改變提供條件。可以說，知識的這一「原始」結合方式為紫瓦村的話語方式變遷帶來了一股強勁的活力。

二、崇尚權力

波普爾在《開放的社會及其敵人》中曾經深刻地揭露：「崇拜權勢是人類最壞的一種偶像崇拜，是牢獄和奴隸時代的遺跡。」中國傳統的權力中心話語系統雖然在改革開放中逐漸向社會經濟文化的各個話語系統開放、擴散，但當代農村由愚昧向文明過渡，仍然需要集中在權力中心話語系統中，並通過新一代當權者（農村基層幹部及其集體）長期而卓有成效的引導，逐步改造這一中心話語系統並不斷完善其他話語系統，尤其是知識話語系統，從而完成農村精神文明的改造任務。

鄒原作為退伍軍人，又接受著知識份子的再教育，他已經開始輕視權力的傳統價值。雖然他充任「黑道」老大也能在紫瓦村及其周圍「呼風喚雨」，甚至為了復仇，命「兄弟」將其仇人——以往的戰友、副鄉長劉松林的卵子剜去，但他毅然辭去了「大哥」之職。當然，這種權力的道德倫理與法律的意義是絕對應予以否定的。當村民和上級選擇他出任村治保主任時，他也經過幾番內心鬥爭甚至推諉後才被動地接受，但他很快嘗到了「當權者」的甜頭：出任「老大」後，他起草並頒佈「原則和紀律」，將以往的一幫地痞、流氓管理得循規蹈矩，並使用「家法」懲治一位「違紀小兄弟」而威震一方；任治保主任期間，他「槍打出頭鳥」般地將村裡兩大抗稅典型說服，解決了村委會的一大難題，為紫瓦村的建設作出了貢獻。這些經歷與經驗促使他後來得知自己被推舉為村長時，開始主動地認真思索，並向記者弟弟鄒始討教治村策略與方案。新一代農村基層幹部——農村權力話語系統的主力形象和意義便通過鄒原這一話語言說者開始顯現出來。小說結尾處描述了這樣一段對話：

鄒原一路長送。他說：「弟，弟媳，下次你們回來，就不必步行了。過幾天，咱們村，就要開工修路了。到時，你們坐車直接到家門口下。」

鄒始鼓勵道：「哥，你一定要沉住氣，好好幹，給咱們紫瓦村人爭光。那天，你也算是立了一塊不朽的豐碑了。」

鄒原說：「我決心大著呢，我甚至想，咱們一九九七年收回香港，我就把生意做到那兒去。」

這段文本背後所潛藏的語詞指稱著農村權力話語系統的新神話開始了，這一點有些類似所有童話的開始句：「很久很久以前，有一位……」緊接其後該是更厚重而美麗的新故事。

三、自我意識的覺醒以及「窮則思變」精神的顯現

梁啟超在《中國學術思想變遷之大勢》中，曾經以喜保守、主勉強、畏天命等表述中國傳統的思維方式、道德觀念、心理狀態。中國傳統的農業生產是一種分散孤立的小農經濟，生產水準低下。為了在更大範圍內解決生產小準與消費需求的矛盾，人們寧可走向普遍的貧窮或貧窮的普遍化。所謂「簞食瓢飲，不改其樂；淨心寡歡，拘束身心；窒欲攝生，知足常樂」；所謂「存天理，滅人欲」「安貧樂道」等，都是為了從生產水準與消費欲望的衝突中求得精神的慰藉與解脫。雖然這一傳統守舊的話語形態自辛亥革命前後起開始在思想、文化、政治等各個領域進行討論及變革實踐，但直到當下的農村，仍處處顯示其系統的強大力量。因而從鄒原的話語方式的逐漸演變及新話語系統的形成過程中，我們能感受得到自我意識的覺醒與「窮則思變」精神顯現的巨大意義對傳統農業文化話語系統的根本反動。

鄒原作為作家筆下新農民話語言說者的典型，通過退伍時連長的提醒、鄒始的點撥以及此後一系列生活事件的教訓，找到了一個強烈而清醒的說辭，一首幾代人反復吟唱的歌詞：「從來就沒有什麼救世主，也不靠神仙皇帝，要創造人類的幸福，全靠我們自已。」「不要說我們一無所有，

我們要做天下的主人。」

鄒原退伍時，連長曾批評他滿腦殼的農民意識，他一直不理解，從根本上說，是他沒有弄懂「農民意識」的涵義；當他經歷因一時義氣觸犯法律而入獄、出獄後涉足黑社會、違法販賣銀元暴發、在愛情方面慘遭桃子拒絕後因迷惘而紙醉金迷等一系列生活變故的打擊後，本欲從知識份子弟弟鄒始處尋得一些安慰時，卻遭到他嚴厲的斥責：

鄒始冷冷地說：「除了農民意識外，我還要給你再加上幾個意識。」

「什麼意識？」

「流氓意識、阿Q意識，破壞意識、虛無意識，還加上一個犯罪意識！」

鄒原倒抽了一口冷氣，好半天說不出一句話。

……

鄒原說：「弟，我認真地想想，你說的也有些對。可是，我怎樣才能擺脫農民意識呢？我應該具有什麼樣的意識才行？工人意識，幹部意識，記者意識還是什麼知識份子意識？這些，你叫我怎麼做得到呢？」

鄒始說：「你具有的，應該是主人意識。時時把自己當個主人來看待，來行動，我想你就不是現在這個樣子了。」

情節發展到這裡，鄒原開始真正地自我覺醒了。小說有了前面鄒原的一系列生活變故的情節鋪陳，他突然醒悟便成理所當然；同時，這一覺醒又進而促使他的性格中開始顯現出「窮則思變」

的精神。正是由此開始，鄒原在鄒始和村委會的幫助下開辦磚瓦廠，爾後被推舉為村治保主任、村長；也正是從此開始，他逐漸認識到自己內心裡火熱的追求和性格中奮爭的一面。這也正是整部小說意欲揭示的一個重大命題，所以作家在小說結尾處借用鄒原的敘述指出：「這是一個沒有尾聲的世紀，從舊世紀末向新世紀初的過渡與邁進，猶如門的閉合與開啟，在那短暫的一瞬，將會成為永恆的歷史。是否燦爛輝煌，就全靠人類自身如何奮鬥，怎樣握持了。」這也正應合了小說命題的意圖。

廣闊的歷史話語系統發展趨勢本質上是由個體話語系統和話語子系統的歷史演義所創造的，也就是說，個體話語系統構成歷史中心話語系統。鄒原話語方式的演變，毫無疑問地代表著我們這個時代農村話語方式的漸進及新話語系統的萌芽。

推薦者簡介：冰馬，湖北師範大學歷史學士，同濟大學創意寫作碩士（MFA），詩人，獨立文學批評家，現居上海。著有詩集《雪地上的血跡》、《修辭》《挽歌的另一種形式》、《冰馬詩選》，詩歌時評文集《在詩歌沙龍中學習寫作》以及實驗話劇、小說批評文論等。譯著有法國喬治•巴塔耶《眼睛的故事》、《愛德華妲夫人》等。

目次

一

鄒原退伍回到了紫瓦村。

退伍後的鄒原仍穿著一身綠色的軍裝。這是一套嶄新的軍裝，鄒原穿著它走在秋天的山野裡，一團耀眼的黃。沒有了領章帽徽，他倒覺得自在極了。

然而，內心深處，卻不時地湧動著一種莫名其妙的失望與惆悵。轉了一個圈，又回到了原來的起點，似乎得到了一切，又似乎什麼也沒有得到。

於是，軍裝在他心中，便成了區別於普通農民的唯一標誌。

只有穿上它，才覺得這幾年的日子沒有白過，才感到一種自尊、自信與優越，內心才得到一種安慰與平衡。沒意思，沒意思，真他媽的沒意思！鄒原在心裡說著，右腳將一片雜草踏平，一屁股坐了上去。摸出一支香煙，劃一根火柴，慢悠悠地吐出一口煙霧。秋日的太陽暖暖地照著，柔和宜人。鄒原感到全身無力，長長地扯了一個呵欠，伸伸懶腰，朝後一躺，融入草叢。

什麼才有意思，怎樣才能有意思呢？他問自己。頭頂的天空很高很遠，藍得耀眼，幾朵白雲悠閒地飄蕩。

好久沒有這麼望天了，西北的天空，硬是與南方的不同。一望無際的戈壁、沙漠、草原，天空像一個大蓋子，嚴嚴地罩著，憋悶、壓抑，哪有南方的天空高遠明朗？那一天，他和戰友王鴻彪迷了路，他們漫無目的地走著，除了戈壁灘，還是戈壁灘。而天空，就像一口倒扣的鐵鍋，將他們閉在其中。往前、往後、往左、往右，走來走去，就是走不出漫漫無涯的戈壁，走不出鐵鍋似的閉鎖，那種透入骨髓的孤獨、渺小與絕望，他一輩子也忘不了。

鄒原本來可以不回紫瓦村的。新建一個大規模農場，需要一批志願兵出力流汗，雖然仍是兵，但可以十年八年乃至一輩子地留下來，幹下去。連長徵求他的意見，動員他繼續待在邊疆為祖國作貢獻。他說：「總歸是個兵，有啥當頭？要我說，還是回家好。」「滿腦殼的農民意識！」連長做不通他的思想工作，臨走時甩下這麼一句話。哼，我才不農民意識呢，又不是上軍校提幹，留下來屁用！在農場幹活，說到底，還不是個農民？一個既拿槍又種田的特殊農民！況且，還算個軍人，規矩多，束縛也多，哪有回家好？於是，鄒原就回來了，回到了生他養他的紫瓦村。

回來後卻覺得一切都沒有意思，百無聊賴極了。連長的臨別贈言——「農民意識」，一直在他腦裡嗡來嗡去，怎麼也揮散不去。農民意識、農民意識……難道我真的農民意識？不，我偏偏不能農民意識！就衝連長這句話，我也得幹出點名堂來，給他一個回應。我一定要連長有朝一日收回這句話，我偏不要農民意識！怎樣才能做到不農民意識呢？回到紫瓦村這個偏遠的山村，不農民意識又能有怎樣的高級意識呢？工人意識？幹部意識？商人意識？……鄒原困惑苦惱極了。回到村後的一些東西深深地糾纏著他，他感到孤獨寂寞，心灰意冷。好些天來，他像一個黃色的幽靈，沒有目的地四處遊蕩，無精打採地與鄉人打著招呼。有時，遇到兒時的夥伴，興致來了，也會神吹海聊一番，大講而特講幾年來的軍人生活。其中吹得最多的是他如何如何地吃苦，練就了一身了不起的武功。他說，就是因為功夫練得太棒了，結果犯了一個錯誤，一次抓逃犯，上面要活的，碰巧那傢伙撞在他的手上，幾個回合下來，竟被他一拳給打死了。唉，要是弄個活的，我早就提幹了，也就不會退伍回到紫瓦村了。他很惋惜，聽者也無不為之感到遺憾。

今天，他改變了路線，往山上走。他總覺得自己要找尋什麼，然而又什麼也沒有找到。他很失望，但沒有絕望。躺著，就這麼悠閒地躺著，也是一種享受。好久沒有享受這種獨特的舒適了。突然，他感到了一種異樣的響動。軍人的敏感使他下意識地翻身伏在地上，像獵犬般機警地透過草叢觀察前方。山坡上，一團豔麗的紅色晃動著移了過來。他的目光粘住那團紅色，慢慢就看清了，那是一個提籃少女。少女長得很漂亮，紅襯衣更是將她裝扮得風韻依依、楚楚動人。她是誰，獨自一人走在這寂靜的山野？那籃裡裝的是什麼？頓時，鄒原的心中湧出一股莫名其妙的激動，覺得眼前的一切突然間變得很有意思起來了，並且格外地美好。秋日的陽光，寂靜的山野，斑黃的雜草，青翠的松柏，襯托著一個生動活潑的少女，燦爛而明亮。他的心裡充滿了溫柔與浪漫，腦裡迅速地構想著一個纏綿動人的故事。不知不覺地，那少女走到了他眼前。「啊，是桃子！」他差點叫出聲來。是的，不錯，正是桃子，她挽著竹籃，踏著依稀可辨的山路，正往山下趕。

「桃子，」他站起身，還是叫出了聲。不過他儘量壓低聲音，他擔心突然的叫喊會使桃子受到驚嚇。桃子一愣，前伸的腳步突然止住。「你……你是……」桃子那雙滴溜溜的大眼裡露出萬分驚恐，她看看四周，隨時準備逃跑。「桃子，我是鄒原，鄒原啊！」鄒原一步步走了過來。「噢，是原哥。這幾天待在家裡沒出門，不知道你回來了。」她認出了鄒原，防範緊張的心理頓然鬆弛，話也流暢了。「突然鑽出一個男人，我還以為是個壞蛋、流氓呢！」桃子輕鬆地笑了。「怎麼，你連我都不認識了？」「瞧你說的，當然認識呀！但你當兵一走就是好幾年，臉相也變了一些，猛地一叫，嚇了我一跳，一下哪能認得出？」「要說變，桃子，你才真的變了。」「我變了？沒有啊，我一直就這麼個老樣子嘛。」「你變得越來越漂亮了，真是女大十八變，越變越好看。」桃子不做聲。鄒原趕緊道：「嗯，桃子，我是說，你原來就漂亮，現在變得更加漂亮了。」桃子的眼睫毛垂了來，一縷哀愁罩在臉上：「我不要漂亮，漂亮不好，真的。大家都說我長得漂亮，當面這麼說，背後也是這麼說。走到哪，都朝著我望，弄得我好不自在。我快成一個壞人了，一舉一動都有人監視，一點小事，就會給傳得風風雨雨。真的，原哥，漂亮一點都不好，它不能使你得到什麼，只會帶來不少麻煩。」輪到鄒原沉默了，想不到桃子會說出這麼一番話來，他不知該說些什麼才好。「一次，我媽不知為什麼事傷心，不禁歎道：『紅顏薄命，紅顏薄命啊！』我永遠也忘不了媽的這句話。有時，我真想把自己的臉毀了，那樣一來，又會變得很醜，我……我下不了這個狠心……」

鄒原趕緊扯開話題：「噢，忘了問你，這幾年，你媽還好嗎？」「好什麼，一直病病歪歪的。」桃子的心情更加沉鬱了，「我媽這輩子活得太苦了。其實，她完全可以過得很好的，就是不願意。有些事我都勸過她好多次，她誰的話都聽不進去。噢，你看我，光站著說話，這裡還有桔子呢。」桃子說著，從拎著的竹籃裡挑出兩個青中帶黃的大柑桔遞給鄒原，「媽想吃，我上林場果園買的。」鄒原接了，又馬上遞回去，說：「不，我不要，還是帶回給你媽吃吧。」「我買了這麼一籃子，多著呢。」「我家也有很多，這幾天都吃膩了。」「哦，對了，剛才林場的厚彬告訴我，說村裡的幹部每人分了五十斤，都是優惠價。你爸是書記，當然少不了。」厚彬的話也許是真的，但鄒原回家這些天，卻沒有在家裡見到一個桔子。父親是個老黨員、老支書，為官清廉，原則性強。那五十斤桔子，說不定送給了別的什麼人，像五保戶、貧困戶之類的。幾年沒有嘗到故鄉的柑桔了，鄒原很想吃上一頓。只是桃子的桔子是為她母親買的，這才咽著口水推辭了。「家裡的桔子挺小，哪有你的這大這好？」鄒原只好將謊話說到底。「那就吃上一個吧。」鄒原不再推辭，接過桔子剝了，掰一半遞給桃子：「你也吃吧。」桃子嫣然一笑，推開鄒原伸過來的手：「我還沒來得及嘗呢，那個你吃，我再剝一個就是了。」桃子放下竹籃，開始剝桔皮。「站著多累，桃子，乾脆坐一會吧。」桃子環顧四周，道：「坐就坐吧。」桃子往旁邊挪了挪，覷上一塊厚實的草叢，坐在上面。鄒原緊跟著走了過來，弓下腰，準備坐她身邊。桃子馬上嚷道：「喂，你坐遠點！」又加上一句，「要是有人瞧見了，又得說閒話。」

鄒原只得老老實實地站起身，拉開一段距離，坐在桃子對面。「水分足，一點都不酸，味道好極了。」鄒原盯著桃子的臉，將一瓣桔子丟進嘴裡說道。桃子掰一瓣在手，放在嘴裡吮著：「嗯，味道是不錯。」也望著鄒原，「原哥，這回探親該有好些天玩吧？」「玩？」鄒原苦笑道，「玩到底，不走了，就這麼玩下去。」「你是說……」「退伍了，再也不走了。」「我看你穿著軍裝，以為還在部隊呢！」「穿了這幾年，有了感情，捨不得這身黃皮。」「黃皮？」桃子噗哧一聲笑了，「姜幺妹就是喜歡你這身黃皮呢！只要一提到你，她就眉開眼笑，你這黃皮給她增光添彩呢！」提到姜幺妹，鄒原的心情頓時沉重起來，又覺得沒有意思了。「桃子，咱們在一起，莫提姜幺妹好不好？都一個村的，你又不是不曉得，我們是搖窩裡開親，典型的父母包辦。」「前些日子，俺們幾個姐妹碰在一起，姜幺妹還說，只等你一回家，就成親完婚呢，她的嫁妝都準備好了。」「完全的一廂情願，我什麼時候跟她說過要結婚？自作多情！」「你這麼說，姜幺妹要是知道了，不知傷心得怎樣呢。」「我可管不了那麼多，現在都什麼時代了，還興包辦婚姻嗎？」

桃子不再說話，她將桔皮放在手裡揉捏著。鄒原學她樣子，也用食指與拇指捏搓桔皮，一股辛澀與芬芳直衝鼻端，忍不住打了一個噴嚏。桃子嚇一跳，驚恐地望著四周。鄒原笑了：「桃子，你怎麼這般膽小呀，一個噴嚏都把你給嚇壞了。」桃子站起身，說道：「原哥，我得走了。」鄒原趕緊道：「再坐一會嘛，咱們好幾年沒見面，多說一會兒話都不行麼？」桃子說：「你回了村，日後見面的機會就多了，還怕沒有說話的時間嗎？」「以後是以後，現在是現在，我喜歡就咱們兩人待在一起。」桃子感到了鄒原射過來的火辣辣的目光，不敢抬頭望鄒原的臉。她站起身，想趕緊離開這裡，使使勁，腿像灌了鉛般的沉重，竟半步也沒有挪動。

鄒原呼吸迫促地挪了過來。桃子聽得見他那粗重的鼻息聲。鄒原聞到了一股溫馨的少女芳香，頓時熱血沸騰，伸開臂膀，不顧一切地撲向桃子。桃子往旁邊一閃，鄒原一個趔趄，差點摔倒在地。桃子生氣了：「原哥，你……你怎能這樣?!」鄒原道：「桃子，我心裡只有你，真的，只有你一個人。這幾年，我好想你。回村這些天，我像丟了魂似的，覺得什麼都沒有意思，不分白天黑夜地到處遊蕩，我也不知自己是怎麼了。直到剛才見了你，我才弄清，原來是在找你，到處找你呀！桃子，本來我可以留在部隊當志願兵的，好多農村兵都求之不得呢，可我卻鬼使神差地回來了。直到今天我才明白，我是為著你才回來的呀，桃子！」

桃子低頭默默地盯著自己的腳尖。

「我不喜歡姜幺妹，我從來就沒有喜歡過她。這幾年，我一封信都沒有給她寫過。但是我喜歡你，一直想你，在心底給你寫過好多封信，有一次還真的給你寫了一封，好長，有七八頁呢。信寫好了，我又不敢發出，恐怕你收不到，落在別人手裡，成為笑話。你不信？那封信還在，我把它鎖在箱子裡給帶回來了，我現在就可以拿出來給你看。桃子，我心底只有你一個人，真的，我要是說了假話，天打五雷轟！」鄒原急切地表白著自己的心情，開始賭咒發誓了。桃子搖搖頭，似乎很平靜地說道：「原哥，這是不可能的事。」「怎麼不可能？我偏要和你在一起，哪個也干涉不了！」桃子還是搖頭。「難道你有了意中人？」桃子又搖頭。「你是瞧不起我？」桃子還是搖頭。「桃子，你到底怎麼了，一個勁地搖頭。你又沒啞巴，倒是開口說話呀！」鄒原焦躁得直跺腳，又不敢向她靠近，就在原地急煎煎、可憐憐地瞪大眼望著。桃子囁嚅道：「你爸不會答應，姜幺妹不會同意，幺妹那當村長的爸不會贊成，我媽也要反對的。」「你不要管別人怎麼怎麼的，只要你答應，我什麼也不怕，哪個敢攔阻，我就和他拼命！」「你要拼命，人家就更會說我的壞話了，說是我勾引了你，帶壞了你，還會說我是妖精、破鞋，那些倒在我媽頭上的髒水，就會轉過來潑在我身上。原哥，你莫這樣！你的心我領了，你看得上我，我很高興，很感激，真的，但你不要逼我。你要是那樣做，就等於害我，也害了我媽。我在心底記著你就是了，原哥，請你原諒我，我只能這樣做！」

一陣山風吹過，鄒原冷靜了一些，他歎了口氣，說：「桃子，只要你心裡有我，我也就滿足了。我不逼你，但是我不會聽從人家的擺佈，去娶一個不愛的女人的。桃子，等著我，我會不顧一切地反抗的。你放心，我不會說出你來的，我要先跟姜幺妹解除婚約，然後娶你。現在，結婚了都可以離婚，何況我跟姜幺妹只是發了八字開了親！」

桃子慢慢抬起頭來望著鄒原，又準備離開。

「桃子，你真漂亮！」鄒原癡呆呆地盯著，情不自禁地讚嘆道。突然，他想起了什麼似的，開始在身上掏摸。不一會，就從上衣口袋掏出一個閃閃發光的胸飾。他將胸飾從那透明的小塑膠袋中拿出，慢慢地走向桃子。「桃子，我跟你戴在胸前吧。」「不，不，我不要！」桃子連連擺手，「你還是送給姜幺妹去吧。」「你以為我是給她買的嗎？不是，我是買給那個值得我愛的人的！要是送給姜幺妹，那天晚上我爸催我去她家，不早就給她了嗎？」

桃子猶猶疑疑地望著走近的鄒原，感到了對方火熱的心跳，全身不由自主地顫慄著，右手慢慢伸向對方。「原哥，你要是真的送我，就讓我自己戴上吧……」

鄒原將胸飾遞給桃子，趁勢抓住她那白嫩豐潤的手掌。頓時，他感到了桃子掌心的濕漉與滾燙。桃子則感到了一陣難以抑制的暈眩，她定定神，突然一使勁，掙脫了鄒原的抓握，可那胸飾，仍緊緊地攥在手中。她轉過身，提了竹籃，風一般地跑下山坡。

鄒原沒來得及反應過來，桃子一拐彎，鑽入樹叢，那團紅色就從眼裡消失了。他不由自主地跟著跑了幾步，又突然止步，呆愣愣地站著。望著桃子跑入的那片樹叢，鄒原大聲喊道：「桃子，你一定要等我呀！」

山谷在回應：「等我……我……我……呀……」

桃子當然聽到了這發自肺腑的呼叫，然而，她終於沒能等著鄒原。五年多以後，當她與鄒原再次相會時，那種透入骨髓的心酸，使她悲痛得差點暈了過去。

二

當時的鄒原興奮極了。他覺得生活太有意思了，退伍回家，這一選擇實在是太高明了。否則，就永遠與桃子無緣了。他在內心感謝冥冥之中的上帝，是它引導著給了他一次與桃子邂逅相遇、傾訴衷情的良機。他彷彿回到了童年，情不自禁地在草地上翻著八叉，顛來倒去地折騰自己。後來，又開始練習在部隊學習的拳擊與格鬥。

他累得氣喘吁吁，全身是汗。然後坐在草叢中，獨自回味與桃子相遇時的每一個細節，感到幸福極了。山風拂過汗濕濕的身子，清新、涼爽而舒適，像一隻溫暖的大手撫摸著他疲憊的身心。

他不知不覺地進入了溫柔的夢鄉……

一陣鞭炮炸響，飛舞的紙屑飄落在全身著紅的新娘桃子身上。鼓樂隊賣勁地演奏著，那嘹亮的嗩吶聲牽引著新娘輕盈的腳步邁入了富麗堂皇的新房。到處是喧鬧聲、歡歌聲、笑語聲。賀喜的客人，跑堂的幫工穿梭般來來往往，雜亂中透出有條不紊的佈置與安排。一切都按預定的設想進行著、發展著……客人散盡，燈火闌珊。他在朦朧的醉意中走向燦若桃花的桃子，呵桃子，一隻比王母娘娘蟠桃會上還要美麗的桃子！他與桃子相擁在一起。他將桃子抱上新床。他開始急促而粗魯地解除包裹著桃子的紅色服裝。他陶醉在一片耀眼的白色之中。滿地碎銀，滿地月光，滿地雪白。他感到他擁有世上的所有財富，他比百萬富翁還要富有，還要幸福……

鄒原醒來時，太陽正慢慢地沉向西邊那遙遠的山巒。山風吹過，他感到一股涼意，不由自主地打了一個冷噤。又感到下身冷冰冰的，用手掏摸，裡面粘乎乎的一片濕漉。想到剛才的夢境，他明白了是怎麼一回事情，頓時覺得身子一陣虛弱。定定神，深深地吸了幾口氣，然後喝醉了酒似的搖搖晃晃走下山去。

紫瓦村家家戶戶，屋頂皆蓋一層藍褐得近乎紫黑色的小瓦，但四周的牆壁，其質地、顏色卻迥然各異，或紅磚，或青磚，或土牆，或木板，或泥糊蓬蓽，因各家各戶的經濟條件和實際能力而定。村西臥一碩大湖泊，將毗鄰的南北兩個省份緊緊相連。湖曰牛浪湖，它靜若處子，碧波蕩漾，溫柔有加。若刮大風，則卷起滔天巨浪，那一個個浪頭猶如發怒的紅眼牯牛，可將一切舟楫粉碎得蕩然無存。每當大風來臨之前，牛浪湖總是死一般地寂靜，故而又有人稱之為死湖。死湖這個名字不甚吉利，沒有多少人叫它，但在內心深處，人人皆知牛浪湖還有這麼一個別名。一條無名小河牽引著牛浪湖清澈明淨的湖水從紫瓦村旁流過，流經無數村莊、集鎮，接納小溪流水，與幾條同類小河匯成一條名曰松西河的大河，然後注入滾滾東去的長江。每到春天，成群結隊的鴨鵝在水中嬉戲、遊玩……紫瓦村人，家家戶戶，門前皆辟一塊平展的稻場，屋後栽種翠竹、柳樹、楝樹、白楊。那些豬羊狗貓、雞鴨鵝兔，便在竹叢樹林間憩息，悠閒自在。各家各戶，自成一個獨立的生態循環系統。

紫瓦村有青翠的山，碧綠的湖，流淌的河，真可謂山青水秀景色迷人。那橫跨小河的小橋與清一色的紫瓦，更是給紫瓦村平添了不少別致與情趣。然而，它坐落在兩省交界之處，環境閉塞，交通不便，屬那種典型的天高皇帝遠的窮鄉僻壤，它的美實在難以為外人所知。而生活其中的人們整日為著生計奔波操勞，誰又有那份閒情逸致去欣賞它的優美呢？

鄒原在緩緩起伏的山坡上走著，心情格外舒暢。近段時間，他還從來沒有像今天這樣激動興奮、舒適愜意。他一邊行走，一邊欣賞四周的風景，似乎第一次發現故鄉的美麗。

村中家家戶戶，已嫋起炷炷炊煙。藍色的炊煙飄蕩著，與升起的薄霧融為一體。青色的紫瓦，藍色的炊煙，青翠的山嶺，深藍的天空，它們組合在一起，構成一幅藍色風景，比那圖畫還要優美動人。

鄒原在心中讚歎著，不知不覺就走進了紫瓦村。

一進紫瓦村，姜幺妹的形象便凸現在眼前，心情頓時變得鉛般沉重起來……

＊＊＊

退伍回家的當天晚上，父親鄒啟明就催促他去姜幺妹家。

鄒原回道：「我人好累，過兩天去不行嗎？」父親說：「過兩天去和今天去，意義可就大不一樣了。剛回就去他家，人家會說你原娃沒忘本，會做人，幾年兵沒白當，大有出息了！」

鄒原想，不管遲早，姜幺妹家總得要走一遭，躲是躲不脫的。況且，幾年沒見面，姜幺妹變成了什麼模樣，也值得去見識見識。他對姜幺妹的確沒有半點特殊情感，他們倆在搖窩就訂了親，因為這層關係，夥伴、同學們經常拿「小倆口」來嘲笑、耍弄他。他可以和村裡的其地姑娘們玩耍嬉戲，但只要一和姜幺妹接觸，就感到怪怪的彆扭。他擔心、害怕別人的嘲弄，而那些善意的玩笑，在他幼小的心靈裡對姜幺妹產生了一種厭惡的逆反心理。

因此，他從來不和姜幺妹待在一起，兩人連一句話也不說。他們這種獨特關係在他童年與少年的生活中打下了深深的烙印。即使長大成人，那種長期積澱的隔膜，實難使兩顆心靈產生互相碰撞的激情。

姜幺妹父親姜自發與鄒原父親鄒啟明原是一對生死與共、患難相依的朋友。他們同年同月生，一同玩耍一起放牛，長大後都成了地主姚一葦家的長工。後來鬧起了革命，他們一起參加遊擊隊。一次，他們所在的青龍遊擊隊遭到了地主姚一葦帶領的綏靖保安團的埋伏與襲擊。一顆子彈擊中鄒啟明肩胛，還沒等他反應過來，又一顆子彈射入他的大腿。要不是姜自發死命相救，鄒啟明早已命赴黃泉。解放後，紫瓦村改為紫瓦大隊，鄒啟明成了大隊支書，姜自發則當上了大隊長。後來，大隊又改回為村，鄒啟明仍是村支書，姜自發順理成章地就成了村長。對姜自發的救命之恩，鄒啟明一直感激不已。後來，他們的妻子幾乎是同時懷上了孩子。兩個女人的肚皮日漸隆起，預示著小生命的降臨。這一天，兩個老朋友聚在一起喝酒，酣暢之際，鄒啟明提議，這倆孩子，若都是男的，要讓他們拜為兄弟；都是女的，就結為姊妹；若是一男一女，那就讓他們結為夫妻，百年和好，讓長輩的友誼在下代延續。結果生下　男一女，兩家皆大歡喜，「洗大三」（荊楚一帶民俗，嬰兒出生第九天隆重慶賀）那天，兩家合在一起，大宴賓客，祝賀兩個小生靈的誕生。同時舉行了頗為莊重的訂親儀式，請來算命瞎子，根據男女雙方的生辰「八字」，推算吉凶，預測未來，並將兩人的

「八字」分別寫在紅紙上，在陣陣鞭炮聲中，雙方交換寫了「八字」的紅紙包，作為訂婚憑證。這種訂親儀式也稱之為「發八字」……

那天晚上，鄒原拎著一個鼓鼓囊囊的提包，包裡裝著自己帶回的葡萄乾、果脯以及父親為他準備的白酒、紅糖、糕點等，慢吞吞地來到姜幺妹家。

鄒原跨進她家門檻，姜幺妹一見是他，道：「是你？回來了？」

「嗯，回來了。」鄒原應道。

燈光下，姜幺妹雖不如桃子美麗，但也出落得眉清目秀、豐滿動人。鄒原精神頓時為之一振，心中湧出一股渴望與期盼。

但是，兩人見面後仍是無話可說。

沉默了一會，姜幺妹回頭衝屋內叫道：「媽，爸，鄒原回來了。」話音剛落，一閃身便不見了。

「呀，是原娃回來了，稀客，稀客。」姜幺妹母親從內屋走出，接過提包，拉著他的手，籲長問短。又搬過一把木椅，要他坐。

「咳，咳，咳……」姜自發拄著拐杖，也吭吭咳咳地走了進來。姜自發身體不好，一直臥病在床，聽說未來女婿到來，不覺有了精神，支撐著來到正屋。幾年不見，他已兩鬢蒼蒼，佝僂著腰，成了一個衰弱的老頭。「吭，吭，好，好，真正長成人了！原娃，你回來了就好，我心底一直記掛著呢……我這病很難診治，恐怕活不多久了呢，咳，咳，咳……」

不一會，姜幺妹端著一碗熱氣騰騰的荷包蛋遞給鄒原，說：「趁熱吃吧。」然後坐在一把靠椅上，又沒話了。

鄒原晚飯吃得飽飽的，出於禮貌，吃了一個蛋，喝了幾勺糖水，就放下了。

兩位老人一個勁地嘮叨著，鄒原嗯嗯啊啊地應付，難以進入他們的氛圍之中。

姜幺妹在一旁就那麼端坐著，如一個泥塑木偶。

鄒原心裡空落落的，終於尋到一個機會，起身告辭。

兩位老人挽留不已。

鄒原說：「反正退伍了，以後有的是時間，再來看望你們。」

姜自發說：「咳，咳，嗯，回來了也好，免得牽腸掛肚的。來日方長，經常來家裡耍啊……咳，咳……」

姜幺妹站起身，將他送到門口。

「幺妹，你把原娃送回去吧！」聽了母親這句話，姜幺妹這才跨過門檻，與鄒原一同走入溶溶夜色。

山村的夜晚很靜，農舍視窗透出點點燈火，搖曳忽閃，不時傳來「汪汪」的狗吠聲。兩人仍是沉默，腳步聲清晰可聞。鄒原只得無話找話地說：「這幾年，過得還好吧？」「好。」「沒到外面去轉一轉？」「一直忙著，哪有閒心到外面轉？」「你……不想到外面轉？」「不想。」隔一會，姜幺妹又補了一句：「想也不成，乾脆不想。」轉而問道，「你真的不去部隊了？」「退伍了，當然不去了。」「回家當農民？」「嗯，當農民。」姜幺妹突然一聲長歎。「怎麼，當農民不好？」「要是當農民好，怎有那麼多人往城裡跑？」這時，連長甩給他的「農民意識」四個字又頑強地冒了出來，他感到一陣冰涼，全身突如其來地湧出一股虛汗。沒意思，真沒意思，什麼都沒意思！他停住腳步，說：「你回去吧。」姜幺妹不做聲。鄒原又說：「送遠了，又得我送你轉去。」然後，扯開大步，踏踏踏地走了……

＊＊＊

此時，下山回家的鄒原，不想讓姜家人瞧見。不然的話，又得費心盡力地周旋應付一番。他不願做假，那種虛偽比要命還難受。他折向旁邊一條坑坑窪注的小徑，繞道走回家去。他不想傷害長輩們，但對姜幺妹，又實在是沒有半點戀情可言，不願就此苟合。

他下定決心，今晚就和父親攤牌，解除與姜幺妹的婚約，半點也不能動搖。如果不是今天遇見桃子，他也許還下不了這個決心，更不會如此迫切。姜幺妹也不乏動人之處，但與桃子那眩目的美麗相比，就不免黯然失色了。桃子的生動溫柔與姜幺妹的古板冷漠形成鮮明的對比。見到桃子，他有無盡流淌的話語，有昂揚激烈的情感，有充沛旺盛的力量，有瑰麗動人的夢想……桃子，才是他理想中的情人。他想，上帝造出桃子，就是為他安排的。他們是天生的一對，地配的一雙，誰也不能將他們拆散、分開！

踏進家門，母親在解著胸前的圍腰布，父親則坐在門彎裡，默默地抽煙鍋。

一見到鄒原，母親拍拍身上的灰塵，說：「正好，飯熟了，趁熱吃吧。」然後進到廚房去端菜盛飯。

父親磕了磕煙灰，慢吞吞地站起身，坐到桌前，聲音低沉地說：「原娃，你回來也有好些天了，總不能老是這樣到處閒逛呀，得謀個事才行。隔壁遊龍村和你一起退伍的那個劉松林，通過他舅在縣裡的關係，在咱們鄉當上了武裝幹事。今日上午我去鄉裡開會，已經宣佈了。從今天開始，他就算正式上班了。」

「噢，劉松林還有這層關係呵，這傢伙，一直瞞著我呢。」鄒原心情複雜地說。

「魚有魚路，蝦有蝦路，那是人家的本事，不服氣也不行。你在外頭當了幾年兵，算是長了不少見識，和普通農民應該有所不同，不能像做孩子時的那副老樣子了。要樹立一種新的形象，給人家一個好的印象，也就是說，你得有個軍人的樣子，時時處處，要嚴格要求自己才行！」

鄒原埋頭一口一口地扒著飯，對父親的話採取聽之任之的態度。當了幾十年支書，做了一輩子的思想政治工作，帶點說教腔，自然是在所難免，更何況面對的是自己的兒子呢？鄒原想。

「你吃呀，吃呀！」母親將熏魚塊和雞蛋一個勁地往鄒原碗裡搛。「一天到晚像丟了魂一樣的遊蕩，你要想開一點，當兵哪能人人都提幹？再說，當個幹部有什麼好？你爸不是當了一輩子幹部嗎？圖了個什麼？吃盡了的苦頭，得不到半點實惠。要不是我支撐這個家，大家只有喝西北風，討米要飯的份……」

「你少說兩句好不好？我跟原娃談正事呢！」鄒啟明用筷子敲了一下碗沿。

「你這人管得太寬了，連我說話也要管。」母親儘管抱怨，但還是住了口。

「你得像個軍人的樣子，我才好為你說上幾句話。」父親頓了頓，猶疑片刻，繼續往下說，「村裡缺個團支部書記，有人提議暫時讓你代理，還沒開會形成決議。能不能成，關鍵要看你回村後的表現，給人家留下一個什麼印象了。」

一個小小的團支書，管那麼二三十號團員。大家各種各的田，辦點事湊在一起也難。當又怎樣，不當又怎樣？鄒原想。

「你幹嘛老悶著不做聲呀？不說表態，起碼也得談談你的想法呀！」父親扒下最後一口飯，重重地放下飯碗，那雙筷子仍拿在手中指點著。

「怎麼都成，我盡力幹就是了。」鄒原也放下了飯碗，「我一直拿自己是個軍人，回家這多天，一身軍裝總是捨不得脫下來。換了別人，早就將這身黃皮給扔了。」

「這只是一個方面，重要的在於行動。」

「行動就行動，關公也有走麥城的時候嘛！」

「有你這話就行，」鄒啟明歎一口氣，又說，「還是你弟鄒始有出息一些。」

提到弟弟，鄒原不吱聲了，他自愧不如。弟弟鄒始高中畢業那年患了一場大病，誤了高考。回村當了一個通訊員，第二年參加高考，一考即中，上了省師範學院，成為紫瓦村走出去的第一個大學生。這次退伍回家路過省城，他去了鄒始處。弟弟混得不錯，當上了校學生會副主席。那言談舉止，也全變了，頗有几分儒雅的風度。他為自己有這樣一個聰穎智慧的弟弟感到高興與自豪，同時又自慚形穢不已。做兄長的竟不如弟弟，頗有幾分抬不起頭來。父親的話戳到了他的痛處，但又不得不服氣認輸。低頭悶坐著，鄒原難受極了。突然地，桃子的形象冒了出來，於是，很快又充滿了希望與自信。就是衝著桃子，也得好好幹一番才行啊！

他挺直身，對父親說：「爸，您要我幹什麼都行，我決不會給你丟臉的。不是說大話，我一定要混出個人模人樣來！但我也有一個要求……」鄒原猶疑地止住，望著父親嚴竣的臉。

鄒啟明輕輕地一揮手，道：「什麼要求，你說吧！」

「我怕惹你生氣……」

父親不耐煩了：「你儘管說吧。」

鄒原鼓足了勇氣，說：「我想和姜幺妹解除婚約。」

「什麼？」鄒啟明受傷的左腿不由自主地顫抖起來。

母親驚恐不安地望著父子倆，似乎預感到了一場暴風雨的來臨。

既然開了頭，以後的話就好說了：「我和姜幺妹半點感情都沒有，兩人在一起，就成了啞巴人。我不願就這樣和她生拉硬扯在一起，既害了她，也害了我。現在是新社會，男女青年都興自由戀愛，要雙方願意，情投意合才行……」

鄒啟明的臉色變得鐵青，他萬沒想到大兒子會提出這個要求，說出這麼一番話來。他咬著牙，盡力克制心中的怒火。「原娃！」鄒啟明威嚴地叫了一聲，鄒原頓時住口，「你在外面別的本事沒學會，倒是把這些東西學到了家呀！」

「全國都一樣，自由戀愛，自由結婚！」鄒原辯解道。

「自由自由，也不能隨心所欲地亂來嘛。不管怎樣自由，總得有個王法、講個道德才是！不是我說你，你自己認為這樣做像話嗎？對得住姜家人嗎？姜幺妹哪點差了？要貌有貌，要才有才，既賢慧，又能幹，配你綽綽有餘。你翹個什麼尾巴？當了幾年兵，就不知天高地厚了！」

「就是姜幺妹千好萬好，沒有感情總歸不成呀！」

「什麼感情？感情還不是培養的，我和你媽結婚前還不認識呢，後來不就有了感情？現在不是時興個什麼先結婚，後戀愛嗎？」

母親也在一旁開口了：「原娃，姜幺妹這丫頭，實在是不錯的。俺從小看著他長大，你就莫三心二意了。前些天，俺和她娘湊在一起，還合計著等你回來就完婚成親呢。」

鄒原說：「我也是二十好幾的人了，自己作得了主。你們不要逼我，逼也沒用！」

父親一拍桌子，大聲吼道：「哪個逼你了？跟你說話，也叫逼你！你說逼，我就逼又怎麼樣？

什麼事我都可以答應，但要解除姜幺妹的婚約，我是怎麼也不會答應的！」

鄒原脖子一挺，倔脾氣上來了：「逼也沒用，反正我是不會娶她的！」

「你要唱反調，看我不打斷你的腿！這村裡，還沒有敢和我唱反調的。翅膀上的毛還沒長全，就想跟老子硬呀！」鄒啟明氣紅了眼，抓起桌上的一個飯碗，「砰」地一聲摔在地下，碎片四處飛濺。

「打斷腿我也不同意！」

「你……你……個狗雜種！」

鄒啟明順手抓過一把椅子，就要撲向鄒原，母親趕緊攔在他們中間。「都二十多歲的大人了，哪能跟小時候一樣，動手動腳的？」她不知哪來的一股勁，一把搶過鄒啟明高舉的椅子，又對直挺挺站著的鄒原說，「你不要惹爸生氣，也得替他想想，你們這門親事，打從搖窩裡就訂起，如今也有二十多個年頭了。兩家一直當著親戚走，要是突然變卦，人家會怎麼看，怎麼說？你爸這臉往哪兒擱？再說，姜村長和你爸是一輩子的朋友，救命恩人呀……原娃，看在娘的面上，就不要發強脾氣了……」說著，渾濁的淚水頓時湧出，她抬抬胳膊，揩拭眼睛。

鄒原望著母親，左右為難，痛苦極了。

鄒啟明仍在怒吼：「狗日的，你這是在逼姜自發早死呀！要是有什麼風聲傳到他耳裡，我擔保他氣得活不到明天去。老姜病了一年多，一直還掛著個村長的職，大家都不忍心免掉他，怕加重他的病情。狗日的，你這是在逼姜自發早死呀！你這狗雜種，回來了是想要姜自發的命的啵？」

鄒原呆愣在屋中央，淚水在眼眶裡直打轉。

「鄒原，鄒原——」突然，有人在外面大聲地呼叫著。

三

鄒原強忍淚水，一轉身，衝了出去。

「原兒，你可要想開些，早點回來呀！」母親跟在他身後緊跑幾步，大聲叫道。

鄒原沒有回應，他的內心在反抗，我偏要晚點回來。早知退伍回家免不了會有一場逼婚，還不如不回來的好！唉，真不該退伍回來的，回來了半點意思也沒有。可是，繼續留在部隊裡，也沒有什麼意思呵。沒意思，沒意思，他媽的活著真沒意思！

一道手電筒光照得鄒原睜不開眼睛，他手搭涼棚遮了，叫道：「是哪個找我？」

「我，受涑。」手電筒的光芒移到他的身上。

「這麼晚了，找我什麼事？」

受涑迫促地說：「我弟快被人打死了！」

「誰敢下這樣的毒手？」頓時，鄒原忘了自己的痛苦，「你弟在哪？咱們快去解圍！」

受涑見鄒原這麼爽快地拔刀相助，暗暗感激不已。剛才，他在村裡找人幫忙，叫了蚊子、老黑、連峰等幾個年輕人，他們聽說是胡歪嘴一幫人在逞兇，都嚇得縮回了脖子，雙腿忧成了棉條。後來就想到了鄒原，聽說他在部隊當過偵察兵，學過格鬥，一身武功尤其了得，便急煎煎地跑來找他救援。

受涑在前，鄒原緊隨其後。兩人一路小跑著，手電筒的光線上下左右搖晃不定。

鄒原說：「受涑，你乾脆將手電筒熄了，搖搖晃晃的，照得人眼花。」

受凍便熄了電筒。

一彎新月掛在頭上，朦朧的月光投向大地，萬物顯出清晰的輪廓。

兩人深一腳、淺一腳地往前跑，不一會就適應了。

鄒原邊跑邊問：「受凍，到底是怎麼一回事？」

受凍回道：「完全是胡歪嘴一幫人逞霸道。」

「哪個胡歪嘴？」

「你不曉得胡歪嘴？」受凍反問一句，趕緊又說，「噢，你這幾年當兵在外，當然不曉得胡歪嘴了。他是南邊胡家灣的人，生得一身橫肉，一把力氣大得驚人，可以抱起石滾在稻場上不歇氣地走兩圈。這兩年，他仗著一身蠻力，在兩省邊界逞強稱霸，成了『管方』的流氓頭子。據說這周圍三鄉二十村的土流子都怕他，都服他管。上面抓過兩次，他們那邊抓，他就跑到咱們省躲著。咱們這邊抓，他又跑了回去。他鑽了兩省搭界的空子，像條泥鰍，難以抓到。」

「兩省就不能聯合行動麼？」

「各管各的事，各抓各的地盤，難得聯合在一起。」

「你們兄弟倆怎就惹了他？」

「躲都躲不起，哪個敢去惹呀！聽說胡家灣今天晚上放電影，我們兄弟倆跑去看。剛到青松嶺，就遇上了他們一夥，要我們留下買路錢。兩人口袋裡總共不過兩毛五分錢，就全部掏了出來。他們嫌少，說我們不老實，要搜身。沒辦法，只得讓他們搜。錢沒找到，結果從我弟腕上擼去了一塊手錶。這是一塊剛買的新表，弟弟準備過兩天送給他的女朋友菊香，作為定親的禮物。放在哪兒都不放心，就戴在手上，結果給這夥流子發現搶了去。我弟當然不甘心，哀求著他們發發善心手下留情，還給他。要知道，這是他省吃儉用，辛辛苦苦兩年多，才攢下了一筆血汗錢買回的呀！他們自然是不肯還，我弟急了，不顧一切地撲上去搶。搶不過，就咬，一口咬在胡歪嘴的大腿肚上。這下把他們給惹怒了，當即將我弟打翻在地。我知道一旁幫忙也是白搭，就趕緊跑回村來叫人……」

「這些傢伙，太野蠻了，真是無法無天！」鄒原氣得兩眼冒火。

隔老遠，就傳來了一夥人的吼叫、叱罵與狂笑。

「快跑！」鄒原叫道，一陣風似的往一座山崗上奔去。

受凍雖拼命奔跑，但不一會就落在了鄒原身後。

鄒原一口氣跑上崗頂，運足底氣，大聲吼道：「住手！都給我住手，誰也不許動！」平地裡一聲炸雷，胡歪嘴等人立時嚇呆了，皆噤聲愣在原地，唯有受餓微弱的呻吟一聲接一聲痛苦地傳來。

「把他給我解下來！」鄒原厲聲喝道。

受餓被他們吊在一顆松樹上。

一夥人不明就裡，誰也不敢輕舉妄動，皆沒有動作。

「怎麼，還要我親自動手不成？胡歪嘴，你到底聽見沒有？」

月光下，胡歪嘴瞧見一個穿著一套黃色軍裝的陌生面孔，並且一手按在腰間，心裡不禁生出幾分膽怯。他不敢反抗，想拔腿逃跑，又擔心這個「黃皮」甩手給他一槍。胖乎乎的胡歪嘴只好唯唯諾諾地從人群中走出，三兩下就解開了繩索。

受餓雙腳挨地，站立不穩，當即癱倒在地。

受凍氣喘吁吁地趕了上來，望著對面一夥人，仍感到一陣心虛，腳步移動著站在鄒原身後。

鄒原從他手中接過電筒，照在胡歪嘴一夥人臉上，他數了數，對方一共六人。光線落在受餓身上，他不覺驚住了。受餓臉面浮腫，一道道的血痕，身上的衣服撕成了碎片長條，屁股露在了外面。細看那屁股，也給小刀劃出一道道的血痕。鄒原看著，心裡不由自主地一陣顫抖。受餓實在是太可憐了，真是生就的苦命呵！受凍、受餓是一對孿生兄弟，家大口闊，上面一溜排五個姐姐，好不容易添了兒子，並且一生就是兩個，他們的父母當然高興。可高興是一回事，困難又是另一碼事。家裡窮得叮噹響，又添兩張嘴巴，日子更困難了。沒衣穿，沒飯吃，全讓他們兄弟倆趕上了。於是，父母乾脆給他們取名叫受凍、受餓了。漸漸地，鄒原心中的憐憫變成了一股不可壓抑的怒火。如果沒有姜幺妹婚約的煩惱，沒有與父親白熱化的爭吵，也許，鄒原會理智、冷靜地對待眼前的事態。可是，他的滿腔憤怒、痛苦、憂愁、煩惱、無奈太需要發洩了。於是，怒火壓倒了一切，他要為受凍受餓兄弟倆報仇，他要發洩！他什麼也顧不得了，似乎變成了一頭髮瘋的牯牛。

鄒原將手電筒光線又對準了他們一夥，最後停在胡歪嘴臉上。

「胡歪嘴，受餓的手錶呢，快交出來！」

胡歪嘴眯縫著眼不吱聲，他在估量著對方的實力。剛才幾聲怒吼，著實將他嚇了一跳。後來，他看清了，對方就只一個「黃皮」，再就是早已嚇破膽子逃了又跑回來的受凍。他在心底分析著，這個「黃皮」從沒見過，到底是一個什麼樣的角色呢？他決心試探試探，摸清底細，然後採取行動。

「你們搶了手錶不說，還把他打成這個樣子，太霸道了！趕快將他送醫院，一切費用，全由你們負擔，不然的話，我就要你們一個個爬著回去！」

胡歪嘴開口了：「你是他什麼人，來管這件閒事？」

鄒原輕蔑地一笑：「我是他什麼人，這可不關你的事。你要照我說的做了，咱們雙方沒事。若有半點不依，哼，我會給你們好果子吃！」

胡歪嘴狡猾地說：「只要你告訴我們你是誰，和他有些什麼關係，實話說了，我立馬就辦，交表，送人，賠錢，決不含糊！」

受凍壯著膽子走上前，說：「他是俺一個村的，鄒書記的大兒子，剛從部隊退伍回家，有一手好武功，打你們幾個人，哼，不過小菜一碟。」

「哈哈哈……」胡歪嘴一陣長笑，「原來是個小兵痞子，我還以為是真公安，腰裡挎著個真傢伙呢，哈哈哈……一個水貨，送上門找死！」

這時，一直靜觀著的其他五人也活了，跟著一起狂笑不止。

山谷間迴響起一串串「咕咕咕」「唠唠唠」「哈哈哈」的怪異笑聲，令人毛骨悚然。

「弟兄們，還愣什麼，給我上，給他點顏色瞧瞧！」胡歪嘴頭一擺，手一揮，流氓勁頭畢露無遺。

他帶頭撲向鄒原。

鄒原正愁對方不動手，就此答應條件善罷甘休呢，如今他們主動打了過來，他感到一陣莫名其妙的興奮與喜悅，太好了，可以就此打他娘的個痛快！力氣憋著，工夫閒著，正愁沒有地方使呢！鄒原一閃身，躲過胡歪嘴的猛撲，飛起一腳，正中他的胸口。胡歪嘴哼一聲，晃幾晃，捂著胸口站穩身，又從另一邊撲了過來。這時，其餘五人形成一個包圍圈，已將鄒原圍在當中。鄒原渾身是勁，覺得身手靈活極了。這幾個十流子人人都有一把蠻勁，可格鬥起來，就半點也排不上用場了。

他慢慢運動著，採取騰挪躲閃的守勢，一旦發現對方的破綻，然後予以堅決回擊。突然，鄒原一聲怒吼，一腳飛向一個黑大個的褲襠，隨即反手一擊，手電筒打在一個瘦高個的胳膊上。隨著兩聲慘叫，黑大個蹲在地上，瘦高個則抖動著受傷的胳臂狂跳不止。狡猾的還是胡歪嘴，他躲閃著儘量向鄒原靠近。他想抓住鄒原，只要抓住了他的衣服、身子，功夫就用不上了。拼蠻力，胡歪嘴自信誰也不是他的對手。鄒原看出了他的企圖，唯恐一個閃失落入他手。他尋找著機會，決心給胡歪嘴狠命一擊，早點結束這場混戰。

突然，他感到後背受到堅硬物的攻擊，一個趔趄著點栽倒。有人在暗中向他拋擲石塊。「呼」，又一塊飛了過來。鄒原頭一偏，石塊擦著耳朵飛了過去。好險！擒賊先擒王，得儘快制服胡歪嘴才行。背部一陣鑽心的劇痛，使得他的動作變得遲緩起來。背部……背後……對，我也要打擊胡歪嘴的背部！想於此，鄒原一個前衝動作，將胡歪嘴引向一邊，又迅速地縮回身，跳到他身後，對準他的背心，狠命地踢了一腳，又掄起手電筒，「砰」地一聲砸在他的腦袋上。

胡歪嘴「撲通」一聲倒在地上，拉起了一聲長長的哀嗥。

鄒原還嫌不解恨，又對他一陣猛踢猛踹，胡歪嘴在地上痛苦地翻滾不已。

「快跑啊，竹子、馬桶、柳樹，快跑啊！」有人高聲呼叫。「老二，咱們跑了，老大咋辦？磨眼也動不了啦。」「回去搬兵。」「搬兵也白搭。」「先回去再說。」一陣呼叫、應和與雜亂的腳步聲響徹山崗。

鄒原撇下半死的胡歪嘴，循著腳步聲一陣狂奔猛追。追了一程，突然覺得沒了意思，不禁洩氣止步，蹲在地上喘了一會兒粗氣，然後慢慢地踅了回來。

這時，受凍不知打哪鑽了出來，迎著鄒原，感激涕零地說道：「鄒原，謝謝你，真得好好地謝你。哈哈，你真行，三下五除二，就把他們打得屁滾尿流，太棒了！」兩人走到懸吊受餓的松樹下，卻不見了他的影子，不覺一陣驚慌，大聲叫喚起來：「弟弟──」「受餓──」

「喂，在這裡，俺在這兒呢！……」受餓虛弱的回應傳了過來。

他們亮著手電筒，循聲找去，突然被眼前的情景驚呆了──受餓與胡歪嘴雙雙躺在一片殷紅的血泊之中。「哈哈哈，哥，我報仇了，報仇了呀！原哥，俺謝你，要永生永世地報答你！」受餓怪異地說著，笑著，右手拿著一塊尖利的石頭，還在一個勁地敲打著胡歪嘴的腦袋。只見那顆血糊的頭上，裹了一層凝固的血塊，而受餓的臉上、身上、手上，也是血跡斑斑。

鄒原緊走兩步，蹲在胡歪嘴身旁，伸出食指，放在他的鼻端，半點氣息也沒有了。

頓時，汗水趕集般地湧了出來，鄒原感到全身一陣虛脫，眼前驀然衝起一團耀眼的血光，映紅了頭頂的大半個天空。

他的身子浸泡在這血光之中，染成了透明的紅色。

四

五年過去了，鄒原終於走出了那道緊閉的鐵門。

他第一個跨出那扇鐵門。

他的身後，緊跟著一群難友，迫不及待地跨了出來。

鄒原長長地籲出一口氣，又深深地吸進一口氣。

他望望腳下，似在尋找什麼；望望前方，似在搜索什麼；望望天空，似在抒發什麼；又回頭望望沉重的鐵門，似在告別什麼。

湧出的人群欣慰地呼叫著，高興地笑談著，然後依依道別，各奔前程。

鄒原決定去墨市。

自由了，哪兒都可以去了，不必受人監視管制了。但他邁動腳步時，總覺得有人潛在四周。再跨一步，就會有人拉動槍栓，喊叫制止了，他想。不管它，只管往前邁，有了喝斥，再縮回去也不遲。他試探著往旁邊邁出一步，沒有聽到預期的吼叫。他望望四周，路人行色匆匆，並沒有誰打量自己監視自己。自由了，真正自由了！他的腳步不再猶疑，儘量放開了往前走。

雖然自由了，也不是隨心所欲地哪兒都可去。對他來說，能去的地方只有兩處，墨市與紫瓦村。

弟弟鄒始大學畢業分在墨市一所中學任教，後來調到墨市教育委員會，今年初又跳了槽，已經調到《墨市日報》社工作，當記者兼編輯。

他暫時不想回紫瓦村，想來想去，只有墨市可去。

寫信透露了自己的心思，鄒始表示熱烈歡迎，並說，出獄那天，由他去接。

鄒原不想麻煩弟弟，堅決不同意接，說他自己坐火車直接去找。

鄒始便畫了一張簡明路線圖寄給鄒原。現在，鄒原懷裡便揣著這份路線圖，拎著兩個大包，準備按圖索驥。按圖索驥？那弟弟不成了一匹馬嗎？這麼想著時，他不禁咧嘴笑了。

這幾年，弟弟給自己的幫助與鼓勵實在是太大了，要不是他，恐怕活不到今天了，至少還得在監獄裡多待幾年。

打死胡歪嘴，兩省交界的群眾無不拍手稱快，認為是除了一條大害蟲。那幾天，鄒原儼然成了打虎英雄武松，受到鄉親們的交口讚譽。

然而，他半點也沒有飄飄然陶醉的感覺，反而坐立不安，寢食不寧。那眼皮，從早到晚一個勁地跳個不休，「嘣、嘣、嘣」，還挺有節奏的，他被扯得心驚肉跳。早晨去河邊挑水，遇到背著藥鐽準備上山採藥的草子，兩人打著招呼，突然地草子就說：「鄒原，這幾天你可要小心點為好，你的頭頂有一團黑光籠著，屬兇險之兆。」草子乃村中一大怪傑，既會採藥治病，也能看相算命，還會巫術跳神，村人對他無不佩服。鄒原心中本來就虛，聞聽此言，當即慌亂，眼前又是驀地騰起一道血光。一腳沒踏穩，嗤溜一下，他摔倒在河坡上。兩桶水潑了，其中一個水桶「咕隆咕隆」地滾落河中，隨流水漂出好遠。

就在當天深夜，鄒原從被窩裡被人拉出，戴上了亮鋥鋥的手銬。

不遲不早，鄒原趕在了全國上下嚴厲打擊刑事犯罪這個節骨眼上，一切從重從嚴從快處理。儘管受凍、受餓兄弟倆包攬了一切，但動手鬥毆的是他。他雖然沒有最後打死胡歪嘴，但他將胡歪嘴打趴在地，給受餓致胡歪嘴於死地提供了機會與條件。於是，鄒原成了間接殺人犯。

不少群眾仗義執言，說鄒原給抓錯了，他是主持正義，打抱不平，為民除害。回曰：主持正義輪不上他，有國家執法機關；打抱不平更是一種擾亂社會治安的危險行為。鄒啟明動用了一些關係，遊說求情，也不管用：打死人命，無可寬宥；胡歪嘴是流氓，誰能說清這不是一場流氓之間的爭風吃醋、打架鬥毆呢？鄒原是軍人出身，知理懂法，更不應該動手行兇、致人於死地。公安部下了大決心，要求從嚴從快從重地殺一批、關一批、管一批，誰也不敢拿上面的政策當兒戲，要嚴懲不貸，格殺勿論，錯了也要執行。

弟弟鄒始聞訊，立時請假回家，跑縣裡、省裡有關部門申訴，仍不管用。

幾乎沒有什麼審判，判決書很快就下達了：「受餓判處死刑，鄒原判處有期徒刑二十年，受凍判處有期徒刑十年，立即執行。」

從一個堂堂正正的軍人，退伍回家成為一名農民，又突然淪落為受人唾棄的囚犯，這轉折起伏，鄒原一下子怎麼也接受不了。

反差太大了，太大了，一切恍惚夢中。一腳往前踏去，還沒明白是怎麼一回事，身子就傾斜懸空，墜入萬丈深淵。四周是懸崖，是絕壁，半點抓握也沒有，只有聽憑身子往下墜落，只有任憑命運的肆意擺佈。他太渺小太無能了，實在難以左右自己的前途與一切。昨天還是打虎英雄，今天就變成了一條狗熊，一個小丑，一個流氓，一個罪犯，一個不恥於人類的渣滓、狗屎堆。人，活到了這步田地，你能有什麼辦法？真是連一條癩皮狗也不如呵！

許多事情可以忘記，也可以原諒，但他永遠不能忘記，不能原諒的是戰友劉松林的殘忍。

那天被提審，一抬頭，他看見了一張熟悉的面孔：劉松林！不錯，正是他，白雲鄉的武裝幹事劉松林，他穿著一身制服，威嚴地坐在陪審員的席位上。

看到劉松林，鄒原好一陣辛酸痛楚，昔日同為戰友，如今一個成了高高在上的法官，一個則成為一名受人擺佈的囚犯。

論才華論本事論表現，劉松林在部隊皆不如他，可現在……唉，人生命運，真是變幻莫測啊！

然而，在內心深處，鄒原又感到了一絲寬慰。他們畢竟是戰友，有過一段難以忘懷的深厚情誼，不管怎樣，松林總得根據事實，為他辯護一番，說幾句手下留情的開脫話吧。這樣想著時，心中鎮靜了許多，他希望得到劉松林的幫助，他要倒出胸中的屈辱，說明事情的真相，洗刷自己的羞恥。

這時，他看到劉松林站起身，向他走了過來。

鄒原迎了上去，一股親切與激動湧上胸口。他的喉嚨哽咽了，顫抖著輕聲叫道：「松林，我……」

不待鄒原繼續言說，劉松林突然一聲怒吼：「別叫我，臭流氓！」

鄒原當即一愣，變成了一根戳在地上的木樁。

他望著一步步逼近的劉松林，覺得他的面孔越來越猙獰。他不敢看這張突然變得陌生而兇狠的面孔，趕忙垂下眼簾。

「啪，啪」！劉松林掄起巴掌抽了過來，鄒原臉上一陣火辣辣地疼痛。

「鄒原，你把我的臉都給丟盡了，我為有你這樣一名戰友感到恥辱！」劉松林幾乎是在咬牙切齒地怒吼著。突然，他又飛起右腳，狠命地踢在鄒原的小肚上。

鄒原蹲在地上，淚水止不住嘩嘩地流了下來。「恥辱！恥辱……」顫動的音波一聲聲鑽進耳內，咬齧著他的心靈。實在難以忍受，禁不住放聲大哭起來。在他的記憶中，還從來沒有這樣大聲地痛哭過。

「嚎，嚎什麼！」主審官「砰」地一聲拍響桌面，大聲吼道，「哭是解決不了問題的，只有老實實地坦白交待罪行，才是你的唯一出路！」

出路，出路，哪裡還有什麼出路？鄒原只感到一片黑暗，一陣陣的絕望。

公審大會是在白雲鄉鄉公所的操場上召開的。全鄉的男男女女、老老少少被召集在一起，參加這次規模浩大的公審會。

一片人海，一片喧囂，一片斑駁的顏色晃動著，組成一些光怪陸離的圖案。

操場東端壘立一個高大的土台。土臺上唱過戲，放過電影，不少領導作過報告。那年，鄒原在一群人的簇擁下走上土台，作為新兵代表發言表決心，受到鄉親們雷鳴般的鼓掌歡迎。此刻，他又走上了土台，在一群人的押送下走上土台。一左一右兩個員警，嚴厲地看管著他。他的雙手反綁在身後，胸前掛著一塊大大的木牌。頭髮給全部剃光，腦袋被摁了下來。他想起了那次出盡風頭的發言，幾多光彩幾多榮耀！同樣是站在土臺上，現在卻成了專制的對象。他不敢對比，不敢想像，痛苦地閉緊雙眼，只希望這場審判早早結束。他受不了這種折磨與熬煎，這比拷打，比死亡更加令人痛苦令人難受！

「抬起頭來！」一聲低沉的斷喝如悶雷般滾過，鄒原只得將脖子一點點地挺直。

他不能不抬頭，不能不睜開眼睛，不能不望著台下如潮的人群。他看到了一張張熟悉的面孔。那些目光射出一股股寒冷而鄙夷的光芒，直刺他的五臟六腑。

他在熟悉的人群中尋找著桃子。他希望能再看上桃子一眼，即使立刻死去，也無怨無悔了。他搜尋著，終於沒能見到桃子那燦爛的面孔。但是，他在一個角落裡見到了姜幺妹，她面色慘白，沒有半點表情地望著臺上。他們的目光猛地碰撞在一起，姜幺妹突然一陣慌亂，趕緊低下頭，身子一鑽，消失不見了。

完了，一切都完了，就是姜幺妹這樣與她沒有感情的人也得不到了，什麼都失去了。一切失去的，都是美好的，姜幺妹也變得美好了。要是現在讓他與姜幺妹結婚成親的話，他會毫不含糊地答應，會感到是一種幸福！這樣地想著時，對姜幺妹便湧出了一股柔情，感到以前對她的投入太少了。不管怎樣，和自己一樣，她也是無辜的。包辦定親的是雙方的父母，要說受害者，她何嘗不是一個受害者呢？她對自己有過愛戀之情嗎？她反抗過拒絕過嗎？為自己，她肯定也作出了不少犧牲。況且，她也是一個挺不錯的姑娘呀！然而，晚了，一切都晚了……他又聽到了一聲怒吼，聽到了一串名字，其中便有鄒原，被判刑二十年的鄒原。他聽到了一陣陣憤怒的口號聲與吶喊聲，他看見台下的人海豎起了森林般的臂膀與拳頭……

這批被判決的，全鄉共有十三人。槍斃兩人，流氓犯王樹生、殺人犯受餓。其餘的全被處以徒刑，最長的是無期，最短的也有五年。「砰，砰」，鄒原心中冒出兩聲槍響。他沒有聽到槍響，但是他感到了槍聲的呼嘯與震撼，他分明看見受凍與另一個委瑣的身影倒了下去，倒在一片血泊之中。他的眼前又是驀然騰起一道血光……

行刑前，他瞥了一眼受餓。他清楚地知道，這是最後一次看他了。生離死別，一瞬間就要發生了，他在心中向受餓告別：永別了，受餓！是我害了你，兄弟，我對不起你。同樣，也是你害了我，害得我好苦呵！但我不怪你，恨只恨胡歪嘴，是他害了我，也是他害了你們兄弟倆。到了那邊，你可要好好地找胡歪嘴算帳呀……

鄒原被押解到江北農場。

弟弟鄒始不甘心，依然跑上跑下地為鄒原鳴冤申訴。

後來，上面下了文件，說「嚴打時不少案件，沒有依照國家有關法律審判，有的甚至沒有按照規定的程序審理就作出了定性的結論，因此判了不少的重案與錯案。對於這些重案錯案，要重新立案，依法審理」。政策落實下來，鄒原的二十年有期徒刑一下子就減去了十年。上帝不負苦心人，弟弟鄒始的不懈努力也見成效，鄒原再次減刑四年。在獄中，鄒原立了兩次功。立一次功，可減輕刑罰六個月。就這樣，他的服刑期由原來的二十年減至五年。

五年，他在監獄裡生活了整整五年，終於刑滿釋放了。

鄒原「按圖索驥」，很快就找到了鄒始。兄弟倆一見面，情不自禁地擁抱在一起。

鄒始哽咽著說：「哥，這些年你受苦了……」

鄒原的眼眶濕潤了，他搖搖頭，說：「弟，算不了什麼。真的，我什麼苦都吃過，這點苦算不了什麼。要說苦，只是心裡太苦了，我好想你，想家，想親人……」

「這下好了，你什麼都想得到了。哥，你自由了，澈底自由了，你的噩夢做完了！」

「是嗎？我有時真不敢相信自己提前出獄了。二十年，二十年，我心裡總有一個鬼怪般的聲音在這樣亂叫亂嚷。剛才乘公共汽車，我又覺得給人抓住關了起來，正拖回勞改農場。」

「剛出來，是有這種幻覺的，過一段時間就好了，心靈就自由了。」

兄弟倆忘情地交談著，慢慢向鄒始的寢室走去。這是一幢單身宿舍，鄒始住三樓，單獨一人占了一間。

鄒原進到屋內，立時就有一種溫馨的感覺。房間不大，但佈置得比較合理，一張書桌，一把靠椅，兩個書櫃，一張床，一張條椅，既簡單又豐富，既樸實也宜人。鄒原發現屋裡最多的就是書，兩個書櫃裡擺滿了磚塊似的厚書，桌上也是書，床上堆著的，仍是一些書。

「你這屋，簡直都成一個書房了！」鄒原情不自禁地說道。

「是嗎？我自己正構思著寫兩部書呢！」

「寫了嗎？」

「還沒動筆，構思不成熟。」

鄒原一邊談話，一邊打量著四周。突然，他見到了牆頭掛著的一幅美人畫：這是一位外國女郎，一頭披散的金髮如飛瀉的瀑布；她幾乎全身赤裸著走在海邊的沙灘上，胸前緊箍一條乳罩，碩大的乳房至少一半露在外面，下身也僅只兜了一條布巾似的褲頭；她瀟灑自信，豐滿漂亮，性感十足。鄒原一見，頓時激動不已。這輩子，他還沒有接觸過女人，但那內心深處的渴望與激情，卻時時將他折磨得無可奈何。在獄中，全部清一色的男人關在一起，半個女人都見不到。雖然沒有外在的刺激，但每到深夜，那種無法言說的欲望就不可遏制地抬頭了。於是，他學會了手淫。

「手淫，一種既原始又現代，既間接又直接，既痛苦又愉悅，既簡單又豐富的自我折磨、自我救贖之路。」關於手淫的定義，幾年後，鄒始在他創作的一部長篇小說中這樣寫道。此刻，鄒始順著哥哥發呆的目光望去，似乎明白了什麼。「哥，喝茶吧。」他遞上一杯咖啡。

鄒原不好意思地收回目光，嘴裡卻說：「弟，你怎麼掛了這幅畫，領導不批評你，說你內心骯髒嗎？」

鄒始「噗哧」一聲笑道：「領導家裡也掛這樣的畫呢。不少領導家，都時興擺一些石膏模型，那更厲害，連三點式的泳裝也不穿，全部赤條條的。」

「有這麼邪乎？」

「不很正常嗎？」

鄒原無語，端起茶杯喝了一口，說：「好苦，一口的糊味。」

鄒始道：「咖啡麼，就這個味道。」

鄒原驚異地道：「這就是咖啡？咖啡就這麼個怪味？外國人在小說裡把咖啡寫得那麼美好，吹得那麼厲害，也不過如此罷了。」說畢，又慢慢地吮了一口，含在嘴裡，細細地品味著，然後一仰脖，「咕嚕咕嚕」，茶杯便見了底。

鄒始掏出一包香煙，遞一支給鄒原：「哥，來一支怎麼樣？」

鄒原擺擺手：「早就戒了！」

鄒始說：「抽支玩玩吧？你那生活太枯燥、太苦悶了，現在要好好地補償補償，充分享受自由的滋味。」

鄒原笑笑，點點頭，接了過來。

鄒始掏出防風打火機，「啰嚓」一聲打燃，先讓鄒原點上。

鄒原捏著香煙，深深地吸了一口，看看牌子，說：「紅塔山，賣多少錢一包？」

「外面商店賣八塊多。」

「八塊多？」鄒原又是一驚，「這貴的煙，抽一支不就燒掉四五毛錢了嗎？」

「自己哪買這樣的煙抽，採訪時人家送的。」

「弟，你活得真有滋味！」鄒原羨慕不已。

鄒始歎了一口氣，道：「哪有什麼滋味，也很苦。」

鄒原不解：「你苦什麼？」

鄒始一指胸口：「內心很苦。」又道，「我說了，你也不懂的。」

既然自己不懂，鄒原也不再深問。

鄒始抬腕看看表，說：「哥，走，咱們到外面吃飯去。」說著走到門外。

鄒原望望桌上的一摞飯碗道：「咱們吃飯不帶碗筷？」

鄒始說：「今天吃餐館，一家企業要我給他們寫篇報導發頭條，他們的經理請咱們報社的客。你來得正巧，好好搓一頓，也見識一下大場面。」

鄒原猶疑了：「我？就現在這個樣子，行嗎？人不像人，鬼不像鬼的，不是丟了你這個做弟的臉嗎？」

「這樣正好，就是要保持本色。莫擔心，去了大家會熱情歡迎你的。吃了飯，咱們去洗澡。完了，我再給你買套西服。你不要拒絕！上了我這兒，一切都聽我的安排。花個幾百元，做弟的還是開銷得起的。」

鄒原只得跟著鄒始一步一步地走下樓梯。

五

幾天來，如鄒始所說，鄒原真正地體驗著自由的滋味。

鄒始挺忙，白天到外採訪，晚上趕稿編稿，還得對付一些應酬，很少顧上鄒原。鄒原也樂得自個逍遙。不知怎麼，只要鄒始在身旁，他就感到幾分不自在，一種難捺的羞愧使他無地自容。鄒始給他買了一套西服，他繫上領帶，在鏡裡一照，彷彿換了個人似的。「人靠衣衫馬靠鞍」，此話一點不假，心裡也就平添了幾分自信。鄒始又在他口袋裡塞了幾十元的零花錢。整天整天的，他就在大街上閒逛，想去哪就去哪，隨心所欲，自由自在。

一天，他在鄒始的書桌上翻出一份墨市地圖，便揣在身上，將那上面標示的風景名勝一一逛了。

後來，他就不再逛街，獨自一人關在房內，看看雜誌，翻翻書籍。突然地又覺得一切沒了意思，身心垮了似的慵怠疲憊。昏昏沉沉地躺在床上，昏昏沉沉地望著牆上的西洋美人圖，好一陣衝動。按捺不住，便掏出那個東西，眼珠不錯地盯著那個正彷彿向他走來的風騷娘們，一陣動作，得到一種虛幻的滿足，身子也就有一種軟軟的虛弱。然後，帶著美麗的夢想，進入恍惚迷離之中……

「哐啷」一聲響，鐵門打開了，眼前一片昏暗。鄒原還沒明白是怎麼一回事，感到背後有人將他猛地一推。他猝不及防，身子傾斜著往前衝去。腳下被什麼東西絆了一下，失去重心，「咚」地一聲，便一頭栽倒在地。

「哈哈哈……」四周響起了一陣令人毛骨悚然的狂笑。

他感到一陣透入骨髓的寒冷與驚懼，已然麻木的傷口又開始鑽心地疼痛，遍佈每一根神經。他覺得自己給泡在了疼痛的苦水中煎熬，鍋底下的乾柴熊熊燃燒，苦水沸騰不已，疼痛摻和著火辣撕扯著他的皮肉。

「哥們，味道怎樣呀？」「哈哈哈，怎麼不做聲？甜味、苦味、酸味、辣味，總該有個味吧！」「肯定是沾上了啞味，得了啞口瘟。」「哈哈哈……」

鄒原盡力地忍受著，這狂笑與喧囂彷彿是從另一個遙遠的世界傳來。他掙紮著，雙手抓撓著。他要緊緊地抓住聲音的繩索，掙脫那沸騰的疼痛苦水。

「哈哈，真他媽的沒用，稍稍一絆，就摔了個狗吃泥。」「不，是狗吃屎。」「對，對，狗吃屎！」「哥們，過了三道關，你才有資格舔咱們的屁股呢！」「起來，爬起來，別他媽的裝癩皮狗了！」「把他翻過來，上第二道菜——倒茶！」

鄒原感到有人扳動他的身子。他仰面躺在了地上。

「預備——開始！」

一股股躁熱的尿水傾在鄒原臉上、身上。他全身一陣痙攣，眼皮就慢慢地睜開了。一片昏暗與模糊。他往旁邊一傾，側了身子。又一傾，氣喘吁吁地趴在地上。用衣袖揩揩眼睛，雙肘支撐著抬起頭來，一點一點地往上抬，一條條排列的大腿，一根根抖動的陽具，一張張獰笑的面孔。

頭腦還未完全清醒，又聽得一聲叫喊：「第三道菜——抽煙！」

立時，他的雙腿、胳膊被一隻隻強大有力的手攥緊，向不同的方向拉扯著。這一拉一扯，竟將他全身的筋骨扯活了。鄒原感到了一陣莫名其妙的舒適與快感。他睜開眼，打量四周的一切，空蕩蕩的牆壁，陰暗的空間，清一色的光頭男人，冰冷森然的鐵門。一瞬間，他什麼都明白了。他知道自己已投入牢獄，受著囚犯們的暴虐。

「上菜」，這黑話他已聽過不止一次。剛投入監獄的囚犯，都得經過「上菜」這一關，被那些先來者徹底制服，然後俯首貼耳地為他們效勞，為那個「囚王」賣命。

拉扯越來越劇烈，皮肉關節又開始疼痛。

「點火！」又是一聲叫喊，鄒原的身子被幾雙大手有力地拋了出去。他感到自己懸在空中，正急速地往下摔落。他驚恐萬分，不，不能下落，落下去就是萬丈深淵，難有出頭之日了。要抓住青藤，要飛躍上去……他凝聚了全身所有的力量，在空中猛然一翻，「咚」地一聲響，竟奇跡般地穩穩站立在牢房中央。鄒原活了，他感到自己又成了一個真正的人活在這個世界上。他正面對著一群兇狠的囚犯，得將他們制服才行，不然的話，以後的日子會更苦更慘。「啊——」他一聲怒吼，飛起右腳，踢向一個蠻大個。又揮舞雙拳，左右開弓，「嗵嗵」兩聲打在兩個傢伙的胸前。緊接著，雙腳雙拳又是一陣猛踢猛打。他沒有了套數，沒有了輕重，只是一個勁瘋狂地揮舞四肢。

響起一陣陣淒慘的號叫。囚徒們苦於牢房狹小無處躲藏，只好一個個龜縮在角落，抖索著求饒。「爺們，饒了咱們吧！」「咱們有眼不識泰山，惹了爺們，罪該萬死！」「爺們，放了這一碼，往後去，俺要報答你的再生之恩！」

轉瞬間，「哥們」就變成了「爺們」，鄒原心裡好不快活。想起剛才的羞辱，衣服濕漉漉的，還在往下滴落著尿水，股股難聞的臊味直衝鼻端，他就憤怒。「打，你們自己動手打！」鄒原心裡生出一股報仇解恨的邪惡。「怎麼，不肯動手？要我來給你們供香是不是？」

「啪」，不知是誰開了頭，響起一陣「劈劈啪啪」的巴掌聲。

鄒原兇神惡煞地吼道：「不行，得用勁，使勁地打，拼命地打！打，打！打死你們這些狗日的……」

＊＊＊

「哥，你醒醒，醒醒！」鄒始使勁地搖動著鄒原。

鄒原迷迷糊糊地睜開眼睛，嘴裡還在一個勁地叫道：「打，使勁地打，拼命地打……」

「哥，你要打誰呀？」

漸漸地，鄒原清醒了。「打誰？打那些該打的人嘛……哦，原來是做夢……也不能說是夢，很真實的，我又回到了過去。」

鄒始說：「哥，你的惡夢已經做完，該醒來了。」

「是的，我醒，保證醒過來。」

鄒原不好意思地笑笑，感到喉嚨十分乾燥，倒過一杯涼水，咕嚕咕嚕直往肚裡灌。

「給，吃吧！」鄒始遞過來一碗飯。

「呀，只顧睡，連吃晚飯的時間都給耽誤了。」窗外的天已經黑了下來。

鄒始寬慰道：「就是要吃好睡好才行。」

「弟，老這樣閒著，在你這兒也不是個事，有什麼臨時工，給我找一份幹幹吧。」

「你只管休息！在我這兒，有我吃的，就有你吃的。你現在要做的事，首先是恢復身體，恢復精神，澈底忘掉過去。」

「總得做點兒事才行啊！」鄒原一邊扒飯，一邊咕嚕道。

「你吃吧，今天是星期六，我約了個姑娘去跳舞，現在該走了。」

鄒始說完，扔下鄒原一人，匆匆走了出去。

鄒原想，白吃白睡，那不成了個寄生蟲？總得找個事幹幹才行。

第二天，他便穿了西服，打扮得像模像樣地去找工作。看報縫，看張貼的廣告，到處打探招工消息。去了一處地方，不成。不甘心，又去另一處，還是不成。兩處地方的遭遇大致相同，首先，人家問他有沒有墨市戶口，然後問他是什麼學校畢業的，文憑帶來沒有。不說別的，僅這兩問，就將鄒原給難住了。他想說，我既沒有墨市戶口，也沒有畢業文憑，口袋裡只揣了一張刑滿釋放證書。又想，要真這樣說了，人家不當場將他轟出么才怪呢！

碰了兩次壁，鄒原灰心了。墨市容不下他，墨市不是他待的地方，墨市不可久留。走，還是走吧！遲走不如早走，馬上就走，回紫瓦村去。

鄒始苦苦挽留，勸他多住一段時間再走。他說：「哥，多感受，多體驗一下城市的韻味，思想會開放一些，人會變得聰明一些的。」

鄒原堅決要走，他說已經待夠了，再待下去就沒有什麼意思了。

「你沒有深入進去，當然會覺得沒有意思呀！」

「我無法深入進去，我是一個外來人、鄉巴佬、勞改犯。」

「等忙過這陣，我還是托關係給你找個臨時工，邊幹邊說吧。」

鄒原搖搖頭：「五年了，也得回去了。」

鄒始想了想，道：「回去也好，哪裡自在，哪裡合適，就在哪裡過，這樣最好！」

鄒始將他送到車站。

鄒原說：「弟，我還會來的，我要讓那些高傲的城裡人仰頭來看我！」

汽車開動了，兄弟倆揮手告別。

六

鄒啟明明顯地感到自已衰老了。

他一直不肯承認自己的衰老。有時，他也說道：「唉，我們這輩人已經老了，不中用了，得看你們這些年輕人的了。」嘴上這麼說，但內心裡卻認為自己正值壯年，要進入老邁之境，那是一個十分遙遠的未來。老友姜自發的病死，才使他感到自己真正地老了，心中不禁生出無限悲涼。

再沒有什麼事情比姜自發的死讓鄒啟明感到傷心的了。鄒原被捕判刑，他悲傷過，但事情一過去，也就過去了，不再擱在心上。即使想起，也拿鄒始的爭氣來平衡自己的心靈，自我安慰，便無事了。

鄒原的判刑無疑加重了姜自發的病情，而姜幺妹的偷情私奔更是令他無法接受。當他得知麼姑娘與村裡的木匠蚊子雙雙出走的消息後，當即中風癱瘓，大小便失禁，成了一個植物人。

鄒啟明每次去看望，都感到萬分悲傷，他不忍心見到姜自發這副受苦受難的模樣：身體成了一具空殼，皺巴巴的皮膚包著一副歷歷可見的骨骼。姜自發老伴水英一天到晚忙前跑後地服侍，餵飯喂水，端屎端尿。稍一遲誤，他的喉嚨就嗙嗙嗙地響，屎尿就拉在床上。後來，只得在床鋪下挖了一個洞，下面放一個破臉盆給接著。一股臭烘烘的味道熏得人翻腸倒肚，直想嘔吐。鄒啟明就一個勁地抽煙，以抵禦這股難忍的氣味。經常地，望著望著，他的眼睛就模糊了，淚水無法控制地順著臉頰往下流。

一天，姜自發突然說話了，並且說得很流暢，令鄒啟明驚駭萬分。

姜自發說：「老夥計，你放心，我不會死的。我要還債！我對不起原娃，沒有管好姜幺妹。我要等他回來，道聲歉，再去死……我要等……等……等……」說著，喉嚨又咕咕噥噥含糊不清了。

鄒啟明覺得這真是一個奇跡。又不便向外人言說，只得獨自一人感歎著。越感歎，越覺得姜自發真是一個鐵心鐵意的好朋友。他真想告訴姜自發鄒原退伍回家後對姜幺妹的態度及他們父子間的衝突，但他並未這祥做，即使告訴老姜，他也弄不清楚了。然而，他實在不忍心姜自發活在世上受著這種殘酷的折磨。一天，他對老伴玉蘭說：「唉，老姜這樣活著，倒不如死了的好。」他說這話的時候，怎麼也沒有想到有朝一日自己也會走上姜自發的老路，成為一個植物人。

姜自發終於沒能等著再見鄒原一眼就撒手歸西了。其實，他只要再熬個十天半月，也就能見著鄒原了。他終於等不及了，眼一閉，腿一蹬，就永遠告別了這個人世。

鄒啟明曾希望姜自發早日死去，免得待在人間活受罪，當他真正閉眼死了時，卻又無法接受這個冷酷的事實。他抱著姜自發枯成空殼般的遺體，竟像個小孩般哭了起來。

葬了姜自發，鄒啟明隨著送殯的人群往回走。他已不知自己是誰，身在何處，頭腦昏昏沉沉的，腳下的路模模糊糊的。東一腳西一腳、深一腳淺一腳地往前走，好幾次差點摔倒在地。玉蘭來扶他，他突然間就冒了火，大聲吼道：「我還走得動！」惹得不少人將目光射了過來。

還沒回屋，鄉通訊員小黃迎了過來道：「鄒書記，要你馬上趕到鄉裡去。」

「又開什麼會？」他第一次對開會產生了反感，「我不去，病了！」

「不是開會，是縣委統戰部的王部長來了，點名道姓要你去，找你有重大事情商量呢。」小黃說著，又解釋、補充道，「紫瓦村沒有公路，王部長的小車只能開到鄉裡。他要親自走著來，是張鄉長攔了他，要我趕來叫你。」

既然如此，只有到鄉裡去走一趟了。

「那就走吧。」鄒啟明說了一聲，打頭折向旁邊的一條土路。

玉蘭不放心：「噯，你回家喝口開水，歇口氣了再去吧！」

鄒啟明道：「不礙事，老是老了，還沒到不中用的田地。」

玉蘭只得叮囑小黃道：「小黃，姜村長死了，鄒書記幾天幾夜沒合眼，又累又傷心，人瘦了一大圈，老了一大截，你得好好照看著點。」

小黃連連點頭。

見到王部長，寒暄幾句，鄒啟明便直奔主題道：「王部長，勞駕你大老遠從縣裡趕來，到底有什麼重大事情呀？」

「坐，坐，先坐下歇口氣再說不遲。來，吃根香蕉，小馬，」王部長叫著一個隨同前來的年輕人，「快給咱們的老革命削個蘋果。」

「我自己來，自己來，部長，你們才是貴客呢。」

還是小黃伶俐，他選了一個頂大的蘋果，掏出小刀，三轉兩轉，很快就削好了遞給鄒啟明。

鄒啟明頓覺腹內空空，便不再客氣，接過來大口大口地吃著。

干部長說：「老鄒，我想問你一個人，原來是你們紫瓦村的，不知你還記不記得。」

鄒啟明停止咀嚼，問：「誰？只要是紫瓦村的，我哪能不認識呢？」

「姚一葦。」

「姚一葦?!我當然認識啦。我們是生死冤家，兩個死對頭哇！忘得了別人，怎麼也忘不了他呀。他不是早就死了嗎，你問他幹嘛？」

「他沒死，還活著呢。」

「沒死？活著？在哪？」

「臺灣。」

「干部長，這……怎麼可能呢？解放那年，我們青龍遊擊隊和解放軍將他死死圍住，圍得鐵桶一般，他的保安團被我們全部消滅，一個也沒跑掉呀！」

「你們當時找到姚一葦的屍體了嗎？」

「沒有。解放軍的炸藥包和六〇炮將那堡壘轟得一塌糊塗，到處是炸飛的胳膊、大腿和腦殼，也分不清誰是誰的了。當時沒有一個敵人漏網，料他也是必死無疑。至於屍體，弄清了也沒多大意義，挖一個大坑，將那些腦殼胳膊人腿什麼的統統埋在一起，不就完了嗎？」

王部長突然高興地說：「這不就對了嘛！沒有弄清屍首，就有餘地和漏洞。我查找有關資料，也感到奇怪，怎麼一個消滅了的姚一葦，又突然從臺灣冒出來了呢？」

「他真的沒死？」鄒啟明問，心中湧起一陣恐懼。世上的一些事情，可真是說不清道不明呀：以為姚一葦早就死了，可他還活著，而姜自發卻真正地死了。該死的沒死，不該死的偏偏撒手歸西。可誰是該死的，誰又是不該死的呢？

「沒死！」王部長肯定地說，「他不僅沒死，而且活得很滋潤。他到臺灣後，就做起了服裝生意，現在成了臺灣服飾界的一名巨頭，擁有近億元資產。」

鄒啟明只覺得一陣頭暈目眩，趕緊用手撐住腦袋。

小黃遞過茶杯：「鄒書記，喝口熱茶。」

鄒啟明喝了幾口，感覺舒適多了。為使自己儘快地鎮靜下來，他掏出煙鍋，慢慢地往裡面裝煙絲。自姜自發死後，他已有三天沒抽一鍋煙了。

「給，老鄒。」張鄉長遞過一瓶風油精。

鄒啟明點點頭，接了，在人中、太陽穴點了點，然後問道：「王部長，這些，你是怎麼知道的？」

王部長說：「他給我們縣上來了信。」

這時，張鄉長插話道：「噢，差點忘了，老鄒，還有你一封信擱我這兒呢。我在郵遞員手裡取信時，見到了你的，便一起拿了。小黃，去把我桌上那封信拿來。」

「好的。」小黃應著，很快走了出去。

鄒啟明問：「他信上都說了些啥？」

「主要是想回來看看，人老了，想家。他還表示，願為地方經濟建設出力。」

「你們答應了嗎？」

「人家想回來看看，當然不能將他拒之門外呀。縣委經過初步研究，決定同意他回來探親，祭墳。」

「還祭墳？」鄒啟明瞪圓了眼睛。

「他在信上這樣提過。」

小黃一陣風似的走了進來，遞給鄒啟明一個信封。

他接過，看也不看，便折了揣入口袋。

張鄉長說：「落款是《墨市口報》社，肯定是你那當記者的麼兒子寫來的。」

鄒啟明沒有理會張鄉長，他偏著腦袋，直梗梗地對王部長說：「部長，他祭誰的墳，你應該知道，他父親是一個惡霸大地主。姚一葦是個什麼人？過去是保安團團長，大地主，大惡霸，雙手沾滿了勞動人民的鮮血，沾滿了革命烈士的鮮血！而現在呢，又是一個剝削無產階級的大資本家。這樣一個頭上長瘡、腳下流膿的傢伙，我們竟表示歡迎，還同意他回鄉上山祭墳，我們的原則、立場都上哪兒去了？這社會，到底還是不是共產黨的天下?!」鄒啟明激動萬分地站了起來，臉色鐵青，氣喘吁吁，一副要和誰拼命的可怕樣子。

王部長寬厚地笑笑，說：「老鄒，莫激動。坐下來，慢慢說。其實，我早就料到你會這個樣子的。這很正常嘛！辛辛苦苦，拼死拼活，好不容易打下個江山，幾十年過去，敵人組織『還鄉團』又要回來了，還得把他們請入上席，作為貴客來歡迎。這感情，實在是接受不了哇。老鄒，你要是不衝動，那我才認為不正常呢。」

鄒啟明說：「也好，讓他回來吧，我好好地招待他一番。」

王部長頓覺詫異：「怎麼，你想通了？這麼快就想通了？」

鄒啟明冷冷地一笑，說：「那次讓他占了便宜，不明不白地跑掉了。這回，我非得親手殺掉他不可，看他還往哪兒逃！」

王部長聞言，大驚失色，厲聲說道：「鄒啟明同志，你可千萬不能亂來，那會破壞我們的統戰政策，造成不可估量的惡劣影響！老鄒，你也是一個幾十年黨齡的老革命了，要講黨性原則，聽黨的話才行啊！過去，黨叫咱們打敵人，我們就毫不含糊地和他們拼個你死我活；現在，黨叫咱們建立統一戰線，和敵人握手言和，我們更不能含糊啊！過去是敵人，現在要把他們當做合作的朋友才是。矛盾對立的雙方，是在不斷發展、變化的呀！」

鄒啟明痛苦地說：「王部長，我這輩子，哪次沒聽過黨的話？俺從舉拳頭宣誓的那天起，這百多斤就全都交給黨了。可這次，說什麼我也想不通！」

王部長以一副無法通融的口氣說：「想不通也要想！新形勢新政策新要求嘛。老黨員，要經常學習黨的文件政策，才跟得上社會發展的步伐。不然的話，可就要落伍囉，我的老支書啊！」

「砰！」鄒啟明一屁股坐回原位，舉起拳頭猛地一下砸在旁邊的茶几上。茶杯震得跳了起來，蓋子滾落在地，「當」地一聲摔得粉碎。

小黃趕緊過來收拾打掃。

「唉，現今的一些事，我越來越弄不清楚，越來越糊塗，看來是真正老啦！」鄒啟明大聲歎息，整個胸腔似風琴般應和鳴響。

王部長道：「其實這事，也還早著，我們剛回信過去，誰知他什麼時候回來？我是想早點告訴你，讓你有個心理準備，在思想上慢慢地轉過彎來。轉彎需要時間，時間一長，慢慢地就想通了。到時候，你要以紫瓦村的主人，共產黨的一位老幹部的身分，做好接待工作。」

鄒啟明愣愣地坐著，目光茫然，半點反應都沒有。

他彷彿變成了一尊雕塑。

七

回村的路變得很長很長，鄒啟明似乎永遠也走不到盡頭。

他走得很苦，走得很疲累。走一程，直喘粗氣，得歇息好半天。

想不通，怎出也想不通。想不通也要想，使勁地想，拼命地想，往通暢亮堂的地方想，還是想不通。

接納姚一葦，也就意味著這輩子白活了，過去的奮鬥、功績一筆勾銷了。輸了！到頭來還是輸給了姚一葦。

這到底是怎麼回事啊，這世界彷彿倒過來了啊！天還是那樣的天，地還是這樣的地。太陽也在照，它往西邊移動著，一點一點地被群山吞沒。

太陽沒有從西邊升上來呀，這政權，也還是共產黨握著，怎麼一些事兒，就變得這樣古怪離奇？他感到腦袋在膨脹，要爆炸了。

爆炸了也好，炸成碎片，去他娘個×！還是姜自發好，眼一閉走了，什麼也不管，什麼也不用想了。留在世上，理解不能理解的事，把仇人請回來，拜到上座賠笑臉，這不是活受罪罪受活受活罪麼？

鄒啟明渾身是汗，內衣全部濕透了。冷風一吹，冰涼冰涼的，腦門頂嘣嘣地跳，彷彿一根即將繃斷的琴弦。渾身的砭人，骨頭變成了水，全身散了架。他感到半點力氣也沒有，連劃根火柴點煙的勁兒也沒有了。一雙手在顫抖，火柴與黑硝怎麼也湊不到一塊。即使碰在一起，也像蜻蜓點水般一掠而過。就是劃不燃！火柴也欺負人了！他娘個毬，回就回來，招待就招待，祭墳就祭墳。祭墳？祭個屁！他娘的，不劃了，不抽了，不想了！想不通乾脆不想，管不了就別去管。腦袋都沒有一個，你祭個什麼呀姚一葦？那墳墓裡頭，棺材裡面，只有你父親姚矮子的一截身子呢，你瞞得了別人，還瞞得過我不成？咦，姚矮子的腦袋到底給弄到哪兒去啦？怎麼連我也搞不清楚了？怪事，真是怪事……

鄒啟明坐在一個枯樹蔸上，腦裡走馬燈似的轉。漸漸地，腦海裡就湧出了姚矮子那血淋淋的腦袋。腦袋在膨脹、膨脹……越來越大，不一會，姚矮子的腦袋就將鄒啟明的腦袋給填了個嚴嚴實實……

那天，鄒啟明得到確切可靠的消息，姚一葦帶著他的保安團離開寨子，到縣裡集訓去了。他和姜自發暗中一合計，便偷偷離開了正待開拔執行任務的青龍遊擊隊。

他們將兩支步槍埋在山上的一棵楓樹底下，潛回了紫瓦村。夜深人靜之時，他們攀過遍佈鐵藜的高牆，偷偷越入姚家大院。

他們是來報仇的。準確地說，是為鄒啟明的父親報仇。

此前，他們倆都是姚一葦家的長工。白天流汗賣命地在田地幹活，天黑就躺在床上呼嚕大睡。日子過得懵懵懂懂、渾渾噩噩。一年的期盼所在，就是姚家作為工錢發給他們的幾鬥穀子和幾塊銀元。鄒啟明要的是穀子，送回家中養活父母；姜自發要的是銀元，他是個孤兒，吃住在姚家，穀子沒有用，積攢幾個錢，以備成家娶媳婦，了卻父親的遺願。他父親閉眼時眼淚婆娑地說：「兒啊，俺這輩子，就是吃了沒有兄弟姊妹的虧，沒個幫襯，受盡大戶人家的欺侮。咱家三世單傳，到了你手裡，香火要盛起來才行！你要娶一門媳婦，多生養一些兒女……」他牢牢地記住了父親的遺言，所以後來剛一解放，分了田地，首先考慮的就是找一個壯實的媳婦。他很快就娶了水英，讓她一口氣生下了七個小孩，成活三個，結果都是姑娘。姜幺妹是最小的一個。

幹了兩年，姚一葦給他們添工錢，但事情也多了一樁：守夜。白天仍是上地幹活，晚上晚則抱一杆步槍晃來晃去地巡邏。

姚一葦訓話道：「有一股被國軍打敗的共匪，往我們這邊逃竄過來。上面要求各村建立保安團，保衛村子，嚴防共匪的騷擾襲擊。咱們保安團，要變成一支不怕苦、不怕累的硬隊伍！我們要種田，要練兵，要打仗。過去，我們只要把田種好，就萬事大吉了。現在可不成！共匪要來打我們，搶我們的財產，殺我們的人。我們能眼睜睜地讓他們打讓他們搶讓他們殺嗎？不，絕對不行！我們也是人，有頭腦，有手腳，我們要保衛自己，保衛鄉親，保衛紫瓦村。共匪來了，我們要堅決他打，以血還血，以牙還牙！夥計們，你們要不怕死，就是死了，也很榮耀，是為父老鄉親們死的啊！大家都會記得你們。戰死了，我要給你們立一塊高大的墓碑；幹好了，我要給你們加工錢，翻一倍，兩倍，甚至十倍！」

姚一葦的話很有煽動性，把他們一夥長工說得熱血沸騰，都表示要跟都著姚一葦好好地幹，不怕吃苦，不怕流血，不怕死亡。

夏天一到，在省城師範念書的姚家二少爺姚一帆回家度假。以前，他們和姚一帆混得不錯，覺得他沒有少爺的架子，說話和顏悅色，還經常將好吃的送到他們住的屋子裡。這次，他們倆和姚一帆的關係更加密切了。姚一帆有事無事地總和他們泡在一起，套近乎，講外面的世界，講一些令人大開眼界的趣聞。從姚一帆口中，他們第一次知道了共產黨並不是什麼青面獠牙的土匪，而是一些為窮苦大眾謀利益，不惜犧牲自己的英雄好漢。於是，他們對共產黨產生了好感。慢慢地，姚一帆又給他們講共產黨的道理。他們聆聽著，不時地詢問著。到後來，姚一帆湊近他們耳朵，說是共產黨的一支遊擊隊開過來了，你們還打他們嗎？當然不打啦！吃著保安團的飯，端著保安團的槍，不打行嗎？他們是窮人的隊伍，就是為了解放你們這些窮苦百姓才來的呀！你們何不投奔他們呢？只要投奔過去，就成了主人，大家平等，沒有剝削，沒有壓迫，當然更沒有打罵啦，自由自在，比天堂還要美好……

許多年以後，鄒啟明才知道，姚家老二姚一帆當年就是一名地下共產黨員了。自那年夏天離開紫瓦村後直到如今，姚一帆就一直沒有回來過。關於他的傳聞很多，有的說他被叛徒出賣抓進獄中被敵人殺害了；有的說他叛變了革命成了國民黨特務；有的說他在內部肅反時給處決了；還有的說他作為地下共產黨員打入敵人內部去了臺灣……眾說紛紜，但沒有一種說法得到確鑿的證實。姚一帆，鄒啟明和姜自發的革命啟蒙者，像一個謎一團霧般在紫瓦村消失了。也許，他已經在這個世界上永遠消失了。內心深處，鄒啟明一直以一種感激的心情懷念著姚一帆。說不定有一天，他會像他兄長一樣從天而降，突然出現在紫瓦村的。這一切，誰也說不清楚啊。世上說不清道不明的事情可多著呢！姚一葦與姚一帆，同是一母生，同為一父養，同在紫瓦村長大，幾乎是同樣的面孔，可走的路就硬是不一樣啊！

姚一帆的鼓動與啟蒙很快就見了效果。在一次與遊擊隊的交火中，鄒啟明與姜自發趁機逃跑，帶槍投奔了遊擊隊。

為穩定軍心，姚一葦做得十分絕情：將鄒啟明父母抓住，嚴刑拷打。後來又將他父親吊在一棵大樹上，給活活地折磨至死。

鄒啟明發誓要報仇。他要殺掉姚一葦這個惡棍，要殺掉姚一葦的父親姚矮子。他想起了姚一葦的那次訓話，不禁咬牙切齒地說道：「姚一葦，是你教我以血還血以牙還牙的，我一定要報仇雪恨……」

潛入姚家大院後，他們躲在暗處，打量四周，見機行事。

更夫還是喬老大，他敲著梆子，無精打采地走來走去。東西兩邊的堡子裡有人在放哨，密切注視著周圍的動靜。只要翻進院子，哨兵就發現不了，他們搜尋的目標只在圍牆之外。更夫也不足為慮，偷偷一閃，就躲過去了。要命的是那只守在門洞裡的狼狗阿黃，一有動靜，它就會大聲吠叫，還會兇狠地撲上前來。要在以前，打個呼哨，就會無事。幾乎和他們同時進入姚家大院的阿黃，早就和他們混得爛熟。可現在，半年多了，阿黃還認得他們嗎？兩人誰也不敢擔保這一點。

「汪，汪汪……」狼狗阿黃突然大叫起來，聲音還是那麼兇狠而響亮。村裡的狗們，也隨著這叫聲應和不已，「汪汪汪」的狗吠連成了一片。

他們的心一陣陣緊縮，難道阿黃發現了什麼可疑蹤跡？不可能啊，阿黃再精明、靈敏，也不可能覺察到他們的動靜呀，除非它變成了一個精怪。叫了幾聲，阿黃就止了，沒有半點響動了。原來它也在為自己壯膽呀，鄒啟明想。對付阿黃，他們也曾謀劃過，如果認出來了，便與它相安無事。一旦阿黃翻臉，便採取兩套手段，一是將備好的繩扣扔出去套住它的脖子，勒死它；要是此招失靈，再扔出一團誘餌，這誘餌用一小塊肉包住一個用線索繫牢的鐵鉤，外面裹一層豬油皮。只要阿黃吞入喉中，便緊拉手中的細線，用鐵鉤鉤住它的喉嚨，使它不能發聲狂叫，然後撲上去，用匕首殺掉。

看看時機已到，兩人從暗處竄出，直奔阿黃。

「嗚——」阿黃發出低沉的嗚嗚，昂起了腦袋，正待一聲狂吠騰起身子撲向對方時，卻突然住了聲音，搖頭擺尾地跑了過來。

鄒啟明與姜自發對視一笑，不禁欣喜萬分。阿黃還認得他們，這傢伙，記憶力真好啊！阿黃圍著他們倆，又是抓撓，又是跳躍，好幾次將前爪搭在他們胸前。它嘴裡輕聲發出「嗚嗚嗚」的欣喜嗚叫，似在傾訴離別後的思念之情。這傢伙，還真有感情呢！狗真是一種忠誠的動物，一旦和人建立了感情，就永不翻悔永不忘記永不背叛了。他們倆這樣想著，便蹲了身子，撫摸著阿黃絨絨的皮毛。阿黃的舌頭舔在他們臉上、手上。他們和阿黃親切地交流感情，幾乎忘了此行的目的。還是鄒啟明很快地從人狗的親情中掙脫而出，他對姜自發說：「你就在這守著。」然後一躍而起，竄入一幢房舍。阿黃欲跟過去，姜自發趕緊按住它的腦袋。他就那麼蹲在地上，一邊愛撫地摸著阿黃的身子，一邊嚴密地監視著四周的動靜。

路線是再熟悉不過的了。鄒啟明直奔西廂房，翻上屋頂，揭開紫瓦，貓一般鑽了進去。雙手勾在一根屋樑上，瞄準一塊空地，縱身一躍跳在地上。不待遲緩，又迅速地撲向姚矮子靠牆的床鋪。

「哪一個？」姚矮子從迷夢中驚醒，含含糊糊地問道。

「少操瞎心，睡你的覺，肯定又是那只大花貓在鬼跳。」一個嬌嫩的女聲回道。

鄒啟明攀開蚊帳，抽出背後的砍刀，對準兩個黑糊糊的腦袋，雙手高舉，用力劈下，然後使勁一劃拉，兩顆血淋淋的人頭便從兩具活生生的軀體上分開，連哼都沒有哼一聲。其中一顆骨碌碌地滾落在地，鄒啟明趕了過去，一把抓起，湊近一看，是一顆女人的腦袋。肯定是荷姑的，鄒啟明想。荷姑是姚矮子新娶進門的第四房姨太太。「委屈你啦荷姑！」鄒啟明說了一句，將她的頭塞進熱烘烘的被窩。又順手拿過另一個頭顱，看也不看就裝在隨身帶來的口袋裡，然後輕輕拔開門閂，溜了出去。

一切進行得十分順利，鄒啟明與姜自發又聚在了一起。阿黃直圍著鄒啟明兜圈子，不住地嗅聞，還噴出兩聲響鼻。兩人還覺不解恨，就想，來一次不容易，不如乘機大鬧一番。悄悄商量後，姜自發便去倉庫盜銀元，鄒啟明到柴禾垛邊去點火。他們這次私自行動，違反了組織紀律，肯定要受到處罰，正好盜些銀元回去將功補過。放火燒掉姚家大院，要讓姚一葦知道遊擊隊的厲害，讓他往後去心驚膽顫睡不成安穩覺，讓他聚斂的財富化成灰燼，看他還敢不敢和共產黨、遊擊隊作對。

兩人約定在埋槍的楓樹下相會。

阿黃彷彿鄒啟明的保鏢，跟著他跑到了柴禾垛旁。他在下面掏了一個洞，將一個易燃的稻草把子塞入其中，點燃。

火苗漸漸旺了起來，鄒啟明用左臉親了親阿黃腦袋，弓身潛至牆根。又順牆根走了一程，尋到翻進來的口子，一縱身躍了過去。

鄒啟明在牆外聽到了阿黃抓撓牆壁與嗚嗚嗚的聲音，回過頭來望望，眼前唯有一堵高大而厚實的牆壁。他在心中與阿黃告別，深深感激它的暗中相助，感謝它那真誠的依依之情。

不一會，他聽到了槍聲、狗吠聲。他停住腳步，站在山坡上向姚家大院回望，火苗正熊熊烈烈地騰竄起來。哭鬧聲、叫罵聲、劈劈啪啪的爆炸聲在他身後響成一片。汗流浹背地來到埋槍的楓樹下面，沒有姜自發的影子，鄒啟明坐在樹根上歇息等候。

姚家大院的沖天大火幾乎照亮了大半個天空。火焰中，人影幢幢，如鬼魅般虛幻而飄緲。

等了一陣，仍不見姜自發到來。他急了，趕緊起身，跑下山去迎候。沒有迎著，便漫山遍野地找尋，又不敢大聲喊叫，只得瞪大眼一處地方一處地方地搜索。轉來轉去，不知怎地就轉到了父親墳前。除了一堆黃色的新土，花圈、草皮、紙錢灰，什麼也沒有，就這麼一個光禿禿的黃土堆。鄒啟明傷心極了，不禁停在墳前，雙腿一彎，「撲嗵」一聲跪在墳前。他從口袋裡掏出姚矮子那血糊糊的腦袋放在父親墳頭，淚水湧了出來，咧開嘴啞啞地哭著，邊哭邊說：「爹，兒對不起你，是做兒的害了你。爹，你的仇，俺報了一半，我殺了姚矮子，帶了他的頭，祭奠來了。爹，我一定要把仇報完，親手殺死姚一葦，我要帶著他的頭來祭奠你！爹，你就等著吧，兒說到做到！你就安心地躺在九泉之下吧。爹，兒又得走了，我不能久待，兒是革命的人，你等著，我還會再來看你的……」

鄒啟明不敢怠慢，很快離開父親墳頭，又開始尋找姜自發。尋了半天，只得又回到楓樹底下，遠遠地就見姜自發背著一個褳褡，正坐在自己坐過的樹根上等他。

原來，姜自發動手晚了一步，尋了好半天，才找到銀庫所在。等他背著裝滿鼓鼓囊囊銀元的袋子走到屋外時，已是火光沖天。他無法行動，恐稍有不慎被人抓獲，便躲在原處看那堆柴禾垛慢慢燃成灰燼。由於發現及時，隔離得力，姚家大院的房舍躲過了大火的燃燒，只有那堆越冬的柴草全部報銷……

腦袋呢？姚矮子的腦袋呢？

祭奠完畢，又將它裝進口袋裡了呀！難道是尋找姜自發時將它弄丟了？丟在了哪兒？又好像沒有裝回口袋，就匆匆忙忙地離開了父親的墳瑩……似乎是與姜自發會合後，需要口袋裝銀元，就將那顆無用礙事的腦袋給扔了，扔下了山坡，還滾得骨碌骨碌直響呢……唉，那腦袋到底是怎麼一回事，真弄不清了。實在是弄不清，腦袋裡給攪得一塌糊塗。

這又成了一個謎，一個腦袋之謎，一個永恆之謎了，鄒啟明想。過去了幾十年，也實在沒有弄清的必要了。弄個一清二楚，又能怎麼樣呢？死了就永遠地死了，怎麼也活不轉來了；活著的也總有一天會死去，只不過時間遲早罷了。這樣想著時，鄒啟明的心胸反而開朗了不少。

慢慢地，身子又有了勁。極想抽支煙，抽吧，抽完了好上路，一鼓作氣地走回家，不能再坐在這兒久待下去了。肚子餓了，太陽就要落山了，鳥兒歸林，牛羊歸圈，雞鴨歸籠，這人，也得歸屋了。又在口袋裡掏煙絲掏火柴，就碰到了小黃遞給他的那封信。當時沒有心緒看信，現在獨自一人，倒想好好地讀讀兒子的來信。

他小心翼翼地撕開，抽出信箋。只有一頁稿紙，上面的字很大。鄒啟明識字不多，鄒始寫信時，很注意父親的文化層次，儘量將要說的話、要做的事變成簡明易認的方塊漢字。鄒啟明一個字一個字地讀著，輕輕地念出了聲。讀完，又從頭至尾看了一遍，將信紙原樣折了放回信封，嘟囔道：「鄒原出獄了，判了二十年，總共坐了……噢，坐了五年。出獄了不回紫瓦村，卻去了墨市……紫瓦村……始兒是不會回來的了，原兒也不願回呀……唉……」深深地歎息著，就又想到了姜自發。老夥計，你要是多熬幾天就好了，老子一定要他馬上趕回來見你。可你等不及……等了四年多，就差幾天了……唉，不見也好……

鄒啟明雙手捧了個信封，卻忘了抽煙。突然，天空中傳來兩聲烏鴉的鳴叫。他驚懼地站起身，望著天空那只盤旋的黑鳥。「鴰、鴰、鴰……」烏鴉一聲連著一聲，叫得十分淒慘。這黑老鴉，好多年不見了，是從哪兒飛來的呢？難道有什麼不祥之兆？突然，他自嘲地搖搖頭，在心中自責道，鄒啟明呀鄒啟明，你一個老黨員，唯物主義者，怎能相信封建迷信那一套鬼東西呢？

八

捱到天黑，鄒原才藉著夜幕的掩護，進了紫瓦村。

他不願讓人發現，他受不了一腳踏入故鄉之時鄉親們那射向他的目光。

他想像著那些目光的犀利與冷漠，便不寒而慄。

他永遠也忘不了五年前站在鄉公所那個土臺上的情景，鄙夷的目光，憤怒的吶喊與森林般高舉的拳頭。這是農民們深受土流氓之害後發自內心的舉動，鄒原剃了光頭掛著牌子，和他們這些人站在了一起，也就成了他們中地道的一員，就得忍受這冰雹般劈頭蓋腦的襲擊。他難以忍受，又無以擺脫，只得無可奈何地默默承受。漸漸地，他的心靈磨出了一層厚繭，也就接受了習慣了。然而，自尊與自傲卻不時地衝破強壓在心頭的石塊，噴發而出，像一面迎風招展的旗幟在他頭頂獵獵作響。

誰也沒有發現他的歸來。

紫瓦村在黑暗中顯出模糊的輪廓，這輪廓，如五年前一樣，如他心中時時紀念著的那般，半點也沒有改變。

他用全部身心感受著故鄉的氛圍，只覺鼻子一陣陣發酸。回來了，又回來了，終於回來了，但只能趁著黑夜像個偷兒般偷偷摸摸地潛回村中，連光明正大進村的份兒都沒有。活到這地步，真慘啊！

他敲響了家門。

父母先是驚異，後是欣喜。

鄒啟明說：「鄒始來信，說你去了他那兒，我估摸著你還有一段時間待呢！」

鄒原說：「總歸是要回來的，免得你們一顆心老是懸著。」

母親撫摸著他的雙手、臉頰，哽咽著說：兒呀，這些年真苦了你！」

鄒啟明說：「人也回來了，快莫提過去了，免得大家都難受。二十年，只坐了五年，也算是不幸中的大幸了！」

鄒原判刑那陣，鄒啟明也跟著受了衝擊，停職賦閒兩個月。後來，還是縣裡發了話，念他老革命老黨員老功臣，才沒有受到牽連。這五年，父母更見衰老了。母親已沒有原來的健朗，步履中顯出幾分蹣跚；父親則更是變了一個人似的，腰板漸呈佝僂，聲音裡透出一種蒼老與衰弱。鄒原好不感傷。

父母早已吃過晚飯。

得知鄒原肚子還餓著，母親又進了廚房，單另為他趕做飯食。

剩下父子倆坐在堂屋，不知怎麼，鄒原感到極不自在。然而，這次父親卻沒有板著面孔對他訓話，只是敘說著村裡、鄉裡的一些人事變遷。

鄒啟明說：「姜自發死了，他很想見你最後一面，但是沒有見到。他說他對不起你，沒有管好姜幺妹，讓他跟人私奔了。」

鄒原驚異地問：「姜幺妹私奔了？跟哪個一起？」五年前兩人目光相碰的那一瞬間，又呈現在他的眼前。難道說，那次姜幺妹躲躲閃閃地鑽入人群，便預示了她日後的私奔嗎？

鄒啟明說：「私奔也是好久的事了。她和蚊子了，兩人一起跑到外省，靠蚊子的木匠手藝過活。

一年半後，他們抱著個丫頭回來了，生米煮成熟飯，大家也都默認了。姜幺妹的日子也不好過，剛生了第三胎，清一色的丫頭。蚊子是根獨種，總想弄個兒子。可姜幺妹就是不爭氣，光生丫頭，有麼辦法？違反了計劃生育政策，要罰款，抬家具，弄不好還要拆他們的屋。」

鄒原心情複雜地聽著。當時，如果自己與姜幺妹結合，又會怎樣呢？畢竟，他們有過名正言順的訂親儀式；特別是那一瞬間，他曾對她產生過難以言說的感情與依戀呀！

「姜幺妹活該，哪個要她生得賤！」鄒啟明幸災樂禍地說了這麼兩句，令鄒原感到十分驚奇。不管怎樣，她是姜自發的姑娘呀！「其實，老姜和幺妹也沒做什麼對不起你的事，是你先背叛了他們。這，你心裡比我更清楚。」父親的話題又來了個一百八十度的大轉變，令鄒原摸不透他的思緒，「原娃，不管怎樣，你得去給老姜墳上磕個頭。他可沒有虧待你，他一直是把你當他的女婿、兒子來看待的。」

鄒原點點頭：「我會去的，明天就去。」

「買掛鞭好好放放。」

鄒原又點頭。

飯菜端上來了。鄒原餓極，不禁狼吞虎嚥般地吃了起來。五年監獄生活，使他的吃相十分難看，一副猴急難捺的樣子。

母親心疼地說：「莫慌，慢點吃，小心噎著了。」

鄒啟明皺著眉頭，想就此說上兩句。頓了頓，終是轉移了話題。

又開始聊一些別的人和事。

鄒原一直惦記著的是桃子，好幾次，他想開口詢問，後來總算找到了一個合適而自然的機會。

「桃子啵，去年嫁了人。」母親說。

鄒啟明沉默著不言聲。

以前，鄒原留心觀察過好幾次，只要一提到桃子和桃子媽，父親就沉默。

「嫁給誰？」

「林場的厚彬。現在，果園給魏承彪承包了，厚彬就當了雞公山的守林員。」

「桃子她媽呢？」

「反正沒死，活著呢！」母親口氣很沖地說著，瞥了一眼鄒啟明。

鄒原似乎明白了什麼，又什麼也沒弄明白。不便再提她們母女倆，歎口氣，也就罷了。

一整夜，他翻來覆去地睡不著。一些人事的變遷使他一陣陣心痛；雞鳴狗吠既使他感到親切，又時時將他從朦朦朧朧的睡眠中拉回；而明天，他將如何面對所有的故里鄉親，更使他感到陣陣困惑與猶豫……

捱到天明，在第一聲響亮的牛哞聲中，鄒原起了床。

他步出戶外，步向村中曲折回環的小路，與早起上地的農民打著招呼。

「呵，是鄒原，你回來了？什麼時候回的？」

人們對他清晨的突然出現驚奇不已。但是，更為驚奇的是他完完全全變了一副樣子，不是那種飽受牢獄之苦後的窩囊，而是一副紅光滿面、神采飛揚的神情。

他穿著筆挺的西裝，打一條花格紋領帶，穿一雙映得出人影的黑皮鞋。一舉手、一投足，十分神氣，有模有樣，跟電視中那些有頭有臉的人物差不離。

日怪，鄒原這娃坐牢，怎地坐出了這個樣子？坐出了這等氣派？同樣是坐牢，前不久放出的受凍簡直變成了一個廢人，說話吞吞吐吐，走路驚頭慌腦，一身皺皺巴巴的衣服像剛從醬菜壇里拉出的老醃菜，全身還一股子的餿味。與鄒原相比，真是一個天上，一個地下呵！

「受凍也回來了。」人們告訴他。

「哦。」鄒原與受凍沒有送往同一個勞改農場。聽鄉親們一說，鄒原這才知道受凍在落實政策時也減刑五年。

「唉，只是苦了受餓那娃，活生生的一條命，要是當時不斃，說不定也會沒事了。」

人們談論著，鄒原覺得有必要選個日子看看受凍。

很快地，鄒原刑滿釋放回家的消息就傳遍了全村，並添加了不少傳奇性的色彩，說他幾年牢一坐，反而比以前更加神氣更加風光了。於是，人們都抱著好奇與渴望走出家門來，有的和他打招呼，有的躲著偷偷地看一眼，弄得熱鬧非凡。

草子也擠在人群中，一邊和鄒原套著近乎，一邊神情專注地觀察著他。然後，草子私下裡對人說：「我看他氣色不正呢，眉間透著一股子煞氣。這煞氣很重，怕有人要遭殃。」

私下裡說，很快便私下裡傳開了，大家嘀嘀咕咕，畏懼地打量著鄒原，並撥著指頭算計哪些人和他結了怨。

無形中，有的人開始心驚膽顫。

鄒原望著鄉親們，像一個檢閱部隊的首長般居高臨下地望著。

他對自己的表演頗為滿意，這出乎意料的成功使他很快恢復了自信。

他在村中慢慢地踱著，呼吸早晨清新的空氣，沐浴著朝陽的光輝，從內心深處，真正感到自己恢復了自由，就覺得活著真是一種美好一種享受。他像喝著醇香味正的穀酒，感到愜意舒暢、心滿意足。

兜風般地在村子轉了一圈回家吃早飯．鄒啟明說：「你這次回家，壓力大著呢。那承包的幾畝地，我跟你媽年歲大了，恐怕得交給你侍弄才行了。」

父親這麼一說，他才真正感到了壓力。怡然自得的心情一掃而空，彷彿從空中猛然跌落在地。腳下是堅硬的土塊，是那種「晴天像把刀，落雨一包糟」的黃土塊。

回到紫瓦村，可不像在弟弟處做客雲遊似的。墨市對他，要麼拒絕，要麼把他當成一個客人；而紫瓦村，無論什麼時候，什麼境況下都不會拒絕他，可接納的方式只有一種：將腳下的黃土地作為維繫生命的根脈以供奉、耕耘，容不得半點虛浮。鄒原不得不接受這一面臨的事實。他點點頭，故意輕描淡寫地說：「不就幾畝田地嗎？算得了什麼，交我一人得啦！」

鄒啟明說：「種田可不是兒戲，來不得半點虛飄喲！」

鄒原說：「保證不比別人種得差。」

兩句話，父子間的交接手續似乎就辦完了。

吃完飯，父親去了村委會，母親拎個水桶和小鐵鏟到菜園去栽菜。撇下鄒原一人在家，將自己的房間收拾佈置了一番，呆呆地坐了一會，想不出究竟上哪兒去的好。

去找桃子？找姜幺妹？乾脆不找的好。找之何益？徒增煩惱與憂愁罷了。

過去的事就過去了，男女之情，本來就是看不見摸不著的東西。日子一長，飄散得沒有蹤跡，不是很正常嗎？怨不得她們，怨只怨命運的不公平不合理。而命運，又是誰也無法改變的東西，只有聽之任之了。

要不，去看看受凍吧？唉，也沒麼意思，免不了一番感傷與流淚，鄒原可不想讓受凍沖淡了早晨美好的心緒。那麼，到姜自發的墳頭上去祭奠一番？答應父親今天去的，還是今天了卻的為好。想來想去，決定先順路看看那幾畝責任田，然後再上山去祭墳。

翻出一個精緻的小包，這是鄒始送給他的，上面印著「××會議留念」，落款是幾家墨市企業的名稱。帶上房門，到村裡一家經銷店買了一掛兩千響的鞭炮、一遝黃裱紙、兩支蠟、三炷香，打開小包裝了，拎著不緊不慢地往前走。

家裡承包的田地還是五年前的那幾塊。坳裡一塊水田，晚穀長得挺茁壯，穀穗由青漸黃，過不多日，就該收割了，鄒原想。山坡上還有兩塊旱地，一塊栽著紅薯，一塊種的棉花，上山時路過，也得去看看。

繼續往前走，便見到了桃子的家。桃子現在有兩個家了，一個在雞公山上的林場，和厚彬住在一起，再一個就是她原來的家。她三天兩頭地跑來跑去，在山上和厚彬待幾天，又回村住上一段日子，服侍母親的生活起居。她想接母親上林場住，過不幾天，她媽說那裡面鬼氣重，陰森森的怪嚇人，死也不肯待下去，就又回到了原來的老屋。她村中的屋住得很偏，周圍沒有房舍，單家獨戶的。十多年前她們也住村中間，後來桃子媽堅決要求遷到僻靜些的地方去，便請人在荒地上辟出一塊屋場，重建一座小屋，住了下來，直到今天。

陽光下，桃子家稻場上有個女人的影子晃來晃去。

鄒原眯縫了眼睛看，就想，那該是桃子了。心中立時湧出一股莫名其妙的衝動，腳步竟不由自主地偏向通往桃子家的一條小徑。走了幾步，突然又止了腳步，折回原來的路徑，嘴裡不成腔調地唱道：「三月裡來桃花開，桃花豔豔惹人愛；結個桃子紅又大，任誰吃了樂哈哈，樂哈哈……」聲音低了下來，小包一前一後地甩來甩去，仍覺得一股氣悶在心裡堵得慌，遂又鼓足勁吼道：「桃子桃子，嫁個耗子。等到冬天，不得好死。」吼完了，心裡覺得好受多了，便不再去想桃子耗子之類的事，沿一條蜿蜒小徑往山上爬去。

爬了一程，渾身發熱，將領帶鬆了，脖裡的扣子解開。又想，反正山上沒人，這領帶打之何益？甩來甩去的倒是個負擔，不如解了算啦！雙手一扯，領帶的活扣便開了。拉下來，折幾下，隨手塞進包中。

突然，他聽得身後響起了雜遝的腳步聲。心頭一驚，趕忙回過頭來，見有四個青年人沿他走的路徑趕了上來。憑著一股直感，鄒原覺得這夥人是衝他來的。於是，他將包扔在一旁，叉開雙腿，冷眼靜觀他們的舉動。

走近了仔細一看，四個人中，一人是村裡有名的痞子老黑，另三人的面孔陌生，鄒原不認識。老黑邊跑邊招手：「鄒原，鄒原，馬桶拜會你來了。」

鄒原立在原地，丈二和尚摸不著頭腦。什麼馬桶尿桶，他一點也不知道這個要拜會他的馬桶與他何干。

四人趕到鄒原面前，除老黑外，另三人納頭便拜，「大哥」「大哥」地叫個不休。

鄒原道：「什麼大哥，我與你們何干？」

三人一齊道：「我們要拜你為大哥。」

「起來起來，我哪有資格做你們大哥，也受不起你們這麼三拜兩拜的。」

「你若不答應做我們的大哥，我們就不起來。」三人齊嶄嶄地雙腿跪在他的面前，一副鐵心鐵意、可憐兮兮的樣子。

鄒原覺得挺好笑的，便說：「好好好，我答應做你們的大哥。快點起來吧，莫把膝頭包跪出血來了！」

老黑拍手叫道：「好了好了，原哥答應你們了，快點起來吧！」

三人趕緊爬起，其中一個道：「我就叫馬桶，」又指著另外兩人說，「他們是我手下的小兄弟，他叫魚叉，這個是鋤頭，都有幾分能耐，算得上一把好手。」

魚叉和鋤頭便連連拱手：「哪裡哪裡，馬兄過獎了。咱們第一佩服鄒哥的成功，第二佩服鄒哥的仗義，第三佩服鄒哥的瀟灑，願為鄒哥效力賣命！」

幾句讚歎話說得鄒原飄飄然，於是，他很有派頭地說：「結識諸位，深感榮幸。有什麼事，大夥互相照應吧。」

馬桶說：「一聽鄒哥回鄉，我們立馬就趕來了……」

鄒原打斷他的話：「你們是哪個村的？」

馬桶朝南方一指說：「我是胡家灣的，魚叉是烏龍村的，鋤頭家住馬家嘴。」

「都外省的？」

馬桶連連點頭。

提到胡家灣，鄒原的臉色陡然變了。胡家灣裡的那個胡歪嘴，害得他夠苦的了。

馬桶繼續說：「剛一聽說鄒哥回來，我就趕緊向鄒哥賠罪來了。過去的事，萬望大哥高抬貴手，放過一碼。往後去，必當拼死相報。」

鄒原皺緊眉頭：「你何罪之有？」

馬桶微偏腦袋，仰上瞧著鄒原：「難道鄒哥真的忘了？」

鄒原不明就裡，只是冷冷地盯著馬桶。頓時，馬桶的雙腿開始不由自主地抖動起來。

老黑在一旁說：「過去，他是胡歪嘴手下的一個小兄弟。」

「啊！」鄒原不由得倒抽一口冷氣，仔細盯著馬桶，就覺得似乎在哪見過面，到底在哪兒呢？噢，想起來了，就在青松嶺，五年前的那個月夜，這個叫馬桶的曾在他眼前晃蕩過。當時那夥人逃竄時，鄒原還聽得其中有人叫過一聲「馬桶」。

老黑繼續說：「馬桶這人命大，『嚴打』那陣，他姥姥死了，陪他老娘回老家四川去奔喪。後來聽到風聲，便躲了起來，上面沒有抓到他。日子一長，政策一鬆動，也就沒麼屁事了。」

鄒原的拳頭捏得咯巴咯巴兒直響，他真想衝上前去，對準馬桶的胸口一番拳打腳踢。但他畢竟不是幾年前的鄒原了。人家主動來賠罪，你卻賞他一頓拳腳，於情於理都說不過去。況且，若不他自己提起，鄒原哪裡還記得一個什麼馬桶水桶尿桶的人來呢？這麼一想，氣便消了一大半。

然而，鄒原的沉默與冷眼卻使周圍的空氣緊張得似乎凝固起來。

馬桶抖動的雙腿一軟，又是「撲嗵」一聲跪倒在地。隨即，他掄起雙手，在自己的臉面上使了勁左右開弓地抽打著。「我有罪，我該死……」他一邊抽打一邊大叫。

鄒原見他一副痛心懺悔的樣子，並不是在演什麼把戲，心裡也就原諒了他。「馬桶，算啦，」鄒原說，「過去了的事，就算啦！」

馬桶立時停止抽打，欣喜地問道：「大哥，你真的原諒了我？」

鄒原點點頭。

「你不拿我開刀了？」馬桶不相信似的問道。

鄒原不便言說什麼，只是搖搖頭。

馬桶一躍而起，雙腿一併，雙掌合攏，道：「鄒哥，你好寬宏大量，宰相肚裡撐得船，俺馬桶實實在在地服了。日後有麼事，你儘管吩咐，我馬桶要是敢說一個不字，天打五雷轟！」

魚叉道：「這方圓幾十裡，三鄉二十村的三教九流，都歸俺馬哥掌管。只要他發話，沒有誰敢不聽的。」

馬桶說：「大家聽我的，我聽鄒哥的。你們馬上傳我的話，鄒哥是老大，大家都得聽他的吩咐。要是誰敢違抗，打斷右腿。」

魚叉與鋤頭同時回道：「是，馬上傳話！」

關於三教九流、黑道上的內部規矩什麼的，傳聞頗多。今天親眼目睹了這一幕，鄒原覺得很有趣的。但是，他怎麼也沒有想到的是，僅馬桶幾句話，一下子就登上了黑道第一號人物的寶座。從此，鄒原可以對他們發號施令了，可以在方圓幾十裡的黑道上翻手為雲、覆手為雨了。

「喂，馬桶，」鄒原問，「咱紫瓦村歸誰『管方』，是不是老黑呀？」

馬桶道：「老黑不過一個小痞子，哪裡上得了席位，紫瓦村一帶，歸雞蛋管方。」

「雞蛋？就是開經銷店的雞蛋？」

馬桶道：「正是他。」

鄒原剛才還在雞蛋手裡買過鞭飽香燭等物，但他怎麼也看不出雞蛋還是一個管方的角色，果然是真人不露相呀！想想也有道理，他的經銷店生意紅火，財源茂盛，若不是黑道上人，不早就被偷被搶被拿，開不下去了嗎？

這時，馬桶對老黑說：「老黑，現在輪到你拜大哥了。」

老黑聞言，二話不說，就要下跪。

鄒原馬上止道：「都一個村的，免了免了。」又問：「老黑剛才怎不和你們一起拜？」

魚叉說：「得先讓咱們拜了，他才有資格呢！」

鄒原覺得很好笑：「連磕頭也要分等級？」

馬桶道：「那當然啦！咱們的規矩可多著呢，你慢慢地就清楚了。」又問：「鄒哥，今天有什麼要吩咐的嗎？」

鄒原想不出有什麼要人代勞的，正想揮手讓他們走開，突然就想起了劉松林。他將馬桶拉到一旁耳語道：「正巧，有件要你們去辦的事。」

沒想到馬桶大聲說道：「鄒哥，什麼事，你儘管大聲說，不礙事的，都是些鐵嘴，嚴得很呢！」

鄒原說：「咱們白雲鄉的副鄉長劉松林，你們認識不？」

馬桶回道：「頭面人物，怎不認識呢？就是一般的平頭百姓，不論是誰，只要說出姓名來，不過半天，也會查個水落石出。」

鄒原又說：「他小孩多大了？」

老黑說：「劉鄉長沒有小孩，這是誰都知道的事，只是你這幾年不在家，不清楚罷了。」

馬桶說：「他生過一個男孩，不到三個月就得病死了。」

「好，很好！」鄒原右拳擊在左手掌心，目光射出一股陰冷，「將他廢了，讓他斷子絕孫！」

四人大惑不解地望著鄒原。

老黑問：「你們不是挺好的戰友嗎？」

鄒原一聲怒吼：「什麼也別問，我要你們廢他，就給我將他廢掉。要幹得神不知鬼不覺，越快越好！」又轉向馬桶，「這就是我的吩咐，聽不聽，全由你！」

馬桶拍拍胸脯道：「大哥開口，一定辦到，我一個星期之內，保證回話！」

鄒原揮揮手：「你們走吧，我還要上山去祭墳。」

四人走下山坡。

鄒原尋出小包，獨自一人向葬了姜自發的葫蘆山走去。山頭有一片饅頭般的墳地，那是紫瓦村公墓所在。村裡的人死了，便抬往墳地，挖一墓穴埋掉，壘起一個墳堆。時間一長，墳堆上便長出了旺盛的青草，青草連成一片，高高低低地起伏著，別有一番風景。

父親告訴他，姜自發的墳，就在他的祖父旁邊。於是，鄒原徑直向祖父墳地奔去。臨近時，心裡不覺一陣後悔，忘了給爺爺買上一份鞭炮香燭呢。儘管沒能早日出生見上爺爺一面，但他腦裡經常浮現出爺爺親切的形象來。

九

祭墳後的第四天傍晚，鄒啟明一回到家，就說：「劉松林這傢伙，不知得罪了誰，兩粒卵子讓人給剜走了。」

鄒原故意大驚小怪地問：「是嗎，還有這樣的怪事？」

父親說：「千真萬確呢，他住在鎮上醫院裡，各村幹部都去看了他。」

鄒原說：「該不會死掉吧？」

「性命倒沒問題，只是日後沒有生育了，空有一個男人的架子。」鄒啟明說，「這件事在縣裡影響很大，上面正在嚴厲追查，說是一起惡性報復案件。要是查出來，任誰也得判個二十年，弄不好又得槍斃人。」

鄒原聽著，心底不由自主地一陣緊縮，渾身冒出陣陣虛汗，頓覺眼前一片昏黑。

「這事，肯定又得有一些人受到牽連，凡是和他結了怨的，恐怕都得審查一番。」鄒啟明說著，突然問鄒原，「聽說他在審訊你的時候打過你一頓？」

鄒原盡力鎮靜自己，反問道：「你聽誰說的？」

「張鄉長告訴我的。派出所立案時，凡被他整了的，和他有過矛盾的人，他都一古腦地說了出來，這些人都成了懷疑對象呢。」

「難道他們也懷疑我？這幾日天剛黑，我就上了床，半步門也沒出。」做賊心虛，鄒原為自己辯解。

「你沒有瞎摻和，這我也可以作證。張鄉長的意思，也是提醒俺日後要多留心劉松林這傢伙。查不出人，紅了眼，凡與他有過磨擦的，怕都得咬那麼一口。」

從父親的語氣，看得出他對劉松林也十分反感。鄉長張斌與他之間，似乎也有矛盾。這麼一想，鄒原便感到有了一種保護與依靠，不覺鬆了一口氣，定下神來，故意問父親：「一個大活人，劉松林怎就讓人家給剜去了卵子？」

父親道：「傳說不一，大致有兩種說法：一是說他那天晚上起來解手，讓幾個人綁了，口裡塞一團棉絮，就勢扒掉褲子，將那兩粒卵子剜了，又給扔回了堂屋中；另一種是說他和雙星村的一名寡婦偷情，被一個蒙面人堵住，又不敢叫喊，活生生地讓人給剜了。我信後一種說法，認為是一場情禍。要是這樣定案就好了，既可搞掉他的職務，又可以避免一些人受到牽連。劉松林這傢伙，有些事情做得很過頭，上上下下對他都很反感，不少人背地裡在幸災樂禍呢。」

其實，鄒原早就知道了劉松林被廢的經過。事後第二天早晨，老黑就悄悄地告訴了他。他快慰極了，吐出一口憋了五年之久的惡氣，頓覺神清氣爽。當時，他對老黑和馬桶等人讚不絕口：「不錯，幹得好，夠哥們！」

事實的經過，既不是父親所說傳聞中的第一種，也不是第二種。真實情況是這樣的：劉松林被雙星村一個姓蔣的村民接到家中去喝酒。他為姓蔣的媳婦超生第三胎免去了一部分罰款，蔣便弄了一塊狗肉，在家裡烘了，請他喝酒感謝他。馬桶等人摸清了這一情況後，當即就做好了下手的準備。喝到晚上十點多，劉松林才醉醺醺地出了門。姓蔣的家人要送他回家，他拒絕了，說：「我劉松林什麼也不怕，不怕鬼不怕壞人，不怕天不怕地，不要你們送。」真是天遂人願，在一個僻靜處，馬桶的手下人突然動手。他幾乎沒有什麼反抗，就被剜去了那兩粒寶貴的卵子。也許，他酒醉醺天暈暈乎乎，當時並沒有感到什麼疼痛。只是醒來後，那心靈的痛苦遠勝於肉體的痛苦，讓他實在難以忍受。

吃了飯，鄒啟明一口接一口地抽悶煙。

鄒原說：「爸，就為劉松林這事，你煩什麼！又不是你的事，操什麼心？他懷疑我，也只是懷疑，不理他就行了。」

鄒啟明說：「村裡的好多事都煩人呢。八組兩頭耕牛被偷了，怎麼也查不出，那是兩條當家牯牛啊！他們組總共就四條耕牛，偷了兩條，冬耕播麥咋辦喲！」

鄒原想了想，說：「這幾天反正沒麼事，我也幫著查一查吧。」

鄒啟明望著他說：「就你這個樣子，能查出個耕牛來？」

鄒原笑笑，說：「爸，你不要總是瞧不起我。」

鄒啟明說：「不是瞧不起你，我是說做人不能說大話，辦事要踏實一些。在我面前吹吹牛無所謂，對外人，可要好好注意呢。」

鄒原說：「好吧，要是我把耕牛找回來，看你又咋說！」

當晚，他便打著手電筒去找老黑。由老黑領著，翻過青松嶺，走了幾裡山路，來到胡家灣馬桶家，將尋耕牛的事對他說了。

馬桶回道：「這件事，我也沒有什麼把握。要是出了咱們地盤，就沒有辦法了。但只要還在咱兩省三鄉二十村內，我明日就給你拉回。」

第二天下午，鄒原獨自一人進了胡家灣，在約定的地方等著馬桶的消息。

坐在一塊石頭上等了好半天，不見他的蹤跡，心裡很失望。站起身，正準備往回返，又不甘心地往前一望，就見一名婦女牽著兩頭黑色水牛緩緩地走了過來。

鄒原心裡頓時生出幾分希望，他迎上前，問道：「大嫂，你這牛……牽到哪兒？」

婦女說：「人家要我牽到這，送給一個姓鄒的男人。」

鄒原不禁欣喜萬分：「那男人就是我，你交給我得了。」

婦女打量著鄒原，一副不信任、不放心的神態。

鄒原馬上說：「大嫂，馬桶他人呢？」

「哦，你果真就是那個牽牛的人，」婦女說道，「馬桶在高坪村請人喝酒呢，牛就是在那裡牽來的。」

鄒原又說：「大嫂，我該怎樣謝你呀？」

「不要你謝，馬桶已給了我兩塊錢的工錢呢。」

接過牛繩，鄒原忙不迭地往回趕。半路上，就碰見了村裡的一群幹部，有支書鄒啟明，村長樊立人，治保主任孫老二，會計馬大發等。見鄒原牽著兩頭水牛朝村委會緩緩走來，全都驚喜得高聲叫了起來：「哎呀，找到啦！」「老天保佑，總算給找回啦！」「這下好了，又少了樁頭痛的事情。」

鄒啟明問鄒原：「這麼快就弄回了，你在哪兒找到的？」

鄒原道：「你這麼問，好像這牛是我偷的，看來我是不應該把牛給找回來了。」

「好，好，找回來了就好，鄒原立了一大功！」

眾人皆稱讚道，唯有鄒啟明沒有言聲。他用一種疑問的目光圍著兩條耕牛慢慢地轉了一圈，似乎在尋找著什麼祕密。然後，他對治保主任說：「趕快叫八組的人來領牛。」又對鄒原說：「鄒原你真能呵！」

聽了這句話，鄒原冷了半截腰。心想，這真是頂起碓臼唱戲——人又吃了虧，戲又不好看。這樣的事，今後再也不會幹了。

彷彿眨眼間，晚穀就熟了，沉甸甸的穀穗在山坳裡閃爍著片片耀眼的金黃。農夫心裡充滿了豐收的喜悅，面對今年的好收成讚歎不已：「這哪裡是穀子，簡直就是一片黃金喲！」

趁著天氣晴好，家家戶戶開鐮收割，陣陣打穀聲響徹了紫瓦村。

鄒原也在籌謀著收割了。父母年邁，他想讓他們歇著，請幾個人來幫忙。家家戶戶都在搶割，人手十分緊張，想來想去，鄒原決定去找村裡的受凍和老黑。

那天見到受凍，他咧開嘴就哭了，哭訴幾年來的苦楚與羞辱。他對鄒原的仗義仍是感恩不忘，說他沒多大能耐，人家也不把他當人待，反正這條性命也沒多大價值，他願為原哥去死，以報答他的大恩大德。鄒原說：「受涑，你不要這般窩囊，一定要活下去，活出個樣子來！就是要人家把你當人看，你不要老是夾著尾巴抬不起頭窩窩囊囊的！」說著拍了拍胸脯，「往後去，有什麼事，你儘管來找我。要是哪個欺負了你，我就替你揍他媽的稀巴爛，我這人最看不慣那些欺小凌弱的傢伙！」一席話，說得受涑更是感激涕零，他說：「原哥，你的話俺聽，有你給我撐腰，我還怕誰？我一定要活得像個樣子，不然也就對不起你了。」後來，鄒原又找過受涑幾次，發現他比原來打扮得要講究了一些，人也添了幾分精神。鄒原找他明早幫忙割穀，他二話沒說就答應了。他道：「任是天大的事，我也得擱下。」受涑在田裡幹活，也算得上是一把好手。

他又去找老黑，老黑也答應了，商定明日早點動工。

三個人，一天的工夫，要割完、打完、挑完二三畝稻穀，收拾齊整，也不是一件十分容易的事。

回家將請人割穀的事對父母說了，母親道：「憑你爸的關係，在村裡多請兩個人還不容易嗎？」

鄒原說：「我已經答應過，要把幾畝田地盤好。這點小事，還用得著勞動父親嗎？」

鄒啟明說：「好吧，我這次也就圖個輕閒不操心了，不過明天我還是要下田去割的。都聽你安排，我就算個幫工吧。」

鄒原忙說：「算了，不用你插手，要圖輕省，就圖個乾乾淨淨的輕省，明日儘管忙你的去吧。」見父親還要堅持，他又說：「連這點小事你都不肯相信我？」

鄒原這麼一說，鄒啟明也就罷了。母親說他明日專門管生活，把飯菜做妥。

第二天，天剛麻麻亮，鄒原、老黑、受涑就開始下田割穀。

昨夜的露水很大，左手抓著稻梗，一鐮下去，晶瑩的水珠四處擺動，前胸的衣服和卷著的褲管很快就濕透了。不一會，三人身後就放倒了一排稻穀，鄒原感到累得喘不過氣來。農活幹得少，手也不聽使喚，生硬生硬的，哪像受凍和老黑，「刷刷刷」一割就是一大片。心頭越急，手腳越慢，人也越累。一鐮刀下去，「嗤」地一劃拉，鄒原感到一陣鑽心的疼痛，「哎喲」一聲叫了起來。

老黑和受凍立時跑了過來，只見鄒原左手小指割了一道口子，鮮血直往外冒。

受凍趕緊將自己衣服上的破布撕下一條給他包紮。

鄒原說：「剛開始割，就弄了個口子，這可怎麼辦？看來今日難以完工了。」

正發愁地說著時，就見田埂上走來了一群人。

老黑欣喜地叫道：「好了，來了一群幫工，半點也不用發愁了。」

領頭的是馬桶，他的身後，跟著十來個肩挑竹簍、籮筐的小夥子。

隔老遠，馬桶便叫道：「鄒哥今日割谷，也不跟俺說一聲。這點小事，還用得著你親自動手嗎？」

鄒原盯著老黑道：「肯定是你多嘴了。」

老黑說：「就咱們三個人，文不文武不武的，得幹到哪年哪月呀？」

鄒原轉向馬桶一夥人，拱拱手道：「有勞各位兄弟了！」

眾人七嘴八舌地說：「大哥說啥見外話呀！」「小事一樁嘛，算得了什麼？」「能給大哥效勞，求之不得呢！」

他們叫著嚷著，紛紛下到田裡。

一把把鐮刀伸向壯實的稻稈，閒在一旁的打穀機被「嗚嗚嗚」地踩響。一邊收割，一邊脫粒，一邊將穀子挑往鄒原家稻場攤開曬著。早飯時分，三四畝水田便已割完、打完、挑完。

鄒原望著立在田中的一束束稻草，覺得極像列成方陣的一群士兵。這些稻草，得在田裡曬上一段時日，待幹後挑回家碼在屋後，或熏肥，或當柴禾燒飯做菜。

鄒原忙著招呼大家上他家吃飯。

眾人紛紛推辭。馬桶說：「小事一樁，不值得吃飯。」

鄒原挽留道：「哪能空著肚子回去呢？」他在心裡真誠地感謝他們的幫忙，要不然，一天下來，累死累活不說，還得留個尾巴，明天再請人。

大家都說回家去吃，馬桶又道：「鄒哥，這麼多人，你又沒個準備。來日方長，兄弟們抽空再聚吧。」

一夥人大哥長、大哥短地叫著，很快便順著來時的田埂走了。

鄒原站立田頭，望著走遠的人群，覺得自己這「老大」，比他父親當個支書強多了，心裡不免生出幾分得意。瞧著仍在隱隱作痛的小指，他自言自語道：「看來，只有種田是條死道。任憑什麼路子，都比這種田快活、實惠多了。」便想，得把馬桶讓給他的這位置用好用活才是。蝦有蝦路，魚有魚道。既然待在了紫瓦村，就得靠山吃山，靠水吃水了。

十

鄒原不知不覺地入了黑道。

他何曾想過回到紫瓦村後要落入此道呢？只是，一股無形的力量牽引著他往前走。

他不知道自己已經踏上了這條路徑，等明白過來時，卻已陷入其中難以掙脫。況且，這位居「老大」的第一把交椅使他嘗到了不少甜頭，那恭維與臣服使他的虛榮心得到了極大的滿足，他也不願就此甘休地去做一個老實巴交的種田佬。

有時，良心感到不安時，就自我辯解：我不這樣又能怎樣呢？一個勞改犯，在心底，人家只有鄙夷與畏懼，哪有什麼遠大的前程與光明的出路可言？我出入黑道，就是要消除別人對我的鄙夷，要加強那種畏懼感，使他們對我產生某種程度的依賴和敬重。同時又自我寬慰著，我不當黑道頭頭，總得有人幹；而我幹了，總比馬桶這些傢伙要強些，起碼我要對得起良心，做幾樁好事。從古至今，就有紅道、黑道、黃道之分，人生在世，總得要走一條道道才行。這黑道，說起來儘管不怎麼好聽，也不怎麼光彩，但它一直就存在著。既然存在，便有它存在的道理。鄒始曾經說過，一切存在的都是合理的，他說這是德國一個姓黑的老頭子，世界上最偉大的哲學家說的。姓黑的偉人說存在的就是合理的，不就是說黑道的存在是合理的嗎？這麼想著時，鄒原便心安理得、順其自然了。

秋收一忙完，村裡又閒了下來。鄒原對父母說，在家裡待了這多日子，想到外面去轉轉，散散心，解解悶，三五天就回。

父親說：「出去轉可以，只要不在外面闖禍就是了。」

鄒原保證不惹事生非。於是，就隨馬桶在三鄉二十村轉開了。

他像一個收租的地主，神氣十足地在自己的地盤上轉悠著。每到一村，馬桶便叫來管方的小頭目，小頭目再去招來那些小嘍羅，一齊拜見老大。馬桶用粗嗓門嘰哩哇啦地吼出幾句鄒原不懂的黑話。然後，鄒原和他們一一擊掌，拜見儀式即告結束。這時，鄒原也就當仁不讓地扮起老大的角色來。他神情嚴肅，目光裡透出一股威嚴，說話鏗鏘有力，儼然一位出巡的皇帝面對他的臣民。拜見完畢，鄒原總要訓話，話不多，但字字如土坌沉沉地扔向對方。他說：「我們走的是黑道，但不能黑良心。要像梁山水泊英雄那樣，敢於仗義，扶貧濟危。還要向雷鋒學習，多做好事。過去一些好的規矩，也要遵守，切不可亂來胡鬧。若是有誰不信邪，我就拿他開刀。」

眾人一片唯諾。

鄒原深深地感受到了什麼叫做一呼百應，便想，難怪那些當官的會上癮的，原來它有著一種神奇的魔力呢。

接下來，便是吃飯喝酒，日白聊天，圍桌打牌。

這麼轉悠，五天時間一晃就過去了。

最後輪到紫瓦村，鄒原就免了。

本村的黑道人物，他早已熟識，因在同一個村，也就毋需那些儀式與訓話了。回到家裡，鄒原很激動，屬於自己的地盤很廣闊，手下的「士兵」也有一大群，雖然他們無甚大的能耐，但在這兩省交界的偏遠之地，也算得上是一些有幾分本事的「浮頭魚」了。掐起指頭算一算，加起來怕也有二三百號人，二三百號人馬，算得上一個加強連了呢，那麼，他就是這加強連說一不二的連長了。

這時，就又想起了在西北邊疆當兵的時光，那時候，是多麼地盼著提幹當官呀！只要當個排長，夠正式級別，也就心滿意足了。天不遂人願，結果什麼也沒撈到。留下來當志願兵，誰幹？當來當去還是兵，說不定要當一輩子的兵，有啥意思？於是，就又想到了臨行前連長送他的一頂帽子——「農民意識」。農民意識？唉，現在連農民意識也不如了呢，恐怕只能算得上是流氓意識或者土匪意識了。一想到這，鄒原就發熱發燥，身上冒出細密的汗珠。又想，我何嘗不想超越農民意識呢？人發恨，天不順，你有什麼辦法？只好貓子鑽灶孔——任成鼻子黑了。不管怎樣，我還是可以把這條黑道給治理得像模像樣的。任憑落到什麼地步，做人的根本不能丟，講良心，講道德，也就問心無愧了。於是，他找出一支圓珠筆、幾張信紙，開始在上面寫寫畫畫。他決定參照部隊規章制度和監獄裡的一些條條框框，制訂出十條守則，白紙黑字寫在紙上，發給下面，人手一份，務必嚴格遵守。

他想半天，寫兩句，想半天，又寫兩句。回頭一看，不甚滿意，又刷刷刷地劃掉。再不滿意，乾脆將紙撕了扔掉。如此耗了他兩天時間，才湊成了十項條款。認真地看過，感到幾分滿意了，便找紫瓦村的管方人，開經銷店的那個雞蛋，用複寫紙謄寫多份，一一散發下去，並一再聲明，人人務必遵守，違者嚴罰！

日子過得挺快活挺舒服，鄒原覺得自己簡直成了一個逍遙神。過去的日子，從來沒有現在這樣滋潤過。

自打懂事起，就要放牛、拾糞、尋豬菜；稍大一點就上學，受老師的管制；中學畢業了去參軍，退伍回來又坐牢，這段日子，可真難熬呀！現在呢，不是別人管他，而是他管別人，說一不二，一呼百應，優哉遊哉，快快活活。唯一需要操心的，就是幾畝責任田。這也不用他動手，嘴一張，不用半天，活兒就有人幹完了。悶了，就約些人，到大山深處走走，論論江湖，比比武藝；再不，便去各村轉轉，享受那種前呼後擁的滋味。

一次，馬家嘴一個叫南瓜的小兄弟犯了規條。他在一處前不巴村、後不著店的地方攔截走親戚的母女倆，將她們身上的錢物洗劫一空，又用刀子逼著那個姑娘，在她鼓突的胸脯上一陣亂掏亂摸。完後，便揚長而去。母女倆既失財物，又遭羞辱，當即放聲痛哭。她們一時想不開，尋到一口堰塘，相互牽了向深水處走去，欲尋自盡。幸虧被當地一位絞豬草的農民發現，才救下了她們母女倆。

鄒原聞訊，當即趕往馬家嘴，將南瓜架到一個無人山谷，剝光衣褲，懸吊在一棵桑樹上，親自掄了牛鞭，往他身上抽打。

南瓜嘴裡塞了棉絮，欲叫無聲，唯有眼淚刷刷刷地流個不休，身子一陣陣地抽搐不已。打一下，鄒原叫一聲：「我看你還耍流氓！」又叫：「我看你還欺負弱小！」再叫：「我看你還黑心腸！」

一條條血痕佈滿南瓜全身，不一會兒，他就疼得暈死過去。

鄒原叫人拎水澆在他的頭上。

過了一會兒，南瓜才慢慢地睜開了眼睛。

鄒原掄鞭又要打，眾人一齊勸阻。鄒原不依，牛鞭騰空而起，眾人一齊跪在地下為南瓜求饒：「諒他再也不敢違犯規條了，若是再打，就要死人了！」

一聽「死」字，鄒原心裡便緊縮，頭腦頓時清醒冷靜下來，遂收回牛鞭，叫人將他解下，取了塞著的棉絮。

南瓜爬到鄒原跟前，說：「謝大哥饒命，今後再也不敢犯了！」

鄒原默默地冷眼盯著他。

南瓜又說：「再要犯了，將我剁成八塊，扔牛浪湖餵魚吧！」

南瓜這麼一說，鄒原的眼圈突然就紅了，喉嚨咽咽的：「南瓜，大家都是兄弟，我也不想整你。但是，你想一想，如果都像你這樣，會變成什麼樣子，那不是自找絕路麼？就是我不整你，政府也要收拾你呀！」

「我懂，現在我都懂了。」

「懂了就好，趕緊將錢物退還人家，還要賠罪。」

「是，是。」南瓜說著，站起身來，當即又感到一陣鑽心的疼痛，身子一歪，朝旁邊栽去。鄒原見狀，趕緊上前扶住，令隨來的人輪流背了他回村。

這件事，在黑道中震動很大，一些膽大妄為的人開始有所收斂。對鄒原的這一做法，馬桶先是大不以為然。後來，兩人長談了一次，馬桶也就心悅誠服了。

十一

常言道，沒有不透風的牆。又曰：要得人不知，除非己不為。漸漸地，兩省交界處的農民便知道鄒原做了黑幫頭目。當談及此事時，他們不稱黑幫頭，而稱他為「夜皇帝」。紫瓦村人則在私下裡說：「咱們村一家子出了兩個皇帝呢，一個是夜皇帝。」在鄉裡，村幹部的話就是聖旨，聽也得聽，不聽也得聽，老百姓不敢違拗，便稱他們為「土皇帝」；一到夜晚，這世界就是黑幫的天下，鄒原理所當然地便成了「夜皇帝」。他們不知道城裡將新聞記者稱為「無冕皇帝」，要是知曉的話，肯定會說紫瓦村鄒家一下子出了三個「皇帝」的。

關於鄒原的傳聞很多，有不少誇張、神祕甚至是荒誕的色彩，說得有鼻子有眼睛，令人無法不相信。有的說他不僅武功非凡，還會氣功、巫術；有的說他專門打抱不平，給受欺壓的人撐腰；有的說他是一個殺人不眨眼的魔王……每種說法都有一個故事相襯托、相佐證。

鄒原仍像過去那樣在村裡走來走去，笑模笑樣地和大家打招呼。一副老樣子，並沒有什麼蠻特殊的啊？

人們感到疑惑，隨後又議論說：「這副樣子，他是做給人看的呢。要到深夜，他才會露出本來面目。」又說：「別看他笑模笑禪的，過去葫蘆山的土匪頭只要一露笑臉，晚上準得有兩個人頭落地，你們可要當心呢！」說得大家毛骨悚然。

關於鄒原的這些傳聞，很快傳遍了紫瓦村，僅僅瞞住了鄒啟明和母親肖玉蘭等少數一些人。大家和他打交道，也是懷了一種既嫉恨又害怕，既鄙夷又討好的複雜心理。

然而，也有例外的。

這日，紫瓦村小學校長，鄒原的啟蒙老師陸光柱先生不知是從哪兒聽到鄒原當了「夜皇帝」的傳聞，心頭迸出一股難捺的怒火。儘管這些傳聞很荒誕，其真實性值得懷疑，但陸先生認為，無風不起浪，小的細節會有差錯，大的出入是不會有的。一股怒氣憋在肚裡，不待放學，便徑往鄒原家奔丟，決心好好教訓他一番。

可巧，路上就遇到了鄒原。

還是鄒原先發現了陸先生，他主動地打招呼道：「陸老師，你老匆匆忙忙的，要上哪去辦麼急事啵？」

陸先生定定神，認準了站在眼前的就是鄒原。不錯，就是他！過去那麼一個小不丁點兒，純真可愛，活潑聰明，還以為他有啥出息呢，結果墮落成了這個樣子，實在氣人、羞人、恨人呀！陸先生強忍心中的怒火說：「我班上一個學生不見了，聽說他讓狼叼去給害了，連心連肝連肺都給扒出來吃了，我去把他找回來！」

鄒原信以為真，不覺大吃一驚，忙問：「還有這樣的事情？什麼時候發生的，我怎沒聽說？陸老師，快告訴我，那孩子給拖到什麼地方去了，我去幫著把它找回來！」

陸先生往前移動腳步，湊到鄒原近前，緊緊盯住他的臉，隨即掄起右手，「啪」地一聲響，鄒原左臉便挨了沉沉的一記耳光。

他捂著臉，呆呆地愣在原地，委屈地說：「陸老師，你……你這是怎麼啦？你怎麼隨隨便便地動手打人……」

陸先生氣得全身顫抖地吼道：「那個學生就是你！你的良心、肝臟全讓狼給叼去吃了！你還是個人嗎？不，你不是人，你是一個鬼，你是一具行屍走肉！」

「陸老師，我……」

不等鄒原辯解，陸先生繼續罵道：「土流氓、黑幫頭、夜皇帝、鬼魔王，這就是你！你怎麼墮落成這個樣子？我真不明白，真不明白呀！你是我一手教大的，你一直是班長，五好學生，還是一名軍人！那次判刑我為你鳴過冤，那不全是你的錯，你做了一個正直的人應該做的事……可現在，你怎麼就墮落成了這個樣子？」陸先生跺著腳：「這樣發展下去，政府又要判你的刑，要槍斃你的！這次，可就沒有人同情你安慰你，將是罪有應得，罪有應得呀！」「吭、吭、吭」，陸先生罵著，不禁咳嗽起來。咳過一陣，他突然「呸」地一聲，將一口綠痰準確無誤地射在鄒原右臉，「我這就去村委會找你父親，要他好好地教訓教訓你！」然後轉過身，再也不看他一眼，往回走了。

鄒原就那麼呆愣在原地，綠痰糊在臉上也沒想到去揩拭，左臉還在火辣辣地疼痛。一瞬間，他覺得周圍的整個世界都不存在了，只有陸先生的怒吼在他耳內鳴響。慢慢地，淚水就湧了出來。

朝旁邊一條路上拐去，就來到了小河邊。

他翻過堤岸，走下河坡，呆呆地望著流水。

過了好一會兒，他彎腰掬起一捧捧清亮的河水，一次又一次，洗著左右臉面，洗著眼裡的淚水。然後，往上走了兩步，又轉身面對小河，一屁股坐在河灘上，久久不願離去。

他想像著回家後父母的態度，更是不願起身了。

於是，他決走今天不回家了。

那麼，上哪兒去呢？到胡家灣找馬桶去吧，在他那兒避兩天再說。

主意打定，便慢騰騰地站起身，搖搖晃晃地向南邊走去。

身後傳來一陣自行車的鈴鐺聲，鄒原讓到一旁，望著路邊的排水溝。溝底乾涸，枯黃的雜草連成一片，他心中突然冒出一股點火燃燒的欲望。劃上一根火柴，點燃枯草，燒他媽個痛痛快快！

「鄒原，是你！」自行車擦身而過，又停在了他的面前。

鄒原側身一看，見是村裡的通訊員吹火筒。

吹火筒說：「可巧，有你的兩封信呢，原想讓你父親帶回，沒想正好碰見了你。」說著便將兩封信遞了過來。

鄒原接過，迫不及待地看著信封下面的落款。一封寄自墨市，肯定是弟弟鄒始寫來的；另一封是武漢的掛號信，這會是誰寄的呢？

「你慢慢看吧，我先走了。」吹火筒和鄒原打過招呼，腿一撩，跨上了自行車。

鄒原衝他的背影說：「謝謝你啦吹火筒。」

「這謝什麼，我份內的工作嘛！」自行車顛簸著，他的聲音變得斷斷續續、顫顫抖抖的。

鄒原撕開信封，站在原地看了起來。

鄒始的信無非是敘述離別之情及自己的近況，並詢問鄒原回家後的一應情況及父母親的現狀等。另一封是在部隊當兵時相處最好的戰友王鴻彪寫來的，內容如下：

鄒兄：

你好！

我退伍回家後，曾給你寫過兩封信，但都石沉大海，沒有回音，也就懶得再寫了。一晃五年多過去了，真是光陰似箭，日月如梭啊！這幾年，你過得還好嗎？可不能有了新朋友，忘掉老朋友哦！

我回家後在一個小工廠當了三年工人。廠裡不景氣，每月一百多塊錢的工資，肚子都填不飽，就停薪留職不幹了。後來借錢做一點小本生意，收購烏龜腳魚販到廣州賣，賺了幾個錢，就在漢正街擺了一個攤子。雇了一個專門賣貨的，我只管進貨、收錢，日子過得蠻快活。去年，我和一個叫阿芳的姑娘結了婚，她給我生了一個胖小子，挺逗人的。你呢？嫂夫人肯定長得像一朵花是不是？農村的計劃生育管得松，你就他媽的多培養幾個接班人，讓他們長大了好接革命班吧！

最近，在廣州那邊，銀元很值錢，在黑市上，一個賣到八十塊。我弄不到貨，不知你那兒有沒有。據懂行的人說，越是偏僻的地方，就越有這門貨，農民們都把它收藏著呢。如果有貨，就馬上寫信告訴我，咱們倆合夥做一筆生意，這回肯定他媽的要賺大錢！

盼火速回信！！！

戰友：王鴻彪

鄒原拿著信，一口氣看了兩遍，看得心裡酸酸的，眼圈紅紅的。都是站在同一條起跑線上的戰友，狗日的劉松林當了副鄉長，王鴻彪也成家立業了。唯有自己，什麼也沒有，狗屁也不是，活得人不是人，鬼不是鬼。臉上還在隱隱作痛，用手一摸，左手鼓起了一大塊肉。越想越不是滋味，腳步也變得更加沉重了。深深地歎了一口氣，心中又生出幾分希望來。販銀元賣，賺一筆錢，也不錯啊！只要有了錢，什麼事情都好辦了。要在村裡修一棟氣派的新瓦屋，娶一房漂亮的新媳婦，規規矩矩、老老實實地過日子。銀元這東西，這一帶家家戶戶或多或少都有幾個。鄒原記得，他家一個破罐子裡面就裝了小半罐。一個八十塊錢，他媽的真要大發呀！得加緊行動，把銀元收攏來。手頭沒有那麼多錢，怎麼收呢？噢，對了，乾脆跑一趟武漢，去找王鴻彪，從他那兒弄錢來收購，然後販到廣州去賣。出去個十天半月，正好避避風。

主意已定，就想掉頭往北走，在鄉上找一處地方過夜，明早搭車去縣城，然後轉車或乘船去武漢。又一想，這十天半月的日子，可以收購好多銀元，白白浪費掉不是太可惜了嗎？於是，決定還是去找馬桶，求兄弟們幫忙，先湊些錢，在三鄉二十村收購銀元。等他從武漢回來時，銀元也就收得差不多了，免得夜長夢多。得了好處賺了錢，也讓那些幫了忙的出了力的嘍羅們沾點光。然後，就洗手不幹了，堅決不幹了！走黑道也不容易，就像走鋼絲繩，弄不好會栽下來，摔得粉身碎骨的……

十二

十天後，鄒原從武漢回來了。

去時單身一人，轉回時王鴻彪與他結伴而歸。與上次勞改刑滿釋放回來時一樣，仍是乘黑藉著夜幕的掩護。但是，這次他們沒有進入紫瓦村，而是繞著走了一圈，直往胡家灣馬桶家趕去。

馬桶家住一座岩嘴上，遠遠地便瞧見了窗口的燈光。

鄒原心裡急煎煎的，不知馬桶將收購銀元的事情辦得怎樣了。他想馬上弄個明白，步子不知不覺地加快了。

王鴻彪走不慣山路，在後面磕磕絆絆的，累得氣喘吁吁的。他叫道：「鄒原，你急個什麼？這跟當年搞行軍拉練差不多，我哪裡還吃得了那樣的苦哇！」

王鴻彪長得胖胖的，胸前的肚子微微外凸，身上已全然沒有半點軍人的影子。鄒原便拉了他的右手，往上扯著，一步一步往前趕。

到了屋門口，王鴻彪一把拉住鄒原，道：「談價錢什麼的，由我開口，你不懂生意經，莫亂講話，到時候出出力就行了。」

鄒原說：「都是兄弟麼，也不怕說漏了嘴。」

王鴻彪急得直擺手：「你不懂，幹這事風險大著呢。一切聽我的，錯不了！」

鄒原只得點頭答應。

敲開屋門，馬桶不在家。

他那瞎了一隻眼的老母親拄根竹棍癟著嘴說：「馬桶不是個東西，出去五六天了，也不回來看看老子。備的那點東西早就吃完了，餓得老子頭昏眼花。沒良心的東西，遭天打五雷轟的東西……」

聽說馬桶不在家，鄒原心裡頓時像打鼓，該不是遇到了什麼麻煩吧？要是馬桶出了事，這銀元的收購可就複雜難辦了。

馬桶的母親仍在罵，一邊罵，一邊將竹拐在地上戳戳點點。

還是王鴻彪辦事有心眼，聽到他娘餓著肚子，馬上掏出包裹裡的麵包點心遞過去。馬桶的母親頓時止了罵，歡歡喜喜地接過，不住地往那癟嘴裡面塞。一邊塞一邊要他們坐，並說：「鄒原娃，你比俺那馬桶可有孝心多了。」

鄒原聽了，心裡頓時一陣難受。自己家中，母親不知為他急成什麼樣子了，父親肯定會氣得七竅冒煙，說不定會惹得兩位老人大病一場的。他真想立時趕回去看看，身子躍躍欲試地往前縱。要不是馬桶這時趕了回來，他肯定會拉著王鴻彪一同回了紫瓦村。

馬桶拎著一個鼓鼓囊囊的袋子，突然就站在了他們面前。

鄒原驚喜地道：「啊，回來了，你！」然後馬上介紹，「這就是我說的馬桶，這位是我的老戰友王鴻彪王老闆。」

「噢噢，你好你好。」兩人叫著拉了拉手。

馬桶母親又站了起來，頓著竹棍說：「馬桶，你這狗日的還曉得回來呀？你咋沒死在外面呀！」

馬桶道：「娘，你莫咒我呀！我死了哪個給你弄來吃的？我死了你老人家也活不成了要死呢！」

他母親狠狠地罵道：「死，都死，都死絕了最好！早知今日，我跟你爹一塊走就好了！」停了一會，又說：「馬桶，你不能死，還要傳宗接代呢。要死，還是我替你死吧！」

馬桶對王鴻彪說：「人老了，就這個樣子。你們先坐坐，我把她哄到裡屋去睡，咱們回頭再談正事。」

馬桶扶他母親進了內屋，王鴻彪再三強調：「鄒原，你莫亂開腔呀，都由我來承辦。」

鄒原道：「你放心好了，不會讓你吃虧的。」

馬桶回到堂屋，閂了房門，解開口袋，掏出一把銀元，興奮地說：「鄒哥，你看，我跑了這幾天，收了這樣的兩口袋。」

鄒原也伸了手在口袋裡翻攪，然後抓出一把道：「嗯，不錯，不錯！賺了錢，我老大不會虧待弟兄們的！」

王鴻彪慢悠悠地走過來，雙手扯開口袋，盯著裡面望瞭望，掏出幾個，一一放在嘴裡咬了咬，又一個一個地豎在耳邊用指頭彈了彈，然後湊到燈光下，翻來倒去地看了又看。

馬桶道：「王兄，怎麼樣，都是貨真價實的東西呢！」

王鴻彪似乎很平淡地說：「很難說，我也不大懂行，得等行家一個個鑒定了才有準呢！」

「我敢打包票，都是真的！咱們這兒，有誰吃多了去造這假玩藝兒？造假有什麼益處？就這真家夥，也在那兒白放著呢！」

王鴻彪問：「你收的多少錢一個？」

馬桶道：「鄒哥說出五塊，結果我只用四塊伍一個就收了兩口袋，還有一袋放在山下一個兄弟家裡呢。你們要得急的話，我馬上去把它弄回來。」

王鴻彪忙擺手道：「莫慌莫慌，就這些，也難銷呢。就放在那兒，以後再說。」沉吟一會兒，又說：「四元伍一個，不便宜呀！」

馬桶不服氣了：「還不便宜呵？再便宜可就沒人賣了。虧得我，才用這個價收到了貨。要是換了別人，你看得要幾多錢一個？」

鄒原在心裡說，這王鴻彪做生意的人心就是黑，過去可不是這個樣子呢。無商不奸，這話還真有點道理，不知他對我又如何。不管怎樣，這趟生意還得防著他點才是。

鄒原開口了，說：「彪弟，既然這樣收回來了，就莫多說了。馬桶出了力，要好好地獎賞他才是呢。」又對馬桶說：「這回收購，兄弟們沒有亂來吧？有偷的搶的嗎？」

馬桶回道：「現在誰也不敢亂來了，都是花錢買過來的。不過還有幾家的錢沒給，大家手頭湊不出那多錢，欠著呢，跟人家說好下個月給錢。」

鄒原望望王鴻彪：「彪弟，這收購的錢……」

王鴻彪拍拍隆起的肚子，爽快地說：「沒問題！既然是你的兄弟，也就是我的兄弟，你們辦事，我一萬個放心！花多少，給多少。對了，馬桶，我還要另外給你發獎金呢！」

馬桶道：「給鄒哥辦事，我心甘情願，一分錢的報酬都不要！」

「真夠哥們！」王鴻彪拍拍馬桶肩膀，從旅行包裡掏出一個小黑包，打開拉鍊，露出一遝鈔票，問道：「一共收了多少個？咱們算一下賬。錢，我一口氣付清……」

第二大清晨，鄒原和王鴻彪就上路了。

他們一人背了一個大旅行包，將銀元放在底層，上面堆著衣物。

鄒原問：「咱們坐火車走麼？」

王鴻彪說：「你真不懂，這怎麼能坐火車？進站出站和車上都查得很嚴，弄不好就要翻船呢！」

鄒原一愣：「難道這販銀元的事還犯法？」

「怎麼不犯法？國家禁止倒賣呢！抓到了，全部沒收不說，弄不好還得坐牢。」

「你怎麼不早說？」

「我現在不是說了嗎？要想賺錢，當然得冒點風險才行呀！世上的錢，不是那麼好賺的，這方面，我的經驗和感受可比你多多了。」

鄒原不言聲了，心裡有點後悔。又想到，老這樣活著也不是個事，這回豁就豁出去了，經歷了那多事，還怕這一樁嗎？這樣一想，也就鐵了心。這次，成了就成了，不成就拉倒，大不了去死吧？死就死，王鴻彪都捨得起一條命，我鄒原哪有他的命值錢。又問：「咱們到底怎麼走？」

王鴻彪說：「坐汽車。上汽車沒有危險，坐一程轉一程。反正咱們又不趕時間，只要把貨安全運到，交給那個謝拐子，事情就成了。」

鄒原說：「那傢伙該不會騙咱們吧？」

「你放心好了，一切由我辦，熟人熟路呢！」

「他會不會耍賴，說咱們的銀元是假貨呢？」

「貨真價實的東西，擺在他面前，賴得了嗎？」

「昨晚你說還得等他們鑒定，你也拿不準這些銀元到底是不是真的……」

王鴻彪笑著打斷道：「唬馬桶的，其實我哪能分辨不出真假呢？想入此道，得先把門路摸精才成呢！鄒兄你放心，我怎麼也不會騙你的，咱們是什麼關係呀！還記得那次迷路的事不？生裡死裡滾過來的戰友呢！要是騙你，我這人還有點良心嗎？那還叫人嗎？」

王鴻彪此話當真，這趟倒賣銀元的生意，他的確半點也沒有糊弄鄒原。一切都很順利，輾轉趕到廣州，路上花了近十天的時間，沒有遇到半點麻煩。到達廣州後，也沒費多大勁就找到了那個謝拐子。

倒是謝拐子大吃一驚：「風聲這麼緊，你們倒弄成了，這真是老天保佑！」看過貨，沒有半點遲疑，謝拐子就按原先談定的價錢如數付了鈔票。

送他們出來時，謝拐子說：「你們再不要冒這大的風險了，好些人都給抓進去了呢。交完最後一批貨，下個月，我也得走了。」

「去哪？」王鴻彪問。

「很遠的地方，到時候你就知道了。」謝拐子答道，「如果再要貨，我還是按老法子跟你聯繫。」

王鴻彪點點頭。

他們沒敢在廣州玩耍，很快就返回了。坐了一趟從廣州到武昌的特快列車，乘的是臥輔，花高價在票販子手裡買下的。鄒原坐過好多次火車，這還是第一次乘臥輔，心裡樂滋滋的，覺得錢這物什真是個好東西，有了它，想到哪就到哪，想幹啥就幹啥。口袋鼓了起來，心裡也踏實多了。

坐在窗邊，瞧著沿途一閃而過的風景，鄒原問：「剩下的那袋銀元咋辦？」

王鴻彪想了想，說：「先放你那兒再說吧。要把它藏好，免得惹麻煩。用它的時候，還是我去紫瓦村找你。」

鄒原點點頭。過了一會，又說：「那錢，我還是只拿三分之一吧！都是你在辦，我不過幫了點小忙，哪能一下子得這麼多呢？」

王鴻彪說：「怕它燒了你是不是？你要不是鄒原，要不是我的老戰友、好朋友，我才不願分你一半呢。那就算我雇你，大不了給個幾百元的工錢算事。咱們哥兒倆，就莫見外了，有福同享，有難同當麼！」

幾句話，說得鄒原感動不已。他收回目光，盯著王鴻彪的臉，心裡道，同樣是戰友，同樣是人，王鴻彪咋這麼貼心貼意，而劉松林就那麼黑心黑肺呢？他真弄不明白。

王鴻彪繼續說：「有錢能使鬼推磨，這話半點不假。我這人，不怕錢多，錢越多越好。我就是要他媽的賺大錢，成為一個大富翁。但是，我只賺別人的錢，不賺兄弟朋友的錢。要是他們沒錢花，我還要倒貼幾個給他們用。不要他們感恩，也不要他們還，我心甘情願！」

火車停靠嶽陽時，鄒原便與王鴻彪分手了。鄒原轉乘汽車回家，王鴻彪則乘車繼續北上，在終點站武昌下車。

十三

一聲嬰兒的啼哭驟然響起，姜幺妹忘了疼痛，扭過腦袋，急煎煎地問：「兒子還是丫頭？」

接生婆王大媽顧不上回答，麻利地剪斷臍帶，包紮著。

姜幺妹的眼睛瞪得出了血，又問：「到底是兒子還是丫頭？」

王大媽這才扒開嬰兒雙腿，瞥了一聲，卻不言聲。

姜幺妹急得拼盡全身力氣吼道：「我問你呢，兒子還是丫頭？」

王大媽不得不以實相告：「一個酒罈子呢。」

姜幺妹聞言，氣得一聲慘叫，當即暈了過去，一股汙血推湧著胎衣噴瀉而出……

第三胎，仍是一個丫頭。

用她母親的話說，就是又多了一個望帳子頂的。姜家盼兒，姜幺妹兩個姐姐生的全是丫頭，她生的也盡是丫頭。有人風言風語地說：「姜家在走丫頭運呢。」

蚊子三代單傳，更是想生一個兒子，想得神經兮兮的拼死拼活沒日沒夜地幹，就想多攢幾個錢交罰款好生一個兒子。得知又生一個丫頭，蚊子連歎氣的份兒也沒有了，只是說：「若是兒子，任多少罰款，我心甘情願。為個丫頭賣命，我心裡憋得屈。」遂丟下賺得的五百元錢，又背了斧子、鋸子、鑿子等一應工具，外出賣苦力掙錢去了，以交超生罰款。

相對來說，農村的計劃生育政策要松活一些，不像城裡那麼堅決，不論生男育女，只准一胎。在農村，若第一胎是個女的，可交些錢弄個准生證生第二胎。城鄉差別，反映在勞作方面，主要在於城裡是技術活腦力活，而農村則是體力活靠力氣，特別是靠天吃飯的偏遠鄉村，如紫瓦村更是如此。在田地出力的主要靠男人，農戶人家，沒個男了養著供著，總是底氣不足，覺得低人一等。於是，生了兒的就光彩，就大宴賓客，就抱著男孩，讓他露出個小雞雞，炫耀似的在村裡轉來轉去，說話也是興高采烈大聲大氣的。生個姑娘，則好像添了條尾巴，見不得人似的終日夾著，自個生悶氣，埋怨命苦，遂下決心發恨，弄個男的出來方才甘休。計劃生育政策越來越嚴厲且強硬，白雲鄉政府根據本鄉實際情況規定，凡生第三胎者一律罰款三千元，嚴懲不貸，以杜絕超生現象。三千元，對農家來說，不啻於一個天文數字。土政策制定後，白雲鄉曾有幾戶人家違禁，拿不出現款，便抬家具拉牲豬拆房屋抵債，弄得他們幾乎傾家蕩產。但其效果也是明顯的，此後超生第三胎的現象便基本上得到了控制。

姜幺妹以身試法，前有先例，加之姜自發這棵樹也倒了，挨宰任罰在所難免。

出於感情，鄒啟明想幫襯姜幺妹一把，又不便明說，只是在適當的機會，找張鄉長和鄉、村兩級的婦聯主任、治保主任婉轉說情，說要用歷史的眼光看問題，姜自發三個姑娘，生的又都全是些姑娘，蚊子家三代單傳，特殊情況特殊對待，款當然要罰，能否減免一部分。看他的面子，鄉、村經過研究，決定減免五百元，只罰兩千五。內部處理時這樣做，對外仍說是罰款三千元，不如此，今後的工作難以開展。

蚊子丟下五百，以前存了五百，總算有了一千元。到處找親朋好友借款拉債，也只弄了個二三百元。還有一千多元難以交出，只好聽任上面抬家具拉牲口抵債了。

姜幺妹母親說：「乾脆讓他們拆屋算了！我七老八十的人，活不幾天了，就到你兩個姐那兒去混日子，她們好歹要比你們強些。咱那老屋，青磚紫瓦，比你這屋也強多了，乾脆搬過去吧。」

姜幺妹想想，心裡棲惶得沒法，垂淚道：「娘，只是苦了你。」

他媽說：「一輩子就這麼苦過來的，再苦也是苦，不礙事，你一人帶著三個孩子，日子也難。本想留著幫你忙，又多了一張嘴巴的開銷，做娘的不能給你添亂呢。」

於是，就將姜幺妹的房子和她父母家的古董家具作價給村裡，算是抵清了超生罰款。

姜幺妹帶著三個丫頭、兩頭小豬、十多隻雞鴨及一應的生活用具，搬回了娘家。

日子一天天過去，姜幺妹拉扯著三個孩子，又當爹來又當娘。幾畝自留地，也得掙紮著種好。鋤草、間苗等輕省些的活路，就自己包攬了；耕田使牛，施肥挑擔等活路，便雇請村裡的男工。農忙季節，蚊子回來幫著幹，將自己積攢的工錢如數掏給姜幺妹保管。只是在從蚊子手中接錢的那一瞬間，姜幺妹才感到了一種充實、喜悅與平衡。

鄒原刑滿釋放回村，她儘量地避著他。人多時，低頭紮在人群中，不讓他發現；有幾次就要單獨相遇了，她總是往旁邊一閃或是回頭奔逃。

鄒原不便追趕，也沒有追趕的必要，只是咧嘴苦苦地笑笑而已。

後來傳聞鄒原當了黑幫頭，姜幺妹嚇得提心吊膽。她擔心鄒原會派人報復，晚上摟著三個丫頭，常常整夜整夜地失眠。一有風吹草動，就會嚇得不由自主地全身顫抖。鄒原當兵時，她時刻企盼著，盼他探親，盼他來信。他沒有來信，見面後兩人也沒有什麼言談，但她還是希望見他，還是日夜盼望著他的信函。鄒原的軍人形象給她增添了不少光彩，見了面，兩人儘管沒甚交談，但內心感到充實、愉悅。那時，她有過失望，但更多的是希望。然而，鄒原的退伍歸來，卻使她感到了真正的失望，她覺得她的自尊與虛榮受到了嚴重的傷害。她一直在編織著鄒原當官提幹、轉業留城的夢想，可鄒原的退伍回村，便意味著他前途的覆沒。回到村，便是農民了，充其量接他父親的班，當個村支書罷了。儘管失望，她只得隱忍著，不停地安慰自己。嫁雞隨雞飛，嫁狗跟狗行，就那麼個命，你又能怎樣？他認命，她沒法不認，她只有在父輩編織的婚戀之途上蠕行。後來，鄒原的被捕判刑給她的就不僅僅是失望了，而是絕望，澈底的絕望。她的眼前一團漆黑，四周是絕壁是深淵。二十年，天啦，難道等他二十年？二十年後，她已是四十多歲的婦人了，一輩子可全完了！如果兩人有著刻骨銘心的愛，她也願意付出自己的身心與青春，哪怕再等他個二十年也成！可是……可是……唉，她不願就此墮入黑暗的深淵永劫不覆，她要反抗，要自救，要抓住青春，要把握自己！她不敢與鄒原的目光對視，她躲避著他，躲避著有關他的一切。一場夢，夢醒了，才是真正的人生。呼嘯的警車帶走了鄒原，揚起的灰塵遮掩了一切。姜幺妹望著朦朦灰霧，眼眶濕潤了，心卻慢慢地蘇醒了。蘇醒了的心，遇到了試探著的蚊子。姜幺妹是現實的，也是實惠的，當她接過蚊子遞給她的一張一千元的存款單時，就將自己半推半就地許給了他。他們明智地預見到此事無法見容於姜自發與村人，便演出了中國幾千年私奔出逃，生米煮成熟飯這似曾相識、大同小異的一幕。

鄒原提前刑滿釋放，她沒有後悔過。但在內心深處，總有一股內疚的情感時時折磨著她。她覺得多少有點對不起他，她要忘掉他，儘量地回避著。

後來，她開始害怕他。害怕之餘，不免生出一絲後悔，要是等著鄒原，日子也不會是這般清苦，說不定生下的會是三個長著雀雀的寶貝兒子；要是等著鄒原，他也不會真正走上邪路走上黑道。可憐的鄒原，他是出於無奈，是我害得他這樣啊！

過了一段時間，村裡傳聞鄒原失蹤了，不明不白就那麼神祕地失蹤不見了。一個多月了，連半點影子也沒有。她不害怕了，但每每想著鄒原，良心就受到折磨。半夜時分，孤燈搖曳，想著父母，想著自己的苦命，想著蚊子與鄒原，常常暗自垂淚。

這日早晨，姜幺妹正在河邊清洗衣服，棒槌的聲音清脆而有節奏地響起，傳得很遠很遠。一陣槌擊過後，就將衣褲抖開，放在清亮的河水中漂洗，擰乾了放在身邊的木桶內。

突然，她聽到了「姜幺妹」的叫聲。

姜幺妹抬頭一看，見村頭小橋上站著一個打扮時髦的年輕人，正和自己打招呼。陽光刺著她的眼，她沒看清是誰，便道：「哪一個？」

那人答道：「我，鄒原。」

「啊！」姜幺妹嚇得一聲驚叫，棒槌掉入河中。她趕緊控制自己，卷起褲管下到河中，將漂浮的棒槌撈回。

鄒原，他是從哪兒冒出來的呢？失蹤一個多月，突然地就回來了。他沒有挪步走開的意思，站在橋頭等著自己。怎麼辦？躲是躲不脫的了。都在一個村裡，低頭不見抬頭見，老躲著也不是個事，大家都各自走到這步回地了，該怎樣就怎麼樣吧！於是，便拎著木桶，一步一步地往岸上爬。

鄒原這次回村，沒想到遇見的第一個人便是姜幺妹。

以前回村，總是灰不溜秋的不是個滋味，這次，他決定昂首闊步，大搖大擺地進村。

他發了財，比村裡任何人都富有！在縣城買了一套皮茄克，燙了一個頭，著意打扮一番。旅行包也給塞得鼓鼓囊囊的，裝滿了糖果、香煙、糕點、玩具，他要在村裡廣為散發，還要給黑道上的那些兄弟們一些好處，然後宣佈洗手不幹了。這麼多的錢，蓋房子娶媳婦生兒子，一輩子不幹活也不愁吃穿了。一勞永逸呵，想想真高興真快活！

見到姜幺妹，心底怪怪地不是滋味，憋不住，還是叫了那麼兩聲。姜幺妹一步步地踱上來了，瞧著她一副憔悴疲累的樣子，鄒原不禁心酸。姜幺妹的情況，他知道得一清二楚。他總覺得對不起她，是自己首先在內心深處背叛了她；後來，又是自己給了她打擊，才使她一步步地走上了今天的道路。他決定償還她。他知道她窮，缺錢花，想送給她一遝票子，讓她少些操勞，減輕一些痛苦。主意打定，鄒原迎上前來，伸出右手去接姜幺妹手中的木桶。

姜幺妹不讓，說：「不用，我拎得起，你有這一大包，還想幫我呀！」

鄒原說：「我一個男子漢，可比你的力氣大多了。」又問：「蚊子還沒回家？」

姜幺妹說：「這回出去兩個多月了，半點音信都沒有。」

鄒原說：「終歸是賺錢，總比守著幾畝薄田強。」

姜幺妹說；「也強不到哪裡去，只是苦了我。他賺回的錢，剛還了交罰款借的三百塊。拖著三個丫頭，咱家窮得叮噹響了。」

鄒原說：「我想上你家坐坐，行麼？」

姜幺妹想了想，道：「這有什麼不行的？上咱家坐坐，喝杯熱茶，歇口氣再回吧！」

兩人相跟著走進姜幺妹家。這房子，鄒原來過好多次了，還是那副老樣子，青磚、紫瓦，似乎半點都沒改變。但是，房子的主人變了，兩位老人不在了，換成了姜幺妹，還有幾個陌生而稚嫩的小面孔。屋內擺設也變了，古董家具換成了蚊子自己打做的在紫瓦村可以稱得上是第一流的家具。

最小的姑娘正在搖窩裡大聲哭嚎，姜幺妹趕緊放下木桶，抱過孩子，也不顧忌鄒原，掀開衣襟，掏出肥碩的乳房直往孩子嘴裡湊。

「噢，噢，南南乖，莫哭莫哭啊！」姜幺妹哄著，小孩銜著乳頭，很快就止了哭聲，一個勁地吮吸。

兩個大丫頭怯怯地圍了過來，幺妹說：「美美、芳芳，快叫叔叔！哦，不，叫伯伯，叫伯伯，快叫呀！」

兩個小孩呆呆地望著鄒原不言聲。

鄒原掏出一把花花綠綠的糖果，說：「快叫伯伯，叫了給糖吃。」

兩個小孩就叫了，聲音細細的：「伯伯……」

鄒原給她們一人一把糖果，兩個小姑娘歡喜得直蹦跳。

姜幺妹說：「去，到外面稻場上去玩。」

她們倆聽話地跨過門檻跑了出去。

姜幺妹問鄒原：「這些天，你去哪了？」

鄒原一邊往外掏糕點，一邊說：「跑南邊的廣州轉了一趟，和一個戰友合夥做了一筆生意。」

鄒原將幾盒精美的糕點和幾樣玩具掏了放在桌上。

姜幺妹說：「你拿這些東西幹嘛？帶回去孝敬大伯大媽吧！」

鄒原說：「多著呢！這些是送給你的。噯，你就莫推了，這點小東西算個什麼？給幾個小姑娘吃麼，我買給她們的。」

姜幺妹也就不再推辭。

鄒原說：「我知道你日子過得清苦，又不知怎樣幫襯好，我……我想……」鄒原說著，伸手在那個裝錢的黑包裡掏摸。

姜幺妹望著鄒原說：「你不恨我了？」

「恨？」鄒原驚奇地望著她，連連搖頭道，「不，我不恨你，我從來就沒恨過你，真的，我幹嘛要恨你呢？咱們倆的過去，是父母一手包辦的，與你無關，我幹嘛恨你？」

「我是說和蚊子的事……我沒有等你……我……」

鄒原仍搖頭：「不，我不恨你，我幹嘛要你苦苦地等我害你呢？再說，我……」

姜幺妹突然動了感情，淚水湧上眼眶。她說：「原哥，是我的不好，我背叛了你，我對不起你，是我害了你呀……」說著，淚水竟嗒嗒嗒地滴落下來。

鄒原見狀，手足無措，只得勸道：「幺妹，莫哭，莫這樣，是我的不對，是我先……先對不起你的……」

姜幺妹說：「是我逼得你走上了黑道，是的，我越想越是這樣。是我黑了良心，對不起你！原哥，聽我的，今後莫在黑道上闖了，那會……會要你命的。你一定要回頭呀原哥，我對不起你，今生今世，怕是難以報答了。下輩子，我做牛做馬，也要服侍你！」

鄒原不禁為她的一片誠意感動了：「幺妹，請你放心，我不會再走黑道了，真的，我這就退出來！我要好好地過日子，再也不給親友們丟臉了！」他說著，掏出一遝票子遞給姜幺妹，「幺妹，這回做生意賺了點錢，這些，你拿著用吧！」

姜幺妹把孩子放回搖籃，又將錢退給鄒原道：「不，我不能要你的錢！再窮，我也不能收，你還要攢錢做房子，娶媳婦呢！」

鄒原又遞過去：「我有錢，真的，我多的是錢，這趟生意，我賺了好多好多。幺妹，你家罰了款，屋也拆了，我知道你缺錢花，你一定得拿著！蚊子不在家，那幾畝田，你一人種得也苦，乾脆把它退了，開一個經銷店吧！你家在路口，來來往往的人也多，生意會很好的，日子也會慢慢地紅火起來的。」

姜幺妹怎麼也不接受。

鄒原說：「這樣吧，權當借你的，今後賺了錢，你再還我，還不行麼？」

姜幺妹只得收下，感動得淚水又一個勁地湧了上來。突然，她揩揩淚水，咬咬牙，說道：「原哥，你的情，我領了。我……也想送你一樣東西……」

「你要送我什麼？」

「跟我來，在這裡。」姜幺妹說著，將鄒原領到內屋，返身門了房門，情不自禁地撲在鄒原身上。「原哥，我實在對不起你，我要償還。只要你不嫌棄，我願把我……送給你……我什麼也不怕，我本來就是你的……」

突如其來的擁抱與狂吻將鄒原弄得不知所措。

很快地，姜幺妹的情緒便感染了他。

他還從未真正接觸過女人，這擁抱，這狂吻，對於他，可是二十多年來的第一次呵！他緊緊地箍著姜幺妹，兩隻肥碩的乳房像兩團烈焰在他胸前燃燒，點燃了他的情欲之火。他的嘴唇與姜幺妹的嘴唇粘合在了一起，姜幺妹將舌苔伸了進來，他吮吸著，輕輕地咬齧著，恨不得一口吞進肚中。他再也控制不住自己，攔腰抱著姜幺妹，將她扔在床上，慌亂地解著她的衣褲。姜幺妹配合著他，自己解開了上衣、褲子，一團耀眼的雪白澈底裸露在鄒原面前。

多少次了，他盼望著這一時刻，想像過，夢見過，就是沒有真切地感受體驗過。此刻，當心中長期渴望的女性肉體真實地呈現在他面前時，卻猶豫起來了，以為自己仍置身於夢幻之中。他怯怯地伸出雙手撫摸著，一點一點地往下撫摸。真的，是真的，半點不假，一切都是真實的。剎那間，鄒原不顧一切地撲了上去，撲在那團柔軟的雪白上……

十四

鄒原疲軟無力地躺在床上，就這樣躺了一整天，直到傍晚，才爬了起來。

當時，一陣慌亂與暈眩，鄒原激動得手足無措，還是在姜幺妹的引導下，才完成了人生的第一次獨特體驗。

從飄飄欲仙的雲朵突然跌入深不見底的洞穴，一陣火山岩溶般的噴射過後，鄒原全身虛脫，四肢澈底散了架，就那麼赤身裸體地橫躺在床上，半天不能動彈。

他回味著當時的情景，一點一點地回味，腦神經莫名其妙地興奮、激動。

他望望身邊，空空的床鋪，姜幺妹不知什麼時候出去了，將他獨自一人撇在房中。

他想爬起，全身無力，又昏昏沉沉地睡了過去。

不知過了多長時間，姜幺妹端著熱氣騰騰的飯菜送到床前，看著他一口一口地吃完，吃得一點不剩。她問：「還來一碗？」鄒原搖搖頭：「飽了。」

精力漸漸回復，鄒原又來了激動，一把拉過姜幺妹，撲在她的身上，又是一番動作。有了第一次的經驗，這一回可順手多了，由被動變成了主動。

鄒原穿衣起床，天色已經暗了下來。原想趁著日頭當空，大搖大擺地進村。一番變故，還是變成了夜晚進村，看來自己只有趁黑回村的份兒呀！

臨走時，姜幺妹說：「想我了，就來吧，我什麼也不怕。」

灰暗的燈光照在姜幺妹臉上，一片斑駁。

望著她的臉，鄒原心裡不知怎麼生出一絲恐怖。

她又說：「原哥，你放心，我不會牽累你的。這次回來，你就安安心心地守在村裡，娶一個漂漂亮亮的媳婦過日子吧。命裡只有三合米，走遍天下不滿升。命這東西，我原來不信，現在信了。你不信也得信，沒有法子啊！」

提到娶媳婦，桃子的形象驀然冒了出來。桃子桃子，除了她，有誰稱心如意呢？想到桃子，鄒原後悔極了，自己一時衝動，竟將童身給了姜幺妹。原是想給桃子的，桃子是他的，他是桃子的。儘管桃子離開了他，那是身不由己無法等待，他可以理解可以原諒。可是自己卻背叛了她，並且是給了原來不愛的姜幺妹。和一個有夫之婦偷情，他覺得對不起桃子，感到自己真正地墮落了。

他得去找桃子，今生今世，他不能沒有桃了。於是，被姜幺妹點燃的情欲之火刹那間便轉移到了桃子身上。一想到桃子，姜幺妹就變得黯然失色，甚至醜陋無比了。

他懊悔萬分，匆匆拎了包，逃也似的離開了姜幺妹家。

他想念桃子，他愛桃子，真正地愛著她。除了她，世上再也沒有可愛之人了。他想立刻見到桃子，今夜就去找她，現在就去，馬上就去。他一定要找到桃子，向她傾拆衷腸。可是……桃子已經是厚彬的人了，這樣做不是太不道德了嗎？桃子還在戀著他嗎？厚彬那杆幽黑的獵槍可是不認人的呀！

不管它，管不了那麼多，得到桃子就夠了，就心滿意足了，死也值得了！什麼道德不道德，桃子本來就是我的人，是他厚彬先不道德從我手中奪了去。我也要回報他一個不道德，再把桃子從他手裡奪回來。只要桃子願意，我就豁出去了！厚彬要錢我給錢，不論多少都成；若是用錢買不動他，那就動武，他打不過我的，憑他那個臭本事敢和老子作對？那管獵槍算個什麼，撲近了，他就半點也施展不開了。

鄒原徑直往桃子娘家奔去。

他將包裹藏在她家屋旁的柴禾垛下，繞到屋後，用手指將蒙在窗上的塑膠紙捅了一個洞，偷偷地往裡窺望。只見她娘躺在床上，藉著微弱的燈光納鞋底。沒有桃子，屋裡就她母親一人。鄒原又繞著屋子轉了一圈，其餘兩間沒有燈光，漆黑一團。桃子不在娘家，肯定在山上厚彬處。

上山，上山去會桃子！

起風了，鄒原敞開的衣襟被風吹得翻卷著呼呼直響。他感到了涼意，放下包拉上拉鍊，再往雞公山爬去。冷風一吹，他的頭腦清醒了一些，不，不能亂來，那樣，既害了厚彬，也害了桃子，還會害掉自己的。要冷靜，要見機行事。來日方長，要找桃子單獨談談。這樣想著時，腳步就止了，猶豫著想往山下走。又想，既然走到半山腰了，不妨到厚彬家看個究竟。要冷靜，要文鬥，不要武鬥。正好拎著包裹，裡面裝有禮品，送給他們一份，就說是前來拜望的。

遠遠地就望見了一個黑糊糊的房子，這就是厚彬與桃子的家了。

厚彬養了一條高大的獵狗，走近房屋，卻不聞獵狗的狂吠，他感到有點奇怪。於是，便放慢腳步，提心吊膽地一步一步往前移。目光機警地盯著前後左右，他擔心獵犬會來個冷不防的突然襲擊。

風越刮越大，周圍的樹木呼呼直響。捱到門口，也沒有獵狗的動靜。鄒原不敢鬆懈，一邊環顧左右，一邊敲響了房門。

屋內傳來桃子的聲音：「你怎麼這快就回來了？」

房門立時打開，鄒原一步跨了進去。大風呼地吹進屋內，一陣嘩嘩直響，他趕緊回身關了大門。

桃子驚恐地問：「你……你是……」

鄒原回過身來：「桃子，是我，我是鄒原啦！」

「啊——」桃子一聲驚叫，嚇得癱在地上。

「桃子，桃子，你這是怎麼啦？你怎麼一見我就這麼害怕？」鄒原問著，想上前攙扶她，擔心增加她的恐怖，便那麼呆呆地站在原地。

「不是說你死了麼？你到底是人還是鬼？」桃子驚恐地望著鄒原道，「原哥，是我對不起你！是我害了你，害得你走了黑道，上了絕路……你莫來嚇我呀原哥，你要是缺錢花，我明日就去給你燒紙。你要是恨我，我下輩子一定要等你，哪怕一千年也要等，咱們夫妻恩愛，白頭到老……可是這輩子不行了，不行了呀，我已是厚彬的人了，他對我很好，我……我……」桃子說著說著，嗚嗚嗚地哭了起來。

鄒原聽著桃子的哭訴，呆呆的，木木的。突然，他蹲下身子扶起桃子說：「桃子，我是人，不是鬼！我沒有死呀，我活得好好的，怎麼要咒我死呢？你瞧，真的是我，我沒有死呀！你摸，我是活著的鄒原，真的，你摸呀！」

桃子望著鄒原，好半天才恢復原樣。她說：「你真是鄒原，是真的，你沒死，真的是你！前幾天，我去鎮上給媽抓藥，藥鋪的幾個人怎麼說你死了呢？說你惹怒了另一條黑道上的人，他們就攔截了你，你寡不敵眾，讓他們給殺了。還說……唉，說那肉賣給了一家館子……說得有鼻子有眼睛的。聽村裡人說，你一月前就失蹤不見了，我不得不信呀……原哥，我偷偷地哭了好多次，我……」

鄒原笑道：「桃子，別聽人瞎造謠。你放心，我命長著呢！還有大事沒幹，閻王爺不會來收我命的。」又問：「厚彬呢？」

「他巡夜去了。這些天，偷樹的挺多。起了風，就更得小心。唉，守林這事太苦，他今晚又得一夜不能睡覺了。一年四季困在山上，日子跟和尚差不多。」

「那你不成尼姑啦？」

「我沒有出家當尼姑啊？」

「和尚配尼姑嘛！」

桃子苦笑道：「原哥，不是俺不等你，俺等過，還想去農場探你，可又怕人家笑話。俺跟你，到底是個啥關係呀，名不正言不順的，我怕……惹出什麼亂子來，我自己倒沒什麼，只怕害了我媽。家裡窮，媽又病，厚彬對我也好，就嫁了他。原哥，我曉得你心底恨我，一直在恨我……」

鄒原說：「不恨，我幹嘛要恨你？我真的不恨你，是我自己沒出息，我恨自己！」

桃子說：「你要恨也沒辦法了，我已是厚彬的人，打了結婚證，辦了婚禮。這輩子，恐怕是改變不了啦。」

「不，桃子，我心底只有你，只戀著你一人！今晚，咱們倆一起逃吧，逃得遠遠的，找一處地方過活。我賺了大錢，咱們不愁吃穿，我一定要好好地供你養你，讓你享一輩子的清福！」

桃子的臉色變得慘白，她搖搖頭說：「不，不，這是不可能的，不可能的事！」

鄒原拿過黑包，「嗤」地一聲打開拉鍊，露出滿包大紮大紮的鈔票：「怎麼，你不信？難道我騙你不成？」

桃子還是搖頭：「你有錢，我信。我是說我不會跟你一起私奔的，我捨不得媽……」

鄒原打斷道：「那就帶她一起走吧！或者，你和厚彬離婚，我要光明正大地娶你，就在紫瓦村安家立戶，把你媽接在一起住！」

桃子淒涼地一笑：「我也捨不得厚彬，他是一個老實的本份人。我走了，他會發瘋的。再說，我把什麼都交給了他，潑出去的水，收不回來了。」

鄒原悲痛欲絕：「桃子，你……我……不，我愛你，我要你！沒有你，我真的會發瘋發狂的！桃子，跟我走吧，我求你，求求你了！」

突然，鄒原「撲嗵」一聲，雙膝跪在了桃子面前。

桃子轉過身去，將背脊遞給鄒原，她的聲音變得冷漠而遙遠：「鄒原，我不會跟你走的，除非你殺了我！」

「桃子，你……你咋這麼狠心絕情！」鄒原氣得全身顫抖，「你說我殺你，我就殺了你！」

桃子說：「殺吧，鄒原，這口子過得也沒意思，你要殺了我，咱們都解脫了。殺吧，鄒原，你快點動手呀！殺了我，我才會跟你走，跟定你一人，不管走到哪，我都跟著你！」

「不，我偏不殺你，我要你，現在就要你，我要讓你成為我的人，完了跟我一塊走！」鄒原說著，猛然躍起，箍緊桃子後腰。

桃子驚叫著拼命掙紮，怎麼也掙不脫鄒原鐵箍般的雙臂。鄒原將桃子用力上舉，移動著向內屋走去。他要將桃子放倒在床上，盡情地享用。

桃子急了，大聲罵道：「鄒原，臭流氓！你滾開，我恨你，恨你！人家說你當了流氓頭，我還不信，原來你真的當了黑流氓呀！黑良心的鄒原呀，你怎麼連畜生也不如呀！」

桃子罵著，鄒原突然間就沒了勁。桃子趁勢一低頭，一口咬著了他的大拇指。

鄒原「哎喲」一聲大叫，痛得直跳腳。

「咚咚咚」，突然響起了急促的敲門聲。

桃子慌了神，趕忙將包裹遞給鄒原，將他推向廚房：「快！厚彬回來了，你上那裡面去躲躲……」

鄒原拎了包裹，狼狽不堪地逃往廚房，將裡面的物什絆得嘩啦直響。

桃子開了門，一股冷風卷著厚彬與獵狗花皮湧了進來。

厚彬返身閂門，道：「桃子，你好像在跟誰大吵大鬧？」

桃子說：「沒有啊，外面風大，怪叫怪叫的，你肯定是聽錯了。」

這時，獵狗花皮喉嚨裡滾著嗚嗚的低沉吼叫，就要衝向廚房。桃子急忙喚道；「花皮，過來。」乖巧的花皮望望廚房，敏捷地跳到桃子身邊。桃子雙手撫摸著它柔軟厚實的皮毛。

厚彬懷疑地望望廚房，問：「桃子，你臉色怎麼這樣難看？該不是病了吧？」

桃子連連擺手：「沒有沒有，一股大風捲進來，我好冷。一個人待在家，孤孤單單的，我好怕……」

厚彬歉疚地笑道：「桃子，跟我一起過，真正苦了你。」

桃子轉移話題說：「今晚怎麼這早就回來了？」

厚彬說：「風越刮越大，天怪怪地冷，回來加件衣服。」說著走進裡屋去了。

獵狗仍不甘心地往廚房那邊掙，桃子使勁按住，輕輕拍打它的耳簾：「花皮，聽話，莫亂奔。」趕忙站起身，將廚房門帶緊。厚彬加了衣服走進堂屋，說：「你要是一個人怕，就把花皮留在家。」

桃子搖搖頭：「不，時間一長，慢慢地就不怕了。不帶花皮，你一人在林子裡轉，我不放心。」

厚彬道：「那我就走了，把門閂緊，莫怕！轉一會，我就回來看你。有我在，你莫怕呀！」又大叫：「花皮，過來！」

花皮縱身一躍，跳到厚彬身邊。

又是一股急急的冷風捲進屋內，厚彬與花皮身影一閃，就融入黑夜與大風之中不見了。

桃子閂好門靠在牆上，閉了眼好半天喘不過氣來。估摸厚彬已經遠去，便打開廚房喚道：「出來吧，你！」

鄒原走了出來，右手滿是鮮血。他將包裹理好，背在肩上，向桃子告辭。他說：「桃子，我也得走了，你罵得好，咬得更好！以前，我還對你抱著幻想；現在，我死心了，澈底死心了！謝謝你剛才的關照，更謝你對我的盛情款待。再見了桃子，我祝你幸福！」

鄒原打開門走了出去。站在門外，他又回頭朝裡望了一眼道：「桃子，再見了！」然後踉踉蹌蹌地朝山下奔去。

山風一個勁地直往屋裡灌，桃子靠在門框上，茫然瞪視著漆黑的夜空。她真想大叫一聲鄒原，叫他回來，獻出她剩下的所有；又想不顧一切地沖進夜空，跟著鄒原逃向天涯海角。但是，她終於克制住了自己，死命地抓住門框，指尖直往裡面摳。一股鑽心刺骨的疼痛遍徹全身，反而感到了一股快意與舒適。她慢慢退進屋內，慢慢門上門，突然發出一陣歇斯底里的狂笑。笑聲轉調，很快就變成了撕肝裂肺的號啕……

鄒原深一腳、淺一腳地往山下走，摔了好幾跤，不是讓樹枝藤蔓絆倒，就是踏虛了腳，失去重心而摔倒。大風呼嘯不止，他冷得全身發抖，緊緊地抱住包裹，生怕它們被風給刮跑。他不知自己要奔往哪裡，順著風的推送，茫茫然漫無目的地往下走。

沒意思，什麼都沒有意思。當兵沒有意思，坐牢沒有意思，黑道沒有意思，女人沒有意思……都沒意思。到底去哪？回紫瓦村？待在村裡受夾磨更沒意思！那麼，去哪兒好呢？噢，對了，去墨市。

我說過要再去墨市的，怎麼就忘記了？我還說過要讓那些高傲的城裡人在我面前弓下背脊，低下腦袋！

主意打定，鄒原當晚去了馬桶家過夜。將一些錢和購買的香煙糖果等物品交給馬桶，說：「這是犒勞弟兄們的。」又說：「馬桶，我洗手不幹了，堅決不幹了，你不要慫恿我，說什麼我也不當老大了。你們幹你們的，什麼事都與我無關了！只是，我希望你還像我那時候一樣，做事要講良心，講點道德就行了。馬桶，你明天就給弟兄們傳話，我不當老大了，一定得傳……誰管得了你們哪個當頭？我幹膩了，厭煩了，不幹了，他媽的沒意思，太沒意思了！」

躺在床上，鄒原翻來覆去地睡不著，又點燈起床，要馬桶找筆找紙。

馬桶說：「我哪來的筆和紙啊？要刀要棍什麼的，我倒是挺多。」

鄒原說：「沒有就算了。」又上床躺著。

馬桶問：「你想幹什麼？」

「想給父親和老娘寫幾個字讓你傳去，讓他們少為我操心。」

「我明日搭個口信去就是了。」

鄒原說：「算了，不寫了。你口信也莫搭了，該怎樣就怎樣，寫了搭了也是白搭。沒意思，他媽的，人活著太沒意思了！」

第二天清早，鄒原便拎著那個裝錢的黑包，乘車去了墨市。

十五

這天，鄒始接到一個長途電話，是永寧縣第一中學的肖娜娜打來的。

肖娜娜在電話裡劈哩啪啦地說道：「鄒始嗎？我是肖娜娜呀！毛冰是不是在你那兒藏著呀？她已經有一個多星期沒來上班了，突然就那麼神祕地失蹤了到處找不到人……」

鄒始回道：「我早就跟毛冰斷了來往，她怎會跑我這來藏著呢？她失蹤前發生什麼事故了嗎？有什麼異常的反應沒有？」

「沒有呀，什麼也沒發生，也沒什麼異樣的反應。失蹤前一天晚上，她還和我一起去看了場電影的。」

「那她會跑到哪兒去呢？」肖娜娜說，「走前什麼招呼也沒打，班上的學生就那麼扔著，衣物也照原樣放著……」

鄒始問：「該不會出了什麼事吧？」

「誰知道呢？有些事，電話裡三言兩語也說不清楚。如果你抽得出時間，最好是親自來一趟，大家一起找找看。」

鄒始放下電話，腦袋嗡嗡有響，似乎迅速地膨脹著，又似乎被一個鐵箍箍纏著一點點地擠壓著在縮小。他感到自己的腦袋變成了一個手風琴給一拉一扯一扯一拉地演奏著一首狂亂而離譜的曲調。毛冰與肖娜娜是他大學同班同學，她們兩人畢業後分回了故鄉永寧縣，同在縣城一中任教。一年前的那段時間裡，他不斷往返於墨市與永寧縣之間，他與毛冰正處於熱戀之中。毛冰與肖娜娜同住一個寢室，每當鄒始到來，肖娜娜便回家去住，將空間留給一對戀人，讓他們充分地享受自由的氛圍和愛情的狂歡。後來，鄒始認識了墨市電視臺節日主持人戴潔，與毛冰的感情便出現了危機，終於破裂，兩人平靜而友好地分了手。

為此，他遭到了肖娜娜劈頭蓋腦的指責與臭罵。

肖娜娜乘車趕來墨市，專為斥罵鄒始，罵他忘恩負義是新時代的陳世美，罵他見異思遷不講道德，罵他狼心狗肺沒有人味。

鄒始罵不還口，就那麼靜靜地望著她。

一頓發洩過後，肖娜娜的感情漸趨平靜。

這時，鄒始開口問道：「罵完了嗎？」

肖娜娜說：「怎麼，還嫌罵得不夠？」頓了頓，又說：「鄒始，我恨不得放乾你的血！你害得毛冰好苦哇，幾天來她癡癡呆呆地一愣就是好半天，變得更加憂鬱了。」

後來，他們兩人去了悅賓酒樓。

一杯酒下肚，鄒始就打開了話匣子說個不休，沒給肖娜娜半點插嘴的餘地。

那頓飯吃完，鄒始醉得一蹋糊塗。

肖娜娜則消除了一些誤會，對鄒始產生了一定程度的同情與諒解。

＊＊＊

鄒始匆匆忙忙趕到永寧縣城，以《墨市日報》記者身分，利用了一切可以利用的關係，凡是她有可能去的地方，幾乎找遍了，但是沒有尋到半點蛛絲馬跡。

根據當地公安部門掌握的材料情況及當天最後見到毛冰本人的同事、學生的瞭解，她的失蹤與仇殺、情殺、奸殺、綁架等暴力犯罪沒有干係。那麼，只剩下自殺、出走或神經錯亂等幾種可能了。但是，自殺後該有屍體，神經失常也不會無影無蹤地消失不見，可能性最大的是出走。

在她家鄉、工作單位及親朋好友處皆未尋見，她上哪兒去了呢？

南下淘金、遁入空門，還是奔往深山老林過一種陶淵明式的田園隱居生活？不得而知。

茫茫人海，莽莽大地，上哪兒去尋呀？

一個星期之後，鄒始疲憊不堪地回到了墨市。

一無所獲，毛冰就那麼神祕地消失了。

其實，就在他與戴潔相識的那一瞬間，毛冰就開始在他心中悄然隱退了。

戴潔屬於那種美得驚人，舉止優雅、談吐適度的女人。他對她一見傾心，當即便被征服，不管鄒始自己是否承認這一點，但事實就是如此。

他們相識於墨市文聯舉行的一次業餘文學作者座談會上。

戴潔採訪鄒始，鄒始在螢幕上多次見過她的形象，以為不過就那麼一個被人操縱的高級木偶罷了。但真實的戴潔與螢幕上的戴潔相比，簡直判若兩人。當時，鄒始的內心深處可謂產生了一種強烈的震撼，他調動了所有的感官與神經對付她的採訪，語言深邃廣博、幽默詼諧、滔滔不絕。戴潔也為他的機智與才華所折服，她沒有讀過鄒始的作品，但知道墨市較為突出的文學青年中有這麼一個叫鄒始的，曾在全國報刊發表過不少小有影響的作品。百聞不如一見，一見不如一談。後來，兩人的交往就多了，並且知道了她還是墨市市委宣傳部戴部長的千金小姐。正是通過這層關係，鄒始得以進入《墨市日報》社。

儘管鄒始可以找出一千條一萬條和毛冰分手的理由，但在心底，他清楚地知道，那不過是為了開脫自己而編造的一些幻影而已。它們猶如肥皂泡，一吹即破，一破即成為虛無。他感到對不起毛冰，腦裡時常出現兩個對立的自我，一方是指責斥罵，另一方袒護辯解。

女人的心靈最為細膩而敏感，毛冰對鄒始的移情很快就有所覺察。她說：「我發現你對我似乎缺少了以往的那種激情。」

鄒始不想欺騙自己，也不想欺騙毛冰，便道：「有可能。」

「咱們都是自由的，自由來往，自由相愛，自然也可以自由解脫，這才能體現出真正的自由。」

「毛冰，知我者莫過於你；同樣，知你者也莫過於我。你口裡說著自由，心底卻有著不少難以掙脫的羈絆；你表面上總是做出一副淡然超脫的樣子，其實你心裡很看重一切。」

毛冰盡力做出一個自然的笑容說：「也許，在感覺上我是如此；但在理智上，我是極其自由而瀟灑的。人有別於動物的一個主要標誌，就在於人具有理智，受理智的控制與支配。從這個層面上來看，我說的確是真話。」

鄒始沉默不語。

毛冰繼續說：「我不想讓我們雙方活得太累，真的，我們之間面臨的現實將是十分嚴峻的，兩地分居，你既沒有能力將我調到墨市，也不可能離開墨市而下到一個偏遠的縣城。始，我們曾經真誠地愛過，充實地擁有過，這就夠了。我不想讓你為我付出太多太多，憑一個女人的直感，我覺得你將來會前途無量的。我不能拖累你，只能盡我的所能與所有全力支持你。而我現在所能做到的，便是讓你離開我。」

鄒始呆呆地望著毛冰，半天說不出話來。他雖然愛上了戴潔，但那畢竟還是一廂情願，他也只是將這種情愫埋在心間，既沒向戴潔表示，更沒有對毛冰流露。他不能在行動中背叛毛冰，一則受著傳統道德觀念的約束，再則他們確曾刻骨銘心地愛過。現在儘管缺少了以往那種狂熱的激情，但他仍愛著毛冰，他在心中辯解道，哪能每時每刻充滿了激情，哪來這麼多的激情呢？永恆的愛應該是誠實而樸素的，太多的激情難道說不是一種短暫而浮躁的表現嗎？

這次談話，是他們之間關係轉折變化的一個重要契機。

自此以後，鄒始便向戴潔表白了自己的心跡，並發動了猛烈的進攻。

於是，就斷了毛冰，續上了戴潔。

＊＊＊

未能尋到毛冰，鄒始只得在無盡的懺悔與痛苦中返回墨市。

剛進報社大院，傳達室的劉老頭就嚷道：「小鄒，你的電話。」

又是電話，前不久一個電話害得他跑到永寧縣折騰了一個星期之久，剛回來，又是電話。

鄒始接過電話，大聲大氣地嚷道：「喂，我是鄒始，你是誰呀？」

「真的成了大記者啦，好難找喲！」

噢，是戴潔。

他不能因為心緒的敗壞而遷怒於戴潔。因為她，才跑了一個毛冰。再要是惹翻了戴潔，感情可真就承受不了啦。他馬上變了腔調，柔聲柔氣地說：「戴，對不起，我到外地去了一趟才回來，走得太匆忙，來不及告訴你，真對不起。」

戴潔說：「這幾天，你害得我好苦，到處找不到你，我還擔心出了什麼事呢！問報社的人，也說不知道。你不僅沒有愛情觀念，連組織觀念也沒了。」

鄒始問：「戴，你現在哪兒呀？」

戴潔說：「你莫管我在哪，我弄了兩張藍鳥舞廳的舞票贈券，你……唉，還是算了吧，你今天太累了，好好休息休息，咱們改日再聚吧！」

鄒始說：「不，我不累，就今天見吧！是藍鳥嗎？好，我馬上趕來。」說完，不待戴潔回話，就「啪」地一聲擱下話筒。

鄒始回到寢室，沖了一個冷水澡，便匆匆忙忙地趕往藍鳥舞廳。他站在門口等了十多分鐘，戴潔才款款而來。一見到她，鄒始不知怎的，突然很傷感，心裡湧出一股異樣的溫柔。「戴……」他輕聲叫道。過去他稱毛冰的名，叫她冰；現在，他不想再叫名了，就叫戴潔的姓，稱她戴。

戴潔一見鄒始，露出一個燦爛的笑容。七彩燈光下，她變得更加漂亮迷人了，挽住鄒始的胳膊，緊緊地靠在他的身上。

頓時，鄒始疲倦全無，全身湧出一股興奮與衝動。兩人緩緩步入舞廳，在散席位上坐了。舞廳贈券不帶包廂，欲進包廂，除正常舞票外，還得另加包廂費。

舞廳的燈光很暗，進進出出的人影晃動著高矮胖瘦的輪廓。

鄒始叫來服務員，要了兩罐椰汁飲料，將吸管銜在嘴裡，他的一罐很快就吸完了。嗓子乾得冒煙，椰汁的清純使他神清氣爽。仍是渴，於是，鄒始又要了瓶「健力寶」。

戴潔道：「你真能喝。」

「太渴了。」鄒始說著，一瓶「健力寶」很快又吸乾了。

戴潔遞過她的那瓶椰汁。

鄒始掏出手帕揩揩嘴道：「夠了。」

戴潔說：「我要你喝唄。」並飛快地在他的臉頰上吻了一下。

鄒始又將吸管銜在口中，然後，將椰汁罐推給戴潔：「真的夠了，剩下的都是你的。」

戴潔便將鄒始銜過的吸管含在口中。

舞會開始了，鄒始與戴潔走進舞池，忘情地跳了起來。

一曲下來，鄒始感到精力不濟，腦袋嗡嗡直響，身子骨軟酥酥的，便雙手托腮，微閉雙眼。戴潔跳過一曲，興致陡增，在他身邊一個勁地談講著。她說了些什麼，鄒始半點也沒聽進，但他還是不住地點著頭。點了一會兒，腦袋便呈慣性，機械地一上一下晃動著。

戴潔拍拍他的肩膀道：「雞啄米是不是？」

鄒始不好意思地笑了，故作幽默地說：「是雞啄米呀，我這只雞啄到了你這粒珍珠米呀！」

「真是一張貧嘴。」戴潔在他臉上輕輕地拍了一下。

第二曲開始了，鄒始說：「咱們跳一曲，再歇一曲好不好？既跳舞，又聽音樂，還觀看舞客們的精彩表演，一舉三得，何樂而不為之？」

戴潔說：「你想幹什麼，總要找出大堆理由。」

「只要言之成據，言之有理就成嘛！」

兩人歇歇跳跳，戴潔覺得意猶未盡，鄒始卻感到十分舒適。

一番疲勞一番悲傷，坐在舞廳裡輕鬆輕鬆，專注於此，忘掉一切，何嘗不是一種幸福？這時，又一首曲子響了，是快三步。戴潔望著鄒始，目光帶著詢問。

鄒始說：「有點累，咱們還是跳節奏慢一點的曲子吧。」

戴潔道：「跳快步才過癮，才算得上真正的跳舞。其實，我以為跳舞也是一種體操鍛鍊，舞蹈是一種別致的體操。」

「嗯，我很同意你這種觀點。」

說歸說，他們並沒走進舞池，仍坐在原位。

十六

燈光旋轉，一對對舞伴相擁著也在旋轉。樂隊賣命地演奏，歌手扯了嗓子高唱，大家都很投入，舞會似乎達到了高潮。

這時，左壁包廂內跑出一個青年，他獨自一人衝進舞池，衝到舞池中央，又開腿站定，從懷裡掏出一迭人民幣，大聲嚷道：「先生們，小姐們，我給你們送錢來了！」他叫著，將鈔票使勁地朝空中一揚，一張張十元票子如雪花般紛紛揚揚地往下飄落。「搶啊，搶啊，誰搶著就是誰的！」這樣叫著，又掏出一迭人民幣拋向空中。

跳舞的男女皆止了步子，有的呆呆地望著空中，有的則好奇地盯著那個年輕人，還有的弓下腰，在地上摸索著。那個青年再掏出一迭人民幣放在手中拍得嘩啦直響：「瞧，真的，全是錢，人民幣，沒有半點假，真正是錢，誰撿了就是誰的，你們怎不動手啊？」嚷完，又是一張張十元的票子飄飄揚揚地飛舞不已。

樂隊停止了演奏，所有的燈光全部打開，舞廳變得如同白晝。這時，人們皆衝進舞池，在空中抓撓，在地下摸搶，舞廳一片混亂。

那個年輕人望著或彎腰或蹲在地上抓搶、摸撿人民幣的人群，高興得手舞足蹈：「好，好，搶得好！誰有本事誰得到，又來了，望我這兒，快，都望我這兒，我又要拋撒了。」他變魔術似的又拿出一遝人民幣，高高舉在空中，舞廳人們的目光皆隨著他的雙手轉動不已……

事情發生時，鄒始什麼也不知道。他沒有注意舞池，那旋轉的燈光與旋轉的人流令他頭暈目眩，便索性用手撐了腦袋閉目養神。是戴潔捅醒了他，說：「你瞧。」他睜開眼，就瞧見了那些大亂的人群。當他隨著眾人的目光一齊望向那個青年時，不覺一聲驚叫，不顧一切地衝進舞池。

戴潔在他身後嚷道：「鄒始，怎麼啦，你怎麼啦？」

他不理會戴潔，不知從哪來的一股勁，撥開人群，直衝那個青年。青年正待揚手拋出人民幣，鄒始一把抓住他的手腕向下一扳，搶了過來，低沉地吼道：「走，快跟我走，你在這兒發什麼瘋呀！」

那人掙紮著嚷道：「你是誰，憑什麼管老子？快把錢還我，不然老子對你不客氣。快還我，我要撒了。」

一股濃烈的酒氣直衝鄒始鼻端，他回身站定道：「哥，我是鄒始，快走，你還嫌禍闖得不夠是不是？」

原來這青年是鄒原，他歪著身子說：「你是屎？什麼屎？哎呀好臭好臭！」說著，打了一個酒嗝。

鄒始焦躁萬分，只得狠狠心，伸出右手，在他臉上「啪」地打了一個耳光吼道：「我是鄒始，你發什麼酒瘋，快走！」

這時，一群身穿制服的保安人員擠了過來。他們將鄒原與鄒始團團圍定，然後押著鄒原進了保衛室。

舞廳經理站在歌手演唱的舞臺上，拿著麥克風大聲說道：「對不起，實在對不起，讓各位來賓受驚了。一個酒瘋子，算不了什麼，打擾了大家的雅興，不過我們很快就解決了。大家繼續跳吧，盡情地歡樂吧！」經理說著，突然想幽默一下，便道：「瘋子也有瘋子的好處，他的到來既給大家增添了豐富的色彩，也給我們帶來了一筆意外的收入。恭喜發財，恭喜發財呵……」

舞廳內很快恢復了原有的秩序，但鄒原的事情卻沒有完。

保衛室內，鄒始在交涉。

當保安人員弄清鄒原的身分，知道他是窮鄉僻壤的一個鄉巴佬後，便要將他送到派出所關押拘留審訊。

鄒原挨了一記耳光，酒已醒了大半，他如夢初醒地望著四周，一個勁地辯解道：「不，我不是流氓，我不想要流氓，我想給大家錢花。」

保安吼道：「你還狡賴，故意擾亂社會秩序，破壞舞場紀律，不是流氓是什麼？」說著，掏出電棍就要動手。

鄒始忙上前制止說：「他是我哥，喝醉了酒胡鬧，就原諒他這一次吧。」

為首的說：「原諒？說得倒輕巧！得拘留一個月，罰款三千元才行。」

鄒始急了，叫道：「就是擾亂秩序，也輪不到你們來處罰呀？執法，也要講究原則，不能亂來！」

那人說：「你是什麼人，想教訓人怎麼的？這是執法重地，閒人免進，請你出去！」

無奈，鄒始只得掏出記者證，賠著笑臉說：「噢，對不起，我是報社記者。他是我哥，剛從農村來，窮鄉僻壤的，沒見過大世面，犯了規矩，不知者不為罪，請各位原諒他一次，就這一次！」說著，又掏出「紅塔山」香煙，給在場的每人「打了一梭子」。

氣氛頓時緩和下來，為首的保安說：「我們也作不了主，等經理來了再說吧！到時，我們幫腔就是了。」

鄒始道：「那就謝謝各位了。」

其中一人道：「都是哥們，好說好說。」

這時，戴潔趕了過來。大家在螢幕上見過她，她一出現，全都圍了過來，七嘴八舌地說道：「喲，原來是戴小姐呀！」「好漂亮，好迷人，大名人光臨咱們舞廳，有失遠迎呀！」

戴潔並不理會，當她知道撒錢的青年是鄒始的親哥後，也轉向保安們求情，他們都打包票說只要經理點頭，立馬放人。

經理終於出現了，鄒始衝他點點頭。他們曾經有過一面之交，彼此還有點印象。鄒始正待開口，戴潔說：「羅經理，你好生意呀！」

「喲，原來是戴小姐！」羅經理趕忙伸出右手，戴潔將那纖手遞給他象徵性地握了握。「我說這裡的燈光怎麼這亮，亮得人睜不開眼睛，原來是戴小姐屈駕光臨啦，哈哈哈……」

眾人皆笑。

當鄒始和戴潔說明一切後，羅經理十分爽快地說：「放人，放人，馬上放人！」又拍拍鄒原的肩膀，「我說兄弟呀，你今日給咱舞廳添了不少色彩呢！你哪來這多的錢呀，亂拋亂扔就不心疼？賺了錢，還是留著自個花，共產主義社會哪能馬上實現？喝了酒，不能瞎胡來，弄不好屁股頭就要挨大板呢，我說得對不對兄弟？」

鄒始扶著鄒原慢慢走出舞廳，戴潔在一旁相跟著。

「我說哥呀，你怎麼就跑到舞廳來胡鬧？要不是咱們遇上，有你好果子吃呢。這些傢伙蠻得很，不把你打個半死才怪呢！」鄒原沒有回應，喉嚨裡發出咕咕咕的響聲，鄒始繼續往下說，「你是什麼時候來的？趕巧我不在。要來，也不先聯繫一下；來了，又不安分，瞎胡鬧。唉……現在好了，回到寢室，睡一覺就好了。」

鄒原喉嚨裡滾動著，一陣乾嘔。

鄒始慌了神，招呼戴潔架著鄒原的另一隻胳膊，趕快向馬路邊的一個垃圾桶走去。將鄒原的頭按下來，腦袋對準垃圾桶口子。

「歐歐歐歐……」鄒原痛苦地乾嘔著，突然，一股粘稠、酸臭的液體噴射而出。

戴潔趕緊捂著鼻子站在一旁。

鄒原嘔得很艱難，嘔了一陣，歇口氣，繼續嘔，卻嘔不出什麼東西。心裡怪怪地難受，往上一湧一湧的，又沒法不嘔。嘔了好半天，終於又湧出一團沒能消化的食物。嘔完了，鄒原一喘一喘的，感到好受多了。

鄒始掏出手帕，揩揩他額上的汗珠，又揩揩他的嘴唇及兩頰。然後，將手帕也扔進了垃圾桶。

鄒原開口說話了：「弟，難為你了，我都明白，心裡全明白，但我不後悔，我做了該做的事，我出了氣，報了仇。」說著說著，他突然哈哈大笑起來，「弟，我說過我還會來墨市的，這不，我真的來了；我說過要讓城裡人仰頭來看我，我做到了！哈哈哈，我今天辦到了。狗日的，他們一個個拜倒在了我的腳下，我贏了！弟，我說到做到，男子漢說話就是要算數對不對？好歹我也算得上一個男子漢了……」

鄒始扶著鄒原慢慢往前走，任憑鄒原嚷叫大笑，他在心裡說，哥，你酒醒了，可夢還沒醒呢。想到失蹤的毛冰，望望旁邊的哥哥，心緒陡然跌入低潮，感到一股莫名的悲傷，全身疲憊極了。他說：「哥，你站好，站穩，自己慢慢走。」

鄒原說：「你放開，我自己能走。我的酒醒了，全醒了，頭不痛了，肚子也舒服了。就是腿還有點軟，但不礙事。」

來到一個十字路口，鄒始對戴潔說：「要照顧哥，我就不送了，你先回去吧！」

戴潔點點頭。

鄒始問：「單獨一人，你怕不怕？」

戴潔說：「這麼早，怕什麼？」

鄒始說：「今晚有點掃興是不是？改日補償吧。」

戴潔說：「這叫什麼掃興？叫有緣，你們兄弟有緣呢！」

「那得謝謝你才是。」這時，鄒始才想起了什麼似的說，「你瞧我，還忘了跟哥介紹你呢。哥，來認認她吧，她叫戴潔，我的女朋友。」

鄒原這才認真地望著戴潔：「弟，你好福氣，弟媳長得像天仙呢，就跟牆上掛的美人圖一模一樣。咦，她怎麼像昨晚電視上的那個女的？」

鄒始說：「她是墨市電視臺的播音員。」

「噢，這就對了！弟，你找了這麼一個滿意的媳婦，也給咱鄉裡人爭了一口氣呢。」

幾句真心實意的話，誇得戴潔忘了剛才的不快，頓時高興起來：「哥，你這嘴怎像塗了蜜？」

鄒原說：「真的麼，我說的是真話，剛才打攪了你們跳舞，實在不好意思。等我走後，你們再去多跳幾次吧。」

戴潔說：「哥，你說哪裡話，你是貴客呢，鄒始老在念叨你，他好想你，這次來了，就多玩些天吧。」然後揮手道別。

鄒原也學文雅狀，舉起右手，大幅度地擺動不已。

路過一家澡堂，兄弟倆進去痛痛快快地洗了一個熱水澡。出來後，兩人都感到神清氣爽。

鄒原說：「我的東西都放在了金花大酒店。乾脆，咱們今晚就在那兒去過夜吧，我再跟你寫一個鋪位就是了，反正我有的是錢。」

鄒始問：「你哪來這多錢？」

鄒原說：「做生意賺的。」遂將南下廣州倒賣銀元的事原原本本地說了。

聽完後，鄒始沉默不語。

「怎麼，嫌我這錢賺得不乾淨賺得不合法是不是？我一不偷二不搶，也是勞動所得麼。」

「反正現在賺錢的途徑和管道很多，賺到了手就是大款、大腕。哥，就算你賺的是乾淨錢，可也不能這麼個花法呀！」

「你說我該怎麼花？賺了錢就是要享受，就是要爭口氣。人生在世，不就是一口氣嗎？」

「典型的農民意識！」鄒始一字一頓地說道。

鄒原如遭人當頭擊了一棒，頓時立在原地：「你也說我農民意識？」

鄒始反問：「還有哪個說了你農民意識？」

「原來部隊的那位張連長。」

「一針見血，他才是一位真正瞭解你的幹部。」

鄒原嚷道：「我哪點農民意識了？我農民意識還能賺到錢？農民意識膽小保守，我呢，才膽大、開放呢。弟，你不是別人，不瞞你說，這兩天沒找到你，我住在酒店裡還玩了兩個女人。今天，就是和她們一起喝酒醉了的，又是她們一起陪我進了舞廳的，我們在包廂裡玩得可開心呢！你說我這也是農民意識？我最討厭農民意識了，我一直在擺脫它、擺脫它！」

鄒始冷冷地說：「除了農民意識，我還要跟你再加上幾個意識。」

「什麼意識？」

「流氓意識，阿Q意識，破壞意識，虛無意識，還加一個犯罪意識！」

鄒原倒抽了一口冷氣，好半天說不出一句話。

鄒始說：「哥，我也不能太苛求於你，這樣吧，先將房退了，把東西帶到我寢室住下再說。這次來，你就多待些日子，咱們兄弟倆好好聊聊。」

鄒原說：「弟，我認真地想想，你說的也有些對，可是，怎樣才能擺脫農民意識呢？我應該具有什麼樣的意識才行？工人意識，幹部意識，記者意識，還是什麼知識份子意識？這些，你叫我怎麼做得到呢？」

鄒始說：「你具有的，應該是主人意識。時時把自己當個主人來看待，來行動，我想就不是現在這個樣子了。」又擔心鄒原產生反感或一時難以接受，便說：「好了，咱們談點別的吧，好像我在說教了。你是哥，長兄如父呢！我哪有資格說你？即便說你，也是以一個旁觀者的身分呢。古人說過，旁觀者清，當局者迷。」

「不，弟，其實你說得很對，很對呢！主人意識，是的，是應該有主人意識才活得像個人樣。」

這回，鄒原在墨市待了一個半月的時間。

兄弟倆敞開心扉，各自將自己的心事說了，互相安慰，互相鼓勵。

談到未來，鄒始問：「哥，你今後打算幹些什麼呢？」

鄒原說：「我也不知道，走一步看一步吧。」

「你這正應了一首歌裡唱的，『跟著感覺走，緊抓住夢的手。』」

「嗯，唱的蠻對，唱的就是我。」

「哥，你總不能跟著感覺走上一輩子呀！你能跟著感覺走成個主人樣子嗎，能跟著感覺一直走進墳墓嗎？」

「你說我該咋辦？」

「你總是問我，你自己的事，自己辦。我們從小就唱《國際歌》，你該記得那裡面的歌詞吧，『不要說我們一無所有，我們要做天下的主人。』還有，『從來就沒有什麼救世主，也不靠神仙皇帝，要創造人類的幸福，全靠我們自己。』你聽聽，唱得多好！以前只是跟著唱，什麼也不懂，現在一品味，一領會，才知道真正唱出了我們的心聲，唱出了人類和歷史的真理。」

「弟，你真有水準！」鄒原心悅誠服地說，「這麼淺顯的道理，唱得滾瓜爛熟的歌，我怎就沒想那麼多，想得沒你深呢？唉，我這哥算是白當了。」

「哪能呢？我們各有所長呢，在好些方面，我半點也趕不上你，比如閱歷，比如武功，還比如吃苦，好多好多，我都不如你呢。」

「你腦瓜子比我靈活，知識水準比我高，我不得不承認呀！你說說看，我現在到底該咋辦呢？」

「想留在墨市找一份工作嗎？」

鄒原想想，搖搖頭道：「不想，你在這兒活得有滋有味，但我不行，墨市終究不是我待的地方。」

「在這點上，你很清醒。那麼，去流浪？」

「也不成，總得有個窩才行。」

「那就回紫瓦村娶個媳婦，生兒育女，跟鄉親們一個樣，知天樂命，活到老，活到死？」

「我想也不成，我不是這樣的角色。」

「我知道你不成，你總得做點事才行，對不？」

鄒原點頭。

鄒始說：「你回紫瓦村是肯定的，那裡才是你的天地。回去了到底幹什麼呢？我倒有個不錯的主意，你現在手頭不是有一筆款子嗎？可以利用它幹點事情嘛。不知你注意沒有，當今社會湧現出了一大批的鄉鎮企業，也造就了一大批的農民企業家。」

鄒原又點頭。沉思良久，他說：「是的，我也想過，就用這筆款子在村裡辦一家工廠，不知能不能成，也不知辦什麼廠好。」

鄒始說：「這要根據當前的市場和紫瓦村的實際情況而定。乾脆，這幾天，你隨我一道去採訪，跑幾家企業，見一些工廠，一是增加點感性認識，二也算是實地考察吧，然後咱們再來合計該怎樣辦好。」

於是，鄒原就跟著鄒始到處轉悠，好奇地看，好奇地問。鄒始帶他有針對性地看一些鄉鎮企業或是有關鄉村經濟的企業。鄒原腦瓜子靈活，悟性也高，有些東西一點即通。兩人轉了一些時日，就開始合計起來。又找了不少技術專家，瞭解市場行情，介紹紫瓦村的現狀，徵求他們的意見，看到底投資哪種產品，建一個什麼樣的工廠切合實際。合計來合計去，最後決定投資建一個磚瓦廠。鄒始當即給這個還未建成的工廠取了個名字，叫做「原始磚瓦廠」。

鄒始說：「將咱們兩人的名字都用上了，原始，也就是開始與創業，意味著它將一步一步地前進，走向現代與未來。」

鄒原立時拍手叫好。

正巧，市磚瓦廠舉辦一屆為期一個月的磚瓦技術培訓班，鄒原便報了名，天天到那兒去上課。

鄒始說：「你就專心專意地上課，把一些東西真正學進去。這是別人送我的一套學習用具，有筆、筆記本，正好你用上了。」

鄒原便像個小學生般高高興興地接了過來。

鄒始又說：「你建這個磚瓦廠，我估計還有一定的阻力，起碼父親就會反對的。我先寫封信，力爭做通他的思想工作。能夠得到他的支持，事情就好辦多了。不過，那些習慣勢力也不可小看。你想想，紫瓦村長期以來蓋的是紫瓦，砌的是青磚，你一下子要將它們改造成紅磚紅瓦，起碼鄉親們在心理上、感情上會有點接受不了。」

鄒原說：「我先只辦磚廠，專門生產磚。大家住的大都是土磚、木板或棚壁，住青磚的只有幾戶，還是解放時分的地主浮產。這樣，我估計大家都會支援，會叫好。然後，再根據發展情況引進壓瓦機辦瓦廠。」

鄒始說：「分兩步走，嗯，你這想法不錯。只是，砌紅磚蓋紫瓦，那麼一幢房子，紅的紅，紫的紫，恐怕有點不大協調，不倫不類的。」

鄒原說：「只要結實就好，鄉親們都講實際和實惠。」

「也成，改革開放嘛，不倫不類最好。就是要雜交，只有雜交多種結合，事物才有生命力。」

鄒原說：「買壓磚機的事，我沒有關係路子，恐怕……」

鄒始道：「行，這幾天我跟你聯繫聯繫，儘量優惠一點，你說先買幾台為好？」

鄒原想了想，說：「就先買一台，試試再說吧。」

「哥，你怎麼這麼小器？一台，能幹個什麼？也配得上叫工廠？」

「那就兩台吧。」

「兩台也少了。」

「你說幾台？」

「至少得購個三四台，才有一定的規模，才像個磚廠的樣子。」

「弟，就買兩台吧。不知怎麼，我心裡總是不踏實，一直在打鼓，這回要是砸了，可就賠進去了，恐怕連翻身的餘地也沒了。所以我想多留幾個錢，以防萬一。」

「還沒開頭，你怎就說這洩氣的話？只能成，不能敗，要給自己鼓氣呀！」

「這樣吧，我將這錢留一部分給你。你快要結婚了，得購置一些新婚用品，也算是做哥的一份心意！」

「不成，我自己攢著呢。戴潔那邊，經濟也充裕。這錢，你就全投入進去，辦點有起色的大事業！」

「我總有一種預感……」

「什麼預感？」鄒始打斷他，「你怎麼變得窩窩囊囊、婆婆媽媽的？」

這時，鄒原不禁想到了自己對受凍的鼓勵，難道自己真的變成了剛出獄時的受凍？不，要振作，幹就幹，已經快三十歲的人了，三十而立，此時不幹，更待何時？要幹，就轟轟烈烈地幹一番吧！

於是，鄒原決心把所有的錢投入開工廠。

十七

如果不是鄒始在信中為鄒原極力開脫與解釋，鄒啟明是決不會原諒鄒原的；如果不是鄒始那言辭懇切的勸說，鄒啟明更是不會同意鄒原回紫瓦村辦什麼磚瓦廠之類的「玩意兒」的。鄒啟明反感鄒原甚至達到了討厭的地步，對他的一言一行都抱著一種懷疑乃至否決的態度。但對一兒子鄒始卻是百般厚愛、言聽計從。鄒原使他傷透了腦筋丟盡了面子，要不是還有一個爭氣能幹的一兒子撐著，他這張老臉往哪兒擱呀！不說在紫瓦村在白雲鄉拋頭露面，就是連活下去的支撐與必要，都沒有了。

不管怎麼說，鄒原畢竟是自己的兒子，這是半點也假不了的。父子情，骨肉親，任你怎樣決絕，也難以割捨斬斷。既然他有心幹點大事，不管是不是瞎折騰，總得幫襯才是，自己也還有這個能力。鄒原這小子，一手扶養大的，根子倒不壞，只是破罐破摔，才混到了這步田地。再不挽救他一把，也許就真的走上了絕路。對，機不可失，時不再來，好好地扶扶教導他吧，使他走上革命的正路。況且，如今鄉、鎮辦企業，已成為一種風氣，成為鄉村走上富裕繁榮的一條途徑。縣裡分期分批組織鄉村幹部參觀了一些辦得好的鄉鎮企業，鄒啟明看了，嘴上不說，心裡卻是佩服得不行。人家那活法就是跟普通農民不一樣，就是要富裕多了，活得有滋味多了；人家那支書那村長，才真正的神氣呢，當得才有樣子呢。自己呢？唉，窮鄉僻壤的，連車都不通，能幹個啥？只有瞪眼看著人家越幹越紅火越幹越發達的份兒。鄒原建廠，在白雲鄉也算是第一家。鄉裡一扶植，大家鼓鼓勁，說不定真能幹出點名堂來也未可知。

於是，他馬上給鄒始回了信，表示大力支持，叮囑鄒原在培訓班上好好地揣摩學習。這回，要光明正大地幹出點成績來，再不能給他這做父親的臉上抹黑了。

鄒原見了信，心裡頓時高興，勁頭更足了。

鄒始托熟人找關係定購了三台性能良好、品質可靠的壓磚機。

鄒啟明則在村裡盤劃著建廠的地址。想來想去，沒有什麼合適的地盤。騎個自行車，獨自一人在村裡轉了一圈，也沒發現什麼巒好的「風水寶地」。最後，便決定將自家在山坳裡的幾畝責任田做為地基，讓鄒原建廠。自己是支書，總要帶頭作出姿態才像個樣子，不動自家的良田，動誰家的也難開口。捨不得金彈子，難打鳳凰鳥，他想。

卡車載著三台壓磚機運到白雲鄉政府後，使沒了公路，只得將磚機卸下，雇了板車再往紫瓦村拖。

鄉親們聽說鄒原在外賺了大錢，現在買回幾台壓磚機要辦一個什麼磚瓦廠，皆好奇地圍攏來看。他們摸著機器，懷疑地問道：「就這些鐵玩意兒，能造出做屋的磚來？」鄒原點點頭，回道：「當然啦！它們不叫鐵玩藝兒，而叫壓磚機，專門做磚的。做的磚一般大小、分毫不差、又快又好。要是技術熟練，操作得當，一台機器一天能壓個幾千塊磚出來呢。」眾人伸出舌頭歎道：「乖乖，有這厲害？幾千塊磚，天啦，那該有多大一堆呀！」嘴裡歎著，心底仍是不太相信。鄒原說：「到時候，機器一開動，你們就知道它的厲害了。」

這次回村，鄒原算是真正地出了一口氣。青天白日，光明正大，鄉親們簇擁著像夾道歡迎的儀仗隊，他大有一種英雄凱旋而歸的感覺。退伍回村，刑滿釋放回村，皆不光彩，紫瓦村以其寬容與大度接納了他，只有自己為自己尋找良好的感覺與安慰。而此後的兩次回村，一次是繞道而過，另一次雖是白日進村，也只有熬到天黑的份，卻又逃也似的匆匆離去。只有這次，才算是真正出了點風頭，他在鄉親們的眼裡看到的，是熱情的歡迎與真誠的羨慕。現在，不是紫瓦村接納他，而是他要給紫瓦村帶來富裕，改造它的面貌了！此時，鄉親們也忘掉了他的過去，只著眼於他的現在與將來。鄒原賺了大錢，買回了機器，這就是成功的象徵。儘管心底對這些機器的功能抱著一種懷疑的態度，但仍是感到神祕與神聖，那放映機、抽水機、打米機不就是這麼一坨死鐵嗎？只要一開動，一吼叫，就變成了神奇的物什！

鄒原成了成功的象徵，成功了的就是英雄，人們不得不佩服、崇拜英雄。於是，大家紛紛划算起自己的主意來，找鄒原套近乎，有的拜託鄒原到時候在磚瓦廠裡謀份活幹，拿幾個工資補貼家用；有的找鄒原通融，說自己房壁壞了就用他造的磚做屋，但手頭沒錢，先賒帳行不行……對大家的這些要求，鄒原滿口答應，一個勁地說著「行」「沒問題」「到時候再說」，儼然成了一言九鼎的高級領導人物。鄒原心裡充滿了希望與喜悅，鄉親們因了他的歸來也充滿了一份希望與喜悅。

鄒原聽完鄒啟明關於廠址的選擇，馬上說：「爸，那裡怎行？你真不懂，那幾畝水田，怎能建廠？」

鄒啟明說：「那裡地盤大，也平展，現在水乾了呢，正好動工，在那裡蓋房建廠。」

鄒原說：「要取土壓磚呢，取出了的土，就沒法填了，全變成磚運走了。那裡本來就低，一挖掘，不是更低了嗎？」

「不礙事，土取多了，乾脆讓那兒變個堰塘種藕養魚吧。」

「那是村裡的幾畝上等良田，挖了太可惜。」

「真槍實彈地幹，不拿自家開刀怎成？」

鄒原不做聲，想了一會，他說：「爸，還是不成。」

「又怎麼了？」

鄒原說：「那裡土質不行，屬於沙壤土，鬆散，不合乎做磚的要求。」

鄒啟明歎道：「也是呢，種田倒有好收成，壓磚怕是差了點。不在那，哪有什麼好地方呢？」

「土質越粘越好，咱們紫瓦村到處都是黃土崗子，不愁找不到建廠的好地方。今日累了，明天我去找找看。」

「這次回來，看得出你是想幹點正事，還想幹點大事，所以我支持你，但你切不可再瞎胡鬧了。都快三十歲的人了，該成熟了，要穩重些，冷靜一些，考慮問題周到一些。只許幹好，不許你幹砸！你這是咱紫瓦村甚至白雲鄉辦的第一個農民工廠，我也是擔了一定風險的。」

鄒原點點頭：「這些，我都懂。」

鄒啟明說：「懂就好，技術上的事我也幫不了什麼，鄉裡有兩個燒窯高手，我可以通過關係把他們請來。有什麼難辦的事，只要是光明正大，合乎原則，我都會支援你的！」

鄒原很感動：「爸，我會拼力幹好的。」

鄒啟明又說：「遇到難關，一定要挺住。不能退，一退就倒了，一倒也就完蛋了。咬咬牙，挺一挺，就過來了，也就算成功了。」

「爸，這些，我都記住了！」鄒原深深地點點頭。

第二天，鄒原便與從墨市磚瓦廠聘請而來的張師傅一同實地觀看，選址建廠。

轉到山前，傍著山腳往前走，就發現了一處絕妙的理想之地。

山前有一個黃土崗子，崗子與大山間是一片空地，山腳下有一個名叫桑樹洞的天然大洞。黃土粘性大，燒出的磚結實耐用，就在黃土崗上取土；空地處可搭一個簡陋的工棚，安放馬達和磚機；那個大洞，則可作為工人的天然宿舍，既遮風避雨，又堅固耐用，可以節省不少開支。

鄒原與張師傅讚不絕口，連連叫好。

兩人當即趕到村委會，將選下的地址一說，村幹部都說好。

村長樊立人說：「原娃，那地方是老天造出來專門給你建廠的呢。」

鄒啟明說：「這處地方，土崗上面種有茶樹、果樹等經濟作物，涉及到幾家承包戶的利益。咱們得先開個支委會，討論研究後才能決定。」

樊立人說：「現在就開吧，吹火筒，吹火筒，」他大聲叫著通訊員，「你去把孫治保和馬會計叫來，就缺他們兩人。你說有急事召開村委會，要他們務必馬上趕來。」

吹火筒應了一聲，推上自行車出了門。

鄒啟明說：「鄒原，你們明天再來吧，咱們先研究個意見，拿出個方案。要是會議通過了，村委會的人下午就分頭去做那些承包戶的工作。事情順利的話，你們明天就可以簽訂轉讓承包合同了。」

鄒原估摸這事父親定會辦妥的，便開始籌畫招工的事。與張師傅一合計，學城裡人樣，寫了一份招工啟事。

招工啟事

紫瓦村第一個農民私辦工廠「原始磚瓦廠」即將成立，現急需工人二十名（其中男工十五人，女工五人），月薪一五〇—二〇〇元，包吃包住。凡十八—四十五周歲的男子，十八—三十周歲的女子，只要身體健康、品質優良、吃苦耐勞，皆可前來報名，擇優錄取，額滿為止。報名地址：鄒原家。

原始磚瓦廠廠長：鄒原

當晚，鄒原將擬好的「招工啟事」遞給父親。鄒啟明接過來看了看，說：「你的幾個字像雞爪子抓出來似的，看不清楚，你念給我聽就是了。」

鄒原便一字一句地念了一遍。

鄒啟明聽完，想了想，問：「做磚做瓦，活路重，招女工幹嘛？」

「女工洗衣做飯，幹輕省活，比如碼磚、蓋草、燒火、看窯等，做得會比男工細致。再一個，有女工在場，男工才不會枯燥寂寞，大家互相鼓勵，會幹得更有勁頭。」

「虧你想得出來。」

「我一開始也想都招男工，還是張師傅出的這點子。」

「到底城裡人有算計。」鄒啟明情不自禁地贊了一句，又說，「我覺得這個招工啟事，以村委會的名義張貼要好一些。」

「我也這麼想過，只是怕給你添什麼麻煩。」

「這不礙事，你幹正事嘛，大大的麻煩我也不怕，天塌下來我也會挺著。不過，我把話說在前面，你雖然是個什麼廠長，是自己掏錢辦工廠，但也要服從黨的一元化領導。什麼規章制度、財務手續、生產銷售等等，都得接受村委會的監督才行！」

「那當然。」

鄒啟明說：「這廠雖然是你辦的，但人家會說我是幕後指揮，你不能把屎抹在我的臉上，更不能給黨抹黑。」

鄒原一邊點頭，一邊將報名地址改為村部，落款改為白雲鄉紫瓦村村委會。

鄒啟明告訴鄒原：「剛才村委會的人碰了一下頭，工作都做得差不多了。這是以行政手段干預經濟承包，那些承包戶們也有意見，可形勢的發展需要他們作出犧牲，只能這樣做了。但是，也給了他們一定的許諾，就是保證那六家承包戶每家有一個正式勞力到磚瓦廠來做工。這事我沒與你商量，先做了主。不這樣安撫人家，就堵不住他們的嘴，我想你也會這樣做的。」

鄒原道：「反正是要招工的，他們家出正式勞力，不是一回事嗎？這也不算優惠嘛。」

第二天，請人用毛筆將招工啟事謄抄五份，張貼出去不到半個小時，村部那報名的視窗，就擠滿了黑壓壓的青年男女。每家每戶就那麼幾畝田地，農忙一過，大家都閒著了拼命玩。田產自給自足，山上也沒有那麼多的經濟作物可供開採，手頭都挺緊張，聽說做工每月能拿個一二百元的工資，這吸引力實在是太大了，於是相互轉告著來了一大批報名應聘者。只得一個個將名字登記上去，他們都再三再四地說道：「可一定要錄取我呀！」鄒原一邊登記，一邊說：「儘量錄取。」

到最後一個離去，鄒原數了數，報名的共有六十五名男子、三十一個女子。那六家轉讓土地的承包戶是要優先考慮的，這樣一算，原先招工二十名，就只剩下十四個名額了。都是鄉親熟人，條件也差不多，真不好錄用哪個，不錄用哪個。要是厚此薄彼，不少人肯定有意見，處理不當，恐怕會直接影響到工廠的生產和發展。鄒原找父親商量，鄒啟明也拿不出一個很好的主意。又將情況及顧慮對張師傅說了，張師傅道：「這不是挺好辦嗎，考試嘛！」

鄒原問：「怎麼考？」

「考文化！」

「都是來幹體力活的，考文化怎能說服人？」

「這不是當農民，而是當工人。不是耕田使牛、插秧割穀，而是要掌握機器掌握技術，沒有文化怎麼行？」

鄒原雞啄米似的直點頭：「嗯，有道理，那考些什麼呢？」

張師傅說：「我來出試卷，星期天，把村裡學校的教室借一間，我把題目抄在黑板上，大家去做就是了。」

「好，很好！」鄒原連連讚歎。

聽說要搞文化考試，不少人打起了退堂鼓。有的是文盲，有的只念過小學，都一直握牛鞭鋤頭鐵鍬，那筆桿，怎麼提得起？考試那天，人倒來了不少，但走進教室的不多，大都圍在門外、窗外看熱鬧。不參加考試，理所當然地就是放棄應聘了。

共有十八人參加考試，只做了一個小時，張師傅就宣佈交卷。結果公佈出來，共錄取二十四人，男工十八人，女工六人。也就是說，那天參加考試的十八人全數錄取，再加上六戶照顧對象。能參加考試的人，說明他們有勇氣有信心，對未來的磚瓦廠抱有特殊的感情。能夠堂而皇之進入考場的，水準確實都不賴，有五人高中畢業生，其餘的全是初中生。也不好將其中哪個擠下，便擴大四個名額，全部錄取了。那些不知底細的人則大呼上當，說是鄒原大大的狡猾，耍了一個花招要考試；又痛責自己膽小，說當時要是進考場裝模作樣地坐一坐就好了。不少人後悔得心裡直滴血，都強烈要求鄒原再來一次考試。鄒原當然不會再考了，但是，經不住老黑與受凍的軟磨硬纏與苦苦哀求，便讓他們兩人進廠打雜。

招工一結束，鄒原更加忙碌了。培訓工人，安裝機器，整理山洞，搭建工棚……一應的準備工作忙得他一天到晚暈頭轉腦，頭一挨上枕頭，就打起呼嚕來。母親常常端著油燈站在他面前，望著困倦沉睡的他，心痛不已。忙也罷了，還有一些煩心的事不斷襲來，有時就想，唉，真是自討苦吃啊！到底圖些什麼呢？名，還是利？都不圖，也許都圖一些，反正說不清楚。後來又想，人活世上，總得幹點事吧？就衝連長送他的「農民意識」這個詞兒，也得拼個死去活來。還是鄒始說得好，要有主人意識。我是主人，幹來幹去都是為自己呢，能不拼死拼命？

磚瓦廠正式掛牌成立那天，紫瓦村熱鬧極了，簡直像過節。一塊寫著「白雲鄉紫瓦村原始磚瓦廠」的白漆黑字招牌非常醒目地掛在工棚外面，全村的人趕來看熱鬧，鄰村的也來了不少。鄒原過去的那些「嘍羅們」也聞訊趕來，他們紮了一條龍燈，一個獅子，買了不少鞭炮，仍由馬桶領頭，前來為昔日的「老大」助威。鄉、村幹部也趕來祝賀。

學城裡人樣，張師傅要鄒原扯了一條紅布，請鄉長張斌剪綵。

張鄉長伸開剪刀，對準紅布條，快速剪斷。

頓時，鞭炮炸響，鑼鼓齊鳴，龍燈獅子舞動起來，一片歡騰。

突然，轟隆隆一陣響，馬達帶動壓磚機開始運轉起來。人們呼喇喇地圍在轉動的機器周圍，只見幾個男工將泥土放入壓磚機膛內，配上水，幾經攪動，生土就變成了攪拌均勻的泥團。不一會，緩緩湧出一條長方體乾泥，在移動中被一塊一塊地切成整齊均勻的長方形磚塊。然後，女工們將它們一塊塊地碼好。整個操作，形成一條龍的程序，由張師傅指揮，進行得有條不紊。大家觀看著，皆驚歎不已。

草子也看熱鬧來了，他似乎看得很冷靜，手握一根尺把長的煙袋，不言不笑不吵不鬧，只是將自家切制的煙絲直往煙鍋裡填，抽得嗞嗞作響。

不少人問他：「鄒原這回咋樣？」「磚瓦廠會興旺嗎？」「這磚好不好，能買嗎？」「他這廠址選得咋樣？」各種稀奇古怪的問題一古腦地扔給他。

這回，他一改往日的滔滔不絕，沉默著抬頭望天。

眾人也跟著他望，天空很高很藍，除了一朵朵白雲，什麼也沒有。大家便問：「你望什麼呀望？」他說：「我知道你們要跟著我望，就先望了。」大家都笑：「你這是什麼屁話呀！」又問：「你到底看見了一些什麼呀？」草子慢慢低下腦袋，搖著頭說：「天機不可洩露。」說了等於沒說，大家什麼名堂也沒問出來，便對他失卻了興趣，不再向他問這問那，皆回到鬧熱之中。

陸先生也來了。他背著手轉了一圈，又回過頭來轉了一圈，然後背著手走了。他的來去，沒有引起人們多大的興趣與注意。

前來祝賀的還有劉松林，他是以副鄉長的身分和其他鄉幹部一同來的。兩個老同學、老戰友終於又一次面對面地站在了一起。劉松林伸出右手，鄒原則有意伸出左手，兩隻手握在一起，欲握未握的樣子。

劉松林說：「鄒原，祝賀你呀！了不起，成了農民企業家，給我這個做戰友的臉上增光添彩了！」

鄒原說：「哪裡哪裡，過去，也給你抹過黑鍋灰。」

劉松林頓時尷尬：「過去的莫提它，莫提它，有些事是我做過了頭，還望戰友多多包涵。」

「你現在是咱們的父母官，一言重千斤，還望日後多多幫忙，關懷與關照！」

「哎喲喲，我發現你現在變得可比過去靈光多了。」

「我還是那個老樣子，要說有什麼變化，也是逼出來的。」

劉松林又尷尬。突然，他劇烈地咳嗽起來，「吭吭吭」地咳得彎下了腰。咳完了，眼裡便噙了一泡淚花。

鄒原問：「你感冒了？」

「沒，風濕，老咳嗽。」

「多吃點藥嘛。」

「藥吃不好，就是上次受人暗害，癱在地上受了涼，時間一長惹出來的。那次可真把老子給坑苦了，別的不說，就這身體，硬是垮了。全身是病，到處疼，人一天到晚軟綿綿的，打不起精神來。」

鄒原仔細打量劉松林，發現他脊背已微呈佝僂，面容看上去，已有三四十歲的光景，年輕人的朝氣與英姿，是半點痕跡也不留存了。

鄒原故意問：「那人還沒查出來？」

劉松林說：「去哪查呀？公安局、派出所的也盡是些吃乾飯的！跟他們塞了不少，可連這個小小的案子也破不了。要是查出那個害人精，我非剝下他的皮不可！」

鄒原問：「聽說你還懷疑過我？」

「哪裡呢，別人謠傳，破壞咱們的關係呢……」

正談著，馬桶過來找鄒原，劉松林便說：「鄒原你忙吧，我還有點事。」說完，就匆匆離去了。

等劉松林剛一轉身，馬桶便叫道：「大哥……」

鄒原忙制止：「今後別這麼叫，讓人聽見了不好。」

「我私下裡叫呢？」

「私下裡也不要這麼叫，我早就跟你說過，我不是你們的大哥了。你再叫，我會生氣的。今後，就叫我鄒原吧！」

「好，不叫大哥，就叫鄒廠長。」

「總比叫大哥要好一些。」

馬桶說：「鄒廠長，讓我來幫工吧，到你廠裡當一個工人。」

鄒原驚訝地問：「你缺錢花？」

「不是。」

「那你……」

「看你幹得熱熱鬧鬧、紅紅火火的，我的心也動了。」

「想跟著幹點正事？」

「嗯，不錯。黑道上，我也幹膩了，沒意思。你想想，我總不能一輩子在黑道上混吧！人活一輩子，也得結婚成家、養兒育女，做個正兒八經的父親才是呀！」

「你能幹什麼呢？你吃得了苦嗎？」

「我能不能吃苦，能不能幹事，這你心裡應該清楚。」

「那你解散黑道？」

馬桶說：「我現在雖然是老人，但也解散不了的，它總是會存在的。有白天，就會有黑夜．這是同一個道理。我不幹了，會有人接手的。」

「這段時間，你幹得不賴，兩邊都沒發生什麼事情。你要一走，換上別人，會不會亂來攪擾社會？」

「這你放心，我挑一個好一點的人接手就是了，並且，我還要經常監督他們。」

「你準備選誰？」

「魚叉還是塊料。」

鄒原說：「那你就來吧！來了也好，又多了一個可靠的幫手。」

馬桶說：「那我今天就去上班？」

「今天還不行，得由張師傅培訓幾天，掌握點簡單的技術操作才能上工。」

「那就接受培訓唄！」

「乾脆，把你老母親也接來吧。山洞很大，洞連洞，洞套洞，選一小洞和你娘住一塊，做飯洗衣，都全由女工承包了。」

「那太好啦！」馬桶高興得直蹦跳。

鄒原說：「我上那邊去了，還有一些事要照看。」

兩人分手後，馬桶先進桑樹洞尋好一個適合安身的小洞，然後回胡家灣接母親去了。

十八

磚瓦廠成立後的一段時間內，天氣格外晴好。暖融融的太陽掛在空中，一幅天遂人願的清朗氣象。原始磚瓦廠很快走上了生產正軌，三台磚機一齊開動，磚塊變魔術般地越碼越多。鄒啟明幫助聘請的兩位燒窯師傅也到位了。他們以前燒的是青磚，那磚塊全是人工製作的，將泥土壘成一個大堆，周遭圍一道圈，摻上水，人或牛進到裡面踩踏，直至變成合乎要求的泥巴為止。然後將泥團鏟進木制磚模中拍好，弄齊弄勻，將磚模翻過來，猛然一提，一塊泥磚便做成了。人工造磚，耗力費工不說，做出的磚塊或缺棱少角，或不甚齊整，或厚或薄，在所難免。

製作磚塊，機械與人工迥異；但燒窯出磚，工序卻大致相同，只是在燃料、火候、時間上略有差異而已。請來的兩位窯匠師傅都是高手，觸類旁通，經張師傅一點撥，很快就掌握了燒制紅磚的技術。到鎮上買來煤，便在磚瓦廠的空地上蓋了一個窯燒制起來。

開窯那天，鄒原既緊張又興奮，大清早就眼巴巴地守候在窯旁。張師傅說：「甭擔心，砸不了的，要是這點把握都沒有，我這張字只有倒掛著了。」鄒原說：「不怕一萬，就怕萬一。」覺得這話不太妥當，好像不信任張師傅似的，又說：「我這人跟頭栽得多了，辦事總是有點提心吊膽的。」張師傅說：「我能理解，要是這窯燒砸了，我的工錢、獎金一分錢都不要你的。」鄒原說：「這倒在其次，關鍵是要燒好。要是開頭燒砸了，以後的日子就難過了。」

中午時分，原始磚瓦廠第一窯紅磚開窯出磚。紅磚燒得出奇地好，不嫩不老，質地堅實，顏色適中。拿一塊敲敲，發出清脆的悅耳聲響。鄒原大喜過望，當即掏錢，派人買來魚肉雞鴨，犒勞大家。

鄒原給每桌敬酒，感謝大家的盡心盡力，許諾說只要第一批紅磚銷售出去，馬上就發工資。並說，只要大家認真地幹，拼命地幹，我的廠定會興旺發達，到時還要給大家加工資，加到三百元、四百元、五百元，只要搞得轟轟烈烈，每月發個千把元又何嘗不可呢？還說，這個廠雖然是我私人投資辦的，但說到底，還不是大家的廠嗎？廠子辦好了，人人得益，個個獲利，都來嘗嘗當萬元戶的滋味。大家聽著，都很興奮。酒精發揮作用，人人情緒高昂，碰杯與喧鬧的聲音響成一片。

根據工廠發展的需要，不久，鄒原成立了一個臨時領導班子。他自任廠長，全盤負責；馬桶和一個叫佑林的高考落榜生任副廠長，分別管理後勤和業務；又在女工中挑了一個叫雲兒的姑娘負責財務。

這日，鄒啟明來廠裡找到鄒原，將他叫到一邊說：「磚瓦廠第一批紅磚馬上就要銷售了，先賣誰不賣誰，影響重大呢，我想得由村委會拿出個意見才是。」鄒原聞言，當即冷了半截腰：「這怎成？誰有錢誰先買嘛，這是經濟原則。再說，投資那麼多，我手頭全空了，得等著這筆錢給大夥發工資，給張師傅發聘金呢。」鄒啟明說：「你的難處我知道，但村裡也有難處啊。磚燒好了，柴瓦村辦的第一個農民工廠算是成功了。我也舒了一口氣，大夥臉上都光彩。但是第二步怎麼走，大家的眼睛都盯著呢，這涉及到一個政策原則的問題。」鄒原問：「你的意思是……」鄒啟明道：「我想你這磚瓦廠，總體上得由村委會統一領導，業務由你安排，銷售財務等重大決策由村委會研究決定。」鄒原急了：「這怎成？我哪裡還有什麼自主權？這也干涉，那也干涉，把我的手腳都捆住了，還能幹什麼事？合同訂得好好的，我按時給村裡上交利潤提成還不行嗎？」「我這還不是為你著想，要是出了什麼問題，有村裡給擔著，免得到時候你一個人吃不了兜著走。」「有什麼問題我自個負責，大不了破產吧！要是村幹部這也管那也管，我乾脆轉讓出去算啦！」鄒啟明搖搖頭：「原娃，你還是過去那個老樣子，唉，什麼時候才能成熟喲！」鄒原說：「也許我一輩子也成熟不了，但我不願變成砧板上的一塊肉。」鄒啟明生氣地說：「好，算啦，只當我沒說那話吧。剛長了幾根毛，就開始翹尾巴了。你的事，咱們到此為止，今後我半點也不插手，說到做到！」說著就往回走。

鄒原望著即將離去的父親，突然覺得不是滋味，心裡頓時軟了下來。他趕上前去，道：「爸，你看這樣成不成，村裡管一半，另一半由我作主。這批磚，該賣誰，不賣誰，以及利潤分成，我讓出一半給村裡，其餘的讓我來處理，你看這樣行不行，爸？」他的口氣明顯帶有幾分央求的意味。鄒啟明頓住步，想了想，說：「成！村委會上，我也好開口了。往後去，我才能真正做到說話算數呀！」見父親爽快地答應下來，雖然失去了一半的自主權，但鄒原心裡還是挺高興。那一半，權當是讓給父親個人的，就算是返哺，報答他的養育之恩吧！

日子一天天地流逝，鄒原覺得眼前老是有一個倩影在不斷地晃來晃去，揮之不散。苗條的身材，一條又黑又粗長及屁股的辮子，一笑兩個小酒窩，說話柔聲柔氣像灌了蜜，特別是胸前那對鼓突的乳房，更是令鄒原心馳神往不已。這人便是雲兒。她全身透出一股少女的青春氣息，深深吸引著鄒原，誘惑著鄒原。雲兒既不同於桃子的冷豔，也不同於姜幺妹的世俗，更不可類比於墨市那兩個風騷女子，她屬於那種天真爛漫、無憂無慮、敢說敢笑、極少羈絆的女孩。有時，雲兒端著個帳本站在鄒原面前問這問那，他俯下身去，立時便聞到雲兒身上散發出的少女芬芳。他呼吸著，常常走神陶醉，答非所問。他真想輕撫雲兒那對鼓突的乳房，想著想著就進入了迷離恍惚之中。他想，難道說這就叫愛情？他真的愛上了雲兒嗎？二十歲的雲兒，高中剛畢業，真可謂要才有才，要貌有貌，是一朵豔麗的花兒呢！雲兒雲兒，幹嘛不叫花兒呢？乾脆就叫花兒得啦！是的，他覺得他愛上了雲兒。遇上一個可心的人也不容易，快三十歲的了人，是該考慮結婚成家了。可雲兒會怎樣呢？自己該不是一廂情願的單相思吧？作為廠長，一個大她十來歲的男人，該怎樣向她表達自己的心思呢？要是遭到她的拒絕，會有什麼不良的後果嗎？他雖然和三個女人發生過肉體關係，但對愛情及女人的真正瞭解，還沒有入門呢。

鄒原陷入了愛情的憂鬱與煩惱之中。廠裡的一應事情已基本走上正軌，他可以少操一份心思了。於是，就開始經常地想念雲兒，有事無事地找雲兒聊天，儘量和她多待一會兒。想得越多，陷得越深，卻不知怎麼開口才好。後來，他決定有意識地試探試探雲兒。

這日，剩了他們倆獨處一室，鄒原問道：「雲兒，談朋友了嗎？」雲兒說：「談了。」鄒原一愣，頓感失望，追問道：「是誰？」雲兒神祕地一笑：「這是祕密。」鄒原緊追不放：「對我也保密呀？告訴我是誰，保證不外傳。」「那人在我心裡，我常常在心底和他交流，還沒有變成行動。」雲兒說著，噗哧一笑。鄒原籲了一口長氣，佯裝生氣道：「好呀，雲兒你耍我，到時候，我可要以牙還牙的喲！」「到時候，嘻嘻，到時候你就……嘻嘻……」她咯咯笑著，不肯往下說了。「你要是告訴我這心中的人是誰，我就不報復你了。」雲兒說：「暫時不能告訴你，以後就會知道的。」鄒原不甘心：「你在心中戀著人家，人家會戀你嗎？」「我想會的。」雲兒又加一句，「肯定會的。」「你就這麼自信？」雲兒一笑：「我有一種直感，好多書上都寫過，女人的直覺最為敏感，也最準確最真實。」鄒原心裡一忖，不會是我吧？這人要是我就好了，那我可就太幸福了！他又試探著問：「你有一種直感，看來這人離你很近，經常和你接觸是不是？是馬桶？佑林？還是……」雲兒打斷他：「天機不可洩露，你現在莫問，問我也不會告訴你的，一旦成熟，到時你就知道了，我保准你會知道得很早很早。」

雲兒的話給他很大的希望，仔細地回味著，覺得雲兒所說的那個人就是自己。是的，肯定是我，她說我會知道得很早很早呢，她要是說我知道得最早就好了。一個「很」字和「最」字，含義可不一樣呢。

但是，姜幺妹的突然出現，徹底驅散了他欣喜的心情，打破了對未來婚戀的美好憧憬。

姜幺妹獨自一人來找鄒原，神祕兮兮地將他叫到一個僻靜處，說道：「這些日子，你也不去看看我。」鄒原說：「很忙，忙得暈頭轉向，哪能顧得上。你那經銷店開張了嗎？是不是缺錢花，我的磚都賣出去了，等賬算清楚後，可以支援你一點。」姜幺妹說：「你不看我，也不怪你。你現在成了個大忙人大紅人，村人誰個不知，哪個不曉？我也不缺錢花，你送的兩千塊我還存著呢。」鄒原問：「怎不開個經銷店？賺幾個錢，日子會好過一些的。」姜幺妹搖搖頭：「這筆錢要排大用場呢，輪不上開店了。」「排什麼用場？」姜幺妹露出一臉的笑容：「說出來你也會很高興的。」「到底是排什麼大用場？」姜幺妹說：「你快做爸爸了呢！」「啊?!」鄒原頓時愣住，「這是哪兒打哪兒呀，我做什麼爸爸？」姜幺妹指指自己的肚子道：「你播的種嘛，這麼快就忘了？這是第四胎，生下來又得罰款，我先把錢備好呢！今日來，就是專門告訴你這個喜訊的。」鄒原頓時露出滿臉的憂愁：「還喜訊呀！這是什麼喜訊，活活要我的命！姜幺妹，你這胎不能生，千萬不能生，一定要打掉，無論如何得打下來！」姜幺妹倔強地一擺腦袋：「不，我偏不！今天我又請草子拿了脈，他說恭喜恭喜，是個兒子，肯定是個兒子！我前頭生三個丫頭找他拿脈，他總是不肯說懷的是什麼，只推說拿不準，天機不可洩露之類的屁話，這回他可說得千真萬確呀，把我的人都快喜昏了頭！我要得兒子了，我馬上會有兒子啦，我的兒子，哈哈哈，哪個也奪不去我的兒子……」

鄒原想，怎樣才能做通姜幺妹的工作呢？不下決心看來是不行的，那麼只好絕情絕義了。

姜幺妹又說：「蚊子不過是他名義上的爸，你才是他真正的爸呢！」鄒原說：「反正我是不同意你生下這一胎的。要是生下來，日月不對，人家會說長道短，我也不想要這個私生子！一切後果我不管，罰款什麼的，養育什麼的，我都不會負責。」姜幺妹緊緊盯著鄒原：「原來你是這樣的一個人？」鄒原說：「我現在很後悔，當初不應該和你上床的。」姜幺妹火了：「我強迫你了？我逼你了？我壓你身上了？好，好，這些我都不說了，說了也沒用，他不是你的兒，是我的，我一個人的兒，一切後果都由我一人承擔。就是死，我也要把他生下來，把他撫養成人，我一定要他變得有出息，超過你幾倍！」姜幺妹說完，怒氣衝衝地轉身走了。

鄒原一聲長歎，一拳頭砸在自己的腦袋上。一時痛快，竟弄出了這麼個天大的麻煩，真不應該，不應該呀！唉，後悔又有什麼用？後悔也來不及了。現在採取挽救措施還不遲，一定得想辦法讓姜幺妹去打胎。這兒子，無論如何也不能讓她生下來！姜幺妹態度堅決，怎樣才能做通她的思想工作呢？做通工作，這種可能性看來很小，只有採取強制措施才行，通過村裡、鄉裡，利用行政手段與計劃生育政策，強迫她到醫院去打胎。鄒原決定去找村婦聯主任周友梅。走了一程，又止步了，自己這麼去，怎樣開口呀？人家要是問，你是怎麼曉得姜幺妹又懷了第四胎的？該怎麼回答？就說是聽草子說的，可一對證，就露餡了。姜幺妹肯定給了草子好處費，堵住了他的嘴，他是不會瞎嚷嚷說姜幺妹這回懷上了一個兒子的。這可怎麼辦才好啊？噢，有了，寫信！對，用左手歪歪扭扭地寫一封匿名信寄給周友梅，神不知鬼不覺，事情也就成了。於是，鄒原真的寫了一封匿名信，並且借了一輛自行車親自跑到鎮上郵局發了。他將信封小心翼翼地投入郵筒，又細心地檢查一番，確信準確無誤地投入後，才踏實地離開。

紅磚銷售出去，回來了一筆款子，首先將工人和兩個窯匠的工資發了。張師傅的聘期是三個月，三個月很快就要到了，但張師傅的薪金、獎金還一分錢也沒發。鄒原對他說：「張師傅，等第二批磚賣出去，你的錢一齊給，行不？」張師傅很爽快，他說：「這有什麼不行的？吃的住的都有了，反正我現在也不缺錢花，你先周轉別的方面吧！」

紫瓦村的第一批紅磚紫瓦房也一間間地聳起來了。真沒想到，紅磚配紫瓦，不僅質地相當，這顏色的搭配，既別致，也協調。住上新房的農民興高采烈，喜氣洋洋，沒住上的也不沮喪，心裡充滿著希望。他們想，很快就會輪到自己了呢，於是也高興。

問題想得最多最深的還是鄒啟明。很快地，全村就要變成清一色的紅磚紫瓦房了，要是鄒原的磚瓦廠繼續擴大購進壓瓦機，紫瓦掀去，換上清一色的紅瓦，不到三年時間，全村就會換成紅磚紅瓦房了。那時候，紫瓦村這名字，恐怕也得改一改才是了。紫瓦村，紫瓦村，名不副實嘛。那麼，到時改叫什麼村好呢？紅瓦村？不成，擴大開來，村村都會住上紅磚紅瓦房，那不都成了紅瓦村？這名字，還真不好取呢。唉，現在也管不了那麼多，就「紫瓦村」「紫瓦村」地叫，到那時候再改也不遲。鄒啟明想像著全村變成紅磚紅瓦房後的樣子，心裡怪怪地不是滋味。從小到大，就是在紫瓦的環境與氛圍裡生活，打仗鬧革命，當文書跟黨走，都是在一派紫色中進行的。現在突然間就要變成一片紅了，自己能適應能接受嗎？不適應也得適應，接受不了也得接受。當初兒子買磚機建工廠，首先是自己點的頭。要是不點頭，就算他再能，再胡鬧，也變不成這樣子。不過呢，紅色也好，這色彩鮮豔、吉利。紅太陽、紅海洋、紅通通……當初鬧革命不就是為了一片紅嗎？現在真的就要變成一片紅色了，心裡怎麼反而不舒適呢？唉，幹了一輩子，還是鄒原改變了村子的面貌，起碼表面上如此。想於此，鄒啟明不禁感到一陣難以抑制的失落與悲涼。轉念一想，鄒原這回也算是給他老臉抹了一層光亮的油彩。鄉裡及各村的幹部皆誇他後繼有人，誇他這輩子沒白活，培養出了兩個有出息幹事業的兒子。是呵，幸虧鄒原是自己的兒子，要是換上別的什麼人建廠造磚，僅憑這一點，便將他幾十年在紫瓦村的功績給一筆抹殺了……

一天，鄒啟明突然接到鄉裡轉來的縣委統戰部的一份通知，說姚一葦回大陸探親，現已到達縣城，不日內將返老家紫瓦村觀光祭墳，希望白雲鄉政府、紫瓦村村委會認真做好接待工作，要把這件事當成一件政治大事來抓，讓姚一葦先生玩得滿意，過得開心。鄒啟明想，這真是哪壺不開提哪壺呀！這個姚一葦「姚沒味」，可真的要還鄉打回來了。「三十年河東，四十年河西」，此話半點不假！唉！——鄒啟明忍不住一聲長歎，連連搖頭不已。

十九

一腳踏上大陸的土地，姚一葦的眼眶頓時濕潤了。他趕緊掏出手帕揩拭，儘量抑制內心的激動。

回來了，終於回來了！一輩子的夙願在一跨步的瞬間成為現實，恍惚夢中般令人不敢相信。不知有過多少次，他回到了大陸，回到了山青水秀的紫瓦村，喜極而泣，醒來不過是一場夢幻。在當初逃至臺灣的日子裡，他也沉浸在蔣總統振興黨國、光復大陸的「宏偉大志」中。隨著時光的流逝，他漸漸變得清醒而理智起來，覺得那不過是自欺欺人的一廂情願而已。於是，便將志向轉向了實業，瞄準當時不甚景氣的服裝行業，經過一番慘澹經營，終於藉著臺灣經濟起飛的旋風，異軍突起，在服飾界豎起了一面旗幟，其拳頭產品在歐美乃至世界時裝中心巴黎，也佔據了一定的市場。名有了，利有了，原配去世，在臺灣又重建了一個家庭，可謂諸事順遂，幸福美滿。然而，內心深處總是湧動著一種渴望，能夠回到故鄉紫瓦村去看看，哪怕看上一眼，也心滿意足了。已是七十多歲的人了，風燭殘年，說不定哪天眼一閉，腿一蹬，將會留下終生遺憾，死不瞑目啊！

返回縣城，縣委書記、縣長、統戰部長等諸多要員親自接待，為他夫婦擺酒迎風，其招待規模實在出乎他的意料之外。能夠既往不咎，讓他們回來看看即已滿足，這般熱烈而隆重的接待，更使他感激不盡。主人的真誠很快消除了他的謹小慎微與重重顧慮，便不再誠惶誠恐，心中的自信漸漸恢復。

縣城已全然改變模樣，一幢幢新聳的樓房，一條條新修的烏路，一塊塊醒目的招牌，一張張陌生的面孔，有一種隔世之感。應了姚一葦的要求，小轎車在大街小巷緩緩地兜著圈子。他想重溫過去，好好地梳理一下紛亂的思緒。然而，過去的縣城已被澈底改造，昔日的一切蕩然無存，連半點痕跡也尋覓不到了。他在心底一聲長歎，滾過陣陣難以抑制的失落與悵惘、感傷與憂愁。便想，這裡，只能算是到了家門口，而他真正的家，還是紫瓦村。一想到紫瓦村，姚一葦心裡就激動，眼前湧出一片純淨的青山綠水與青磚紫瓦。哦，只有那裡，才是生他養他的地方，才稱得上真正的故鄉。

於是，他在縣城待不下去了，想儘早趕回那魂牽夢縈的紫瓦村，實現自己幾十年的夙願。從縣城到白雲鄉，以前坐船得走上一天。現在一條公路直通那裡，乘車不過一個多小時就到了。鄉政府的歡迎也很隆重，醇厚的鄉音使得姚一葦的喉嚨一陣陣發澀。吃過午飯，在一干人的陪同下，他們緩緩地向紫瓦村走去。

臨近紫瓦村，姚一葦的腳步變得猶豫而沉重起來。四十多年前的一幕又清晰地浮現在他眼前，他害怕進入紫瓦村。置身臺灣置身異地，是那樣急煎煎地想著撲進故鄉的懷抱，故鄉就在眼前，心裡卻生出一種奇怪的念頭，想轉身逃離而去，逃得越遠越好。他害怕見到鄉親見到故人，害怕那熟悉的風景即刻出現。在紫瓦村，他已沒有什麼親人，已無任何牽掛。要說回鄉的理由，他想來想去，只有以旅遊觀光、祭奠父母為名。

此刻，他的心中突然湧出一種前所未有的自卑。一位敗兵之將，一個自我放逐飄泊異地幾十年的遊子，在眾多官員名義上的陪同，實質上的監督與押送之下，以一個客人（囚客？）的身分回到他的生養之地紫瓦村。是的，就是這麼回事，他越想越悲哀，竟情不自禁地止住了腳步。

一行人見姚一葦止步，也皆止了步子，問道：「姚先生，您怎麼啦？」姚一葦說：「這麼多人陪著我，實在不好意思打攪各位。我想獨自一人走走，獨自一人回去看看。」張鄉長說：「這怎麼成？先生回來一趟不容易，我們一定要盡地主之誼，讓你吃好玩好，過得舒心滿意。」姚一葦說：「大家這麼關心操勞，反而讓我心裡不甚安寧。」張鄉長說：「你是愛國華僑，大家陪著也是應該的。再說，你獨自一人回去，要是出了什麼差錯，我們可擔當不起呀！」眾人一齊附和。姚一葦道：「各位請放心，紫瓦村是我的老家，不管住宅有多大變化，我都找得到的，也不會出什麼差錯的。要是出了問題，我姚一葦自己負責，決不連累諸位。我可以寫一張字據交給張鄉長，保證不會連累大家的。」「這倒不必。」見姚一葦堅辭固拒，張鄉長只得尊重他的意見，再說昨日他已去過紫瓦村，將接待的準備工作檢查過一遍，沒有什麼值得擔憂的，便說：「既然姚先生想獨自一人清清靜靜地回去，當然得尊重你的意見。那麼，我們就此止步，請姚先生一路保重，在故鄉痛痛快快地多待幾天。」姚一葦雙手抱拳道：「感謝各位領導關懷，轉回時姚某必當重謝。」於是揮手告辭。

望著姚一葦沿崎嶇小徑慢慢走向山嶺深處，張鄉長仍是不放心，便吩咐通訊員小黃跟在後面照看，以防萬一。又道：「你要隱在小道兩側，切不可讓姚先生發現了，否則他會生氣的。」小黃應聲遵命而去。

拐一個彎，路上就只姚一葦夫婦踽踽前行。頓時，他感到清靜自在極了，一瞬間所產生的猶疑害怕心理全然消失。轉而想到，要不是那次急不擇路的倉皇逃竄，一輩子待在紫瓦村，哪來今日這般發達的事業？或許，早已被處決命歸黃泉了。所謂「禍兮福所倚」，果真如此。想到回大陸後的遭遇，各級政府、各處景點的熱情款待，一種成功的陶醉與愉悅湧上心胸，腳步頓時加快。回村看看，轉一轉，去山上父母墳前供奉、祭奠一番，此生此世，更複何求？如果一切順遂，回臺灣後當匯來一筆款子捐給紫瓦村搞點鄉村建設。在縣裡，陳縣長曾婉轉含蓄地希望姚一葦投資興辦企業，他當時很爽快地就答應了。在縣城轉了一圈，聽說縣裡有不少大齡青年，因住房緊張不能完婚，便在昨晚的酒宴上，主動提出捐資二百萬，興建第一流紫瓦樓。縣裡一班主要領導當即驚喜萬分，齊聲讚歎姚老先生是一位偉大的愛國人士。縣委書記單柄生端起酒杯，專敬姚一葦道：「姚先生，紫瓦樓落成之日，就將它命名為一葦樓，永遠紀念您這位對家鄉人民作出不朽貢獻的傑出人士！」

到了，朝思暮想的紫瓦村終於到了！當年的古渡口，而今聳起了一座鋼筋水泥小橋，別有一番情致呢！他踏上橋頭，不覺吟哦道：「小橋流水人家，古道西風瘦馬，夕陽西下，斷腸人在天涯。」一靠在橋邊的扶欄上，望著橋下的清清流水，極目西邊的牛浪湖畔，淚水奪眶而出。

這時，一位中年農民向他走來，道：「請問，來客可是姚一葦先生？」

姚一葦連連點頭：「是，敝人正是。」

那人緊緊握住他的雙手說：「我是紫瓦村村長樊立人，姚先生，我代表全村人民歡迎你！」

「謝謝，謝謝鄉親們的厚意。」姚一葦激動得全身顫抖。

兩人鬆了手，樊立人回身，朝橋對面的人群做了一個手勢。頓時，鞭炮大作，鑼鼓齊鳴，其中還夾雜著一陣嘹亮的號聲。

姚一葦驚得目瞪口呆，全身不由自主地一陣癱軟，他趕緊扶住橋欄，大口大口地直喘粗氣……

機關槍噠噠地響個不休，大炮隆隆作響，軍號聲直沖雲霄，「衝啊！殺啊！」「繳槍不殺！」一陣陣激越的口號響徹漫山遍野……他又置身於四十多年前的場景之中，已然衰老疲憊的他，全然沒了當年的活力，無法支配自己的身軀與行動，只有眼睜睜地等著對方的處置。「完了，澈底完了！」心頭滾過聲聲哀鳴，目光一陣暈眩，眼前一片昏黑，身子慢慢地向下滑去……

「姚先生，姚先生，你怎麼啦？」樊立人扶起癱軟的姚一葦，問，「是不是有什麼地方不舒服？你快說，我去找醫生來給你診治。」

姚一葦睜開眼睛，茫然地望著四周，他盡力地回憶著，費力地思索著，極欲弄清眼前的事實。樊立人挽了他的胳膊慢慢往前走：「姚先生，你回來了，鄉親們熱烈歡迎你呢！」

「噢——」姚一葦終於弄明白了，那不是什麼槍炮聲軍號聲，而是歡迎他的鞭炮鑼鼓，不覺籲出一口長氣，精神漸漸恢復。

走下小橋，村幹部擁了過來，爭先恐後地與他握手。他朝四周望去，只見兩邊列著兩隊整齊的小學生，上白下藍，脖裡繫著紅領巾，使勁敲著小鼓，嘴唇鼓嘟著吹響小號。

樊村長道：「這是村裡學校的少年鼓樂隊，今日特地歡迎姚先生的歸來。」又將陸先生介紹給姚一葦，「這位陸先生，便是學校的校長。」

陸先生便與姚一葦握手。陸先生道：「姚先生，聽說你在臺灣幹了一番事業，給咱們紫瓦村人臉上增光了。」

姚一葦謙虛地說：「哪裡哪裡，都是人家瞎吹的，敝人不過幹了一點該幹的事罷了。」

陸先生說：「姚先生，這些年，你可老了不少呀！」

姚一葦將本來筆直的腰板挺得更直了，道：「歲月不饒人呀！」又道：「敢問陸校長高齡？」

陸先生道：「高齡不敢，已逾花甲。」

「已逾花甲？那麼，陸老師不是紫瓦村土生土長的囉。」

「怎麼不是呢？在此出生，在此長大呢。」

姚一葦盯著他的麻臉問：「以前我怎沒見過？」

「以前……」陸先生自覺失言，馬上辯解道：「噢，是我說錯了。我是說，我自小就在白雲鄉一帶長大，解放後才搬來紫瓦村的。」

「這就對了嘛！」

鄉親們聽說從臺灣回來了一位富翁，也皆走出屋子觀望。一行人簇擁著姚一葦邊走邊說，緩緩地向村委會走去。不時有頭髮花白的老人上前與姚一葦寒暄敘舊，整個隊伍也就停了下來。「相逢一笑泯恩仇」，過去的恩恩怨怨經不住幾十年歲月的撕扯，早已變成縷縷遊絲飄得無影無蹤了，剩下的，只是昔日的夥伴之情，同鄉之誼。走走停停，似曾相識的面孔，熟悉而陌生的風景，一切的一切，於不變中透出萬般更遷。唯有鄉音鄉調，沒有半點變化，仍然保持著昔日的古樸與神韻。哦，鄉音，這無形的紐帶，曾給飄泊異鄉的遊子帶來過多少安慰與溫情啊！突然地，姚一葦覺得歡迎的人群中缺少了誰似的。是誰呢？還會有誰呢？不就是鄒啟明與姜自發嗎？怎麼不見他們？一想到他們，他心裡仍然不寒而慄。在青龍山脈的山山嶺嶺間，以他為首的綏靖保安團和以鄒啟明、姜自發為首的青龍遊擊隊你退我進、你進我退，生生死死地拼搏廝殺了整整三個年頭。那時，他們都是血氣方剛的青年，一旦結下怨仇，沒有半點寬容的餘地，皆欲置對方於死地而後快。他曾差點要了鄒啟明的命，鄒啟明也差點送他上了西天。結果呢？敗走的還是他。要不是當初夫人多長一個心眼，岳父給自己備下一條逃路，早就身首異處，哪有今日的異鄉歸來？

「樊村長，請問你一下，」姚一葦突然發問，「鄒啟明和姜自發，他們兩人，過得還好吧？」

樊立人說：「噢，忘了跟你說呢，這歡迎接待的事，本來是由咱們鄒書記鄒啟明負責的，昨晚他突然病了，這任務就交給了我。」

姚一葦「噢」了一聲，又問：「姜自發呢？」

「患病死了。」

姚一葦又「噢」了一聲，心裡湧出一股既快意又悲傷的複雜情感。不知怎的，此刻，他急切想見見過去的仇人——今日的紫瓦村支部書記鄒啟明，便道：「鄒書記病了，應該去看望他才是。」

樊立人說：「明天吧。」

姚一葦道：「我想馬上就去。」

「這怎行？要去，也要歇息一陣子，吃了晚飯再去。要不，還是等鄒書記病好些了，讓他來看你吧。」

「那麼，咱們來個折衷方案，還是我去看他，晚飯後去，行麼？」

「那……就按你說的辦吧！」

為歡迎姚一葦回鄉，村部特意經過一番佈置，粉刷一新。拼成會議桌的兩張乒乓球台也重新漆過，上面擺放著花生、瓜子、水果、糖果等。其中的一間，放了一張席夢思，兩張沙發，一個茶几及一應家居用品，以作姚一葦休息的臥室。

吃過晚飯，一行人陪著姚一葦向鄒啟明家走去。

經過村辦小學，姚一葦想進去看看。樊立人說：「已經放學了，學生走了，教師也回家了，要看，還是等明日吧。」姚一葦堅持著要看一看，說就在周圍走上一圈就夠了。大家只得折向旁邊，圍著學校的一幢土磚紫瓦房走了一圈，然後回到原先的土路上。樊立人說：「我說嘛，就這麼個樣，有麼看頭呢？」姚一葦一直沉默不語，聽了樊立人的話，他說道：「現在是沒麼看頭，不過我想讓它換換模樣，讓它變成全縣最有看頭的一所村級小學。」樊立人問：「你的意思是……」姚一葦擺擺手，道：「這件事，現在不說了，以後再談吧。」

不一會，大夥就到了鄒啟明家門口。

樊立人扯開嗓子道：「鄒書記，來稀客了。」

肖玉蘭馬上出來將一行人迎進屋內，說：「昨晚，老鄒突然就病了，早晨起不來床，下午好了些。剛才吃了藥，正睡著呢。」

姚一葦說：「那麼，暫時就不打攪他了。等他醒過來，我到床前去看他。」

肖玉蘭說：「這樣也成，我真擔心他有個三長兩短……」

樊立人說：「不會的，鄒書記身體棒著呢。昨天都挺精神的，恐怕是中風感冒了，兩三天就會好的。」

姚一葦從身上摸出一盒藥丸遞給肖玉蘭道：「人一上了年紀，免不了這病那病的。這藥，專治傷風感冒，很有奇效，一天一粒，兩天就好。」

肖玉蘭問：「看來，你就是那位姚先生了。」

姚一葦點點頭。

肖玉蘭娘家在南邊外省，解放前聽說過姚一葦，但沒見過面。嫁到紫瓦村鄒家，聽說得更多了，由彼及此，自然地也對姚一葦產生了一股仇恨。肖玉蘭並不接藥，她推辭道：「沒準不是感冒，老鄒要是吃錯了藥，那可就難辦了。」

姚一葦尷尬地笑笑，複將藥盒裝回口袋。

鄒啟明並非有意回避，的確是病了。昨晚輾轉一夜，難以入眠，凌晨稍稍迷糊了一會，腦裡盤旋的全是些荒誕不經的人與事，似真似幻，似夢似醒。待真正醒來時，腦袋奇疼，身子疲軟無力。心想，也好，這樣也好，可以免去違心地迎接招待姚一葦了。這場病遲不來早不來，此刻到來，實在是太巧太妙了！他甚至希望病得更重一些，就此永遠閉眼不理世事。眼不見心不煩，心不煩人悠閒。昏昏沉沉地睡了半天，下午才有點轉機。吃過草子的藥丸，又昏昏沉沉地進入了恍惚迷離之境。一覺醒來，便聽見堂屋內有一群人在說話。天色已晚，昏暗籠罩內屋。他試探著往上移動身子，感到輕鬆了不少，便支撐、摸索著穿衣下床，搖搖晃晃地來到堂屋。

鄒啟明突然出現，大家一片驚訝，忙上前問長問短。

樊立人扶著鄒啟明道：「鄒書記，你看看是誰來了？」

這時，姚一葦已站在了鄒啟明面前，他握住鄒啟明的手說：「鄒書記，還認得我嗎？」

昏暗的燈光下，鄒啟明盯著姚一葦的臉，心頭滾過陣陣雷鳴。認得，當然認得，就是燒成炭化成灰，他也認得姚一葦的。鄒啟明竭力克制內心的情緒，故作輕鬆地說：「噢，是姚……姚先生呀，歡迎歡迎，歡迎你回村觀光。碰巧我今天病了，沒有前去遠迎，還望姚先生多多包涵。」

「鄒書記太客氣了，病成這樣，還惦記著敝人，實在感激不盡。」

「應該的，這是應該的嘛！你是客人，我是主人，好客，是我們中華民族的傳統美德呢！」

常言道，仇人相見，分外眼紅。但在這種特殊場合特殊環境，卻變成了「仇人相見，分外親熱」。這時，鄒啟明的精神突然間就振奮了，他擺開樊立人的扶持，感到病魔在一瞬間已被趕跑銷聲匿跡了。對，一定要精神些，要挺住，不能在姚一葦面前窩窩囊囊、病病歪歪的。他做了一個手勢，要大家坐下，自己隨後也坐了。他對妻子說：「玉蘭，去，做碗荷包蛋。」

姚一葦忙擺手：「剛吃晚飯，肚子飽飽的，就莫客氣了。」

鄒啟明道：「你是稀客，四十多年不來的稀客呢，不要推辭。來了稀客，遞上一碗荷包蛋，這是紫瓦村的風俗，料想姚先生不會忘得一乾二淨吧？」

姚一葦說：「忘不了，半點也沒忘。」

兩人相互打量著，心裡皆感歎時光的無情。一晃，都是風燭殘年的人了，蹦跳不了幾天啦！鄒啟明看姚一葦，見他一身筆挺的西服，筆挺得有點古板的身子，透出一股儒雅的味道。儘管如此，但已是兩鬢斑斑，白髮蒼蒼，一個行將入土的地地道道的老頭子了。姚一葦看鄒啟明，儘管比自己小十來歲，卻也衰老得夠可以的了，滿臉皺紋，頭髮花白，腰背佝僂，一身地道的農民裝束，顯得樸素、厚實。然而，眉宇間分明躍動著一種古板、傲然、果決、威嚴的味道。姚一葦想，這便是幾十年書記生涯在他身上留下的痕跡了。

肖玉蘭端上一碗熱氣騰騰的荷包蛋。姚一葦二話沒說，接在手中，大口大口地吃了起來。瞧著他那狼吞虎嚥的樣子，有人不覺捂嘴吃吃地笑了。

吃完荷包蛋，喝盡糖水，姚一葦一抹嘴，道：「好吃，好吃，幾十年沒有吃過這麼正宗的荷包蛋了。要不是肚子裝不下，我真想還吃上一碗呢！鄒書記，謝謝你的熱情款待。」

「農家小戶麼，沒有大魚大肉、山珍海味，讓姚先生見笑了。」

「哪裡哪裡，我說的真話啊，任比什麼山珍海味都要好吃耐吃。」

「姚先生回來一趟不容易，就在村裡多住幾天。樊村長，咱們不是討論了個排程麼，從明日開始，就按那日程辦吧！」

樊立人道：「是，鄒書記你安心養病，一切交我得了。」

姚一葦說：「不敢勞駕各位。鄒書記，樊村長，還有村裡各位幹部，從明日起，就不麻煩大家了。你們忙你們的，我想獨自一人隨便轉轉、走走。真的，我不要陪同，我喜歡清靜、獨處，還有……自由，請大家尊重我的意願，千萬不要安排和陪同。要是大家不放心，哪些地方不能去，我決不亂闖禁區！」

鄒啟明道：「紫瓦村沒有禁區，對姚先生全部開放。既然姚先生堅持，那就讓姚先生自由活動吧。」

姚一葦道：「太好了，謝謝，謝謝關照！」

將一行人送出家門，鄒啟明又叫住了樊立人，悄聲道：「他的生活起居交給馬會計，安全就由你負責，不能出現半點差錯。要是出了什麼亂子，咱們就不好向上面交代了。」

樊立人不住地點頭。

鄒啟明又說：「晚上，還要派兩個民兵在村委會周圍值班巡邏。莫看鄉親們表面親熱，在紫瓦村，他的仇人很多，沒準會有人乘機報復的。」

樊立人又點頭：「鄒書記，我都按你說的辦，你就好好地休息養病吧！」

返回堂屋，鄒啟明手腳頓時軟了。

肖玉蘭將他扶到床上躺著，他又沉入了昏迷之中。

二十

躺在村委會那間小屋內，姚一葦感到了難耐的孤獨與寂寞。

這些年，他在競爭激烈的市場中浮沉，事業的成功帶給他金錢、名望與地位，也帶來了難以拒絕的熱鬧與喧囂，他追求、嚮往一種難得的孤獨與寧靜。回到紫瓦村，眾人散去，屋內僅剩他一人。村部位於村子中央，周圍沒有農家，孤零零的一棟房了。夜深了，紫瓦村沉浸在一片黑暗之中，猶如遠古的蠻荒時代，一如四十多年前的寂靜夜晚。他一直渴望著能有這樣的夜晚，一旦置身其中，卻又感到無法忍受了。絕對不是害怕，而是一種難以排遣的孤獨與冷清。

此刻，他靠在床檔頭難以入睡，腦海裡浮想聯翩，極想和一個人好好地聊聊。他想，要是住在哪個鄉親家就好了，可在紫瓦村，他已沒有親人。朋友呢，似乎有，又似乎沒有，反正沒有誰來接他去住宿。也許，是因為食宿全由村裡包攬安排了的緣故吧。

無法入睡，便披衣起床，打開房門，進入夜空踱步。周圍的樹木呈出黑糊糊的輪廓，又似乎有兩個人影在晃動，別的什麼都看不真切。空氣很新鮮，夜空很深邃，滿天繁星眨眨閃閃，似乎大有深意，又似乎就那麼回事。從前是那樣，現在依然如此。簡簡單單地存在著，淺顯而明瞭，僅僅存在而已，又有什麼深意呢？……

第二天，姚一葦在村裡從頭到尾地轉了一整天。

第三天，姚一葦帶著鞭炮、香燭、黃裱紙等上山給父母祭墳。

第四天，姚一葦專門看了鄒原的磚瓦廠。

聽說是紫瓦村乃至白雲鄉的第一個私人工廠，他極感興趣，參觀了機器設備、簡陋工棚及工人的住宿之地桑樹洞，又和工人們交談良久。然後，鄒原接待了他。姚一葦對鄒原大加讚賞：「小夥子，你的磚瓦廠，雖然簡陋，還處在創業階段，但發展前景可觀。你一定要好好地辦下去，辦紅火。有什麼需要我說明的，作為老鄉，我會傾力相助的。」

鄒原早就知道他是父親的仇人，殺害他祖父的兇手，對他也是冷冷的。見他這般熱情好奇，不便拒絕，這才淡淡地接待了他。鄒原說：「我沒有什麼需要你說明的。」就想起了那首《國際歌》，便說：「姚先生聽過《國際歌》嗎？」姚一葦點頭。鄒原說：「那裡面唱道，『從來就沒有什麼救世主，也不靠神仙皇帝，要創造人類的幸福，全靠我們自己……』」姚一葦拍著他的肩膀道：「好，不錯，有志氣。小夥子，你會成功的！」然後遞過一張名片，「今後，希望能和你聯繫。」鄒原道聲「謝謝」，很有禮貌地接了過來。

當天晚上，鄒始匆匆趕回紫瓦村。

他在省報上見到一則百來字的消息，說是臺灣的「服裝大王」姚一葦回大陸紫瓦村觀光探親，也許帶有考察、開拓大陸服裝市場的動機云云。新聞記者的敏銳嗅覺使他感到這則消息意義重大，他要採訪姚一葦，撰寫一篇獨家熱點新聞。

回家扒了一碗飯，馬上趕往鄒原的磚瓦廠。轉了一圈，他說：「嗯，還蠻是那麼一回事呢！」鄒原說：「基本走上了正軌，我也放心了。幸虧你給我請了個張師傅，幫助幹了三個月。要不然，只有抓瞎的份。」鄒始說：「張師傅是我一個朋友的朋友，為朋友辦事，他當然盡力了！」

兄弟倆談著，話題很快就轉到了姚一葦身上，鄒原便將姚一葦白天來磚瓦廠的事說了。

鄒始聽完道：「哥，你苕了，不應該對姚一葦冷淡的。」

鄒原說：「怎麼，你要我巴結仇人呀？」

「我哪是要你去巴結他，」鄒始便將姚一葦逃到臺灣後在服飾界的奮鬥與成功說了。這些材料是他才弄到手的，為了採訪，他通過關係找到一家中外服飾合資公司的經理，在那兒借到一套香港出版的服飾雜誌，其中一本，便有姚一葦的照片及創業簡史。此刻，鄒始現炒現賣地販給了鄒原。

鄒原聽後，心頭不由得生出一種欽佩之情。

鄒始又說：「父輩有父輩的追求和理想，也有他們獨特的恩恩怨怨。這些，我都能理解，但我沒法接受這種遺傳。」

鄒原說：「感情上總是有點不對勁。」

「那自然，讓理智占住上風就行了。你想想。姚一葦辦企業、開公司這麼多年，從慘澹經營到如日中天，其間經歷過多少坎坷，積累了多少經驗呀！他仔細地看過磚瓦廠，心裡肯定有一番指導性的意見，你應該向他求教嘛，聽聽，吸收，將會大有益處的。再說，今後要發展，要幹出點真正的事業來，說不準還可以和他靠一靠、攀一攀呢！」

一番話說得鄒原後悔不迭：「唉，只怪我這人沒腦筋，你要是早說，還不就好嘘！」

「現在說也不遲嘛。」

「弟，乾脆，咱們現在就去找姚一葦，我問他磚瓦廠的一些事，你就採訪他。」

鄒始說：「也行，即使今天採訪不成，也可以跟他約個時間嘛！」

匆匆趕到村部，裡面坐了不少鄉親。沒有座位，姚一葦便招呼他們在床上坐了。這麼多人前來採訪，姚一葦感到格外高興，話也格外地多。他知道鄒始是鄒啟明的兒子、《墨市日報》的記者後，不禁讚歎道：「鄒書記養了兩個不錯的優秀兒子呀！」眾人皆附和：「就是嘛，都是咱村的拔尖人兒呢！」姚一葦說：「乾脆，你們哪一個，過繼給我當兒子，到臺灣去繼承我的家產和事業。」大家問：「姚先生沒有兒子？」姚一葦道：「有一兒一女，姑娘遠嫁美國，兒子呢，人也聰明，唉，怎麼說呢？就是不大爭氣，有點花花公子的味道。唉，都是鄉親，也沒什麼好瞞的，我那兒子，揮霍享受倒可以的，要他幹事業，那就只有砸鍋賣鐵的份了。」眾人唏噓感歎，便有人勸慰姚一葦。

鄒始說：「姚先生，我真想去呢，也不知有沒有這個福份。」姚一葦說：「你行，你準行，一副精明、有學問的樣子，怎麼不行呢？」鄒始說：「等我採訪完了再做決定吧！」姚一葦道：「我說你精明沒錯吧？原來是想哄我套我肚裡的話呢。」眾人哄然大笑。鄒始說：「姚先生，趁著大夥在這，我現在就採訪您，正好鄉親們也可以聽個新鮮嘛！」眾人又一齊附和。姚一葦只得點頭答應。

鄒始早就擬了採訪提綱，順著準備的思路，他將一個一個的問題拋給姚一葦。

姚一葦回答著，心中暗暗稱奇，這個小夥子，咋就掌握了自己這多的材料？他沉浸在昔日的艱難困苦與掙紮奮鬥中，時而哀歎，時而悲憤，談到後來的開拓與成功，欣喜之情不禁溢於言表。

採訪完畢，鄒原便迫不及待地要求姚一葦談談對他磚瓦廠的意見與看法。

姚一葦緩過一口氣，說道：「先上磚機，後上壓瓦機，分兩步走，構思很好，切實可行，也可以長期辦下去。但要幹得紅紅火火，我覺得還須開拓別的產品，也就是說，以磚瓦廠為龍頭，創辦一系列的工廠。比如說啊，罐頭廠、副食品加工廠、飼料加工廠、家具廠等等什麼的，一個廠帶動一大片，不愁紫瓦村不富裕、不興旺。那時候，小城風味與鄉村風光結合在一起，又可開闢成一個極富魅力的旅遊觀光景點……噢，扯遠了，這不過是我個人的一點不成熟的想法。其實，我覺得要實現它並不難，現在的關鍵，也就說是當務之急吧，是得修一條公路，從紫瓦村橫穿而過，將南北兩省連接起來，納入整個公路網路系統中，眉目也就出來了。」

鄒始情不自禁地讚歎道：「姚先生，你談得很好，真不愧為一個名副其實的企業家。」

第五天，姚一葦告知村幹部，他將於明日啟程，趕返臺灣。

大家挽留，他說：「下次再來吧！」

下午，村委會在村部會議室擺上一桌豐盛的酒席，為姚一葦餞行。

喝了草子配製的兩副中藥，鄒啟明的病漸漸好轉，只是腦袋還會時不時地陣痛不已。他抱病前來主持這次告別宴會。

酒過三巡，姚一葦說：「我有一樁心願，不知諸位見解如何……」

鄒啟明說：「姚先生但說無妨，只要我們能夠辦到的，一定滿足你的心願。」

姚一葦道：「村辦小學那棟房子，我覺得舊了點。我想我們應該將它改造一下，建成一座村裡最高層、最氣派的樓房，並且希望它能夠成為全縣同類小學中的第一流建築。所以，我想給村裡捐點款，用於學校改造，希望諸位能夠接受我姚某人的一點心意。」

一片讚歎與叫好，唯有鄒啟明沉默不語。大家的目光一齊望向他。

鄒啟明說：「感謝姚先生的一番厚意！姚先生，你的心意，咱們領了，這錢，我們不能接受。重建小學，我早已有所籌畫。鄒原辦的那個磚瓦廠，有一半數量的紅磚讓村裡賣出，所得利潤，就是用來修建小學的。」

又是一片讚歎與叫好。

姚一葦頓覺尷尬，便說：「那麼，村裡以後有用得著我姚一葦的地方，寫封信，我盡力辦到。」

一片感謝聲。

鄒啟明說：「今後，還望姚先生時刻念著故鄉，為紫瓦村的改革開放獻計獻策，出汗出力呢！」

喝完酒，已是黃昏時分，大家起身告辭，說今晚就不攪擾姚先生了，要他好好休息，養好精神，明日啟程時再來相送。

姚一葦把大家送出很遠。鄒啟明走在最後，姚一葦發現他嘴唇囁嚅著似乎要說什麼，又猶猶疑疑地難以啟齒，便主動問道：「鄒書記，你好像還有什麼話要說吧？」

鄒啟明住了步，與姚一葦面對面站了，又回頭望一眼緩緩前行的其他村幹部，然後輕聲說道：「姚先生，我有一件事情想問你，一直哽在喉嚨。問吧，恐惹出你的傷心；不問吧，對我來說，又是一個古怪的謎。」

「姚書記，你儘管問，不礙事的。」

鄒啟明下了決心，問道：「解放那年，封鎖得那麼嚴密，槍炮無情，你到底是怎樣脫身的，我一直弄不清楚。」

姚一葦說：「現在告訴你，也無妨了。當年，我給自己留了條後路，在地堡下挖了一條僅容一人通行的地道，一直通到桑樹洞內。出了桑樹洞，也就出了包圍圈，我和夫人扮成兩個要飯的，脫身南下了。」

「噢，原來如此，怪不得你專門去看鄒原的磚瓦廠的，原來也想看看那個桑樹洞。」

「是的，我對那條地道，對桑樹洞，的確懷著一種特殊的感情。昨天，我又去查看了一番，蓋洞的石板還是嚴絲合縫，沒有任何人動過。我掀開一看，那條狹窄的地道……」

「怎麼，那地道還在？」

「還在，裡面全部是水，都成一條小陰河了。」

「噢，姚先生，謝謝你給我解開了這個謎，明天我也去桑樹洞看看。」

「我告訴你路線，進洞口走五十米，向右拐走二十米，再向左走，會有一個可蹲兩人的小洞，洞中有一塊青石板，揭開石板，就是那條地道。」

「知道了。」鄒啟明聽完，匆匆離去，追趕迤邐前行的隊伍去了。

夜晚，姚一葦躺在床上，不住地感慨，真是蒼桑浮雲人生如夢啊！人事昨非，流轉變遷，轉眼即逝，唯有江山不老，永恆如故。明日就要啟程趕回臺灣了，一條海峽，將大陸與孤島無情地隔離開來。古人云：落葉歸根。而他卻又要離開故鄉，繼續飄零。臺灣有他的家，有他親手創辦、享譽海內外的公司。然而，在內心深處，他從來沒有將自己視為臺灣人，總是以一個異鄉人的心境在那裡掙紮著。一種內在的渴求驅使著他竭盡全力地奮鬥著，也是為了更好地回歸故鄉。如果沒有故鄉的形象支撐著，也許早就隨波逐流、享受安逸，不會有今日的成就了。歸去來兮，匆匆忙忙，恍恍惚惚，此一離別，又不知何年何日才能重返故鄉。罷罷罷，這次歸來，也算了卻一樁夙願，更複何求？人要知足，知足者常樂。樂？又哪能樂得起來呀！望著微微搖曳的燈光，靜聽窗外獨有的鄉村夜籟，姚一葦的心緒，如潮水般一漲一落，萬般感傷。

突然，他聽得窗外響起了一陣雜亂的腳步聲和低語聲。看看手錶，已是深夜十二點。這麼晚了，會是誰呢？不禁警覺起來，趕忙披衣起床，從門縫朝外張望。腳步漸近，他傾聽著，分辨著。是一個人的腳步聲，那人在門外停了下來。到底是誰呢？姚一葦看不真切，只有靜心地等候。

響起了清脆的敲門聲，姚一葦躡手躡腳地退回床邊，然後問道：「誰呀？」

屋外那人道：「是我，陸光柱。」

「噢，原來是陸校長呀，」緊張的心情頓時消除，姚一葦忙上前打開房門，將他迎進屋來，「陸校長，這麼晚了，你……」

陸先生說：「打攪了，不過，我不來，我想你也睡不著的。聽說你明天就要走了，我來給你送行。我想單獨和你聊聊，來早了，擔心人多。其實，我早就想來了，又下不了決心。後來又想，今晚要是再不來，此生此世，恐怕就沒有這樣的機會了。」姚一葦問：「剛才，屋外好像有幾個人的聲音？」「是村裡的兩個小夥子，專門給你放哨呢。開始他們還以為我是個偷偷摸摸的壞人，冷不防從暗地裡躍出來，將我雙手反剪了。一見是我，才知鬧了場誤會。」姚一葦感動不已：「怪不得這幾日我總覺得有人影晃動的，原來是這麼回事呀！我這次回來，的確給鄉親們添麻煩了。」「你的安全也不得不防呀！大千世界，複雜紛繁，謀財害命的，報仇雪恨的，誰又能擔保沒有呢？」姚一葦歎道：「要是真能死在紫瓦村，埋在這裡，我該好好感謝上蒼了。哎，那倆小夥，讓他們為我操勞，於心不安，還是讓他們回家睡覺去吧。」「他們在執行任務呢，是不會回去的。」「那……就叫他們進來坐坐也行啊！」陸先生搖搖頭：「沒有那個必要，他們是暗中保護，不想讓你知道呢。」姚一葦只得作罷。

兩人開始天南海北地閒聊起來，似乎談得很投機，又似乎有一種無法真正消除的隔膜。當姚一葦談及自己欲對小學的捐資及鄒啟明的拒絕時，陸先生不覺發出一聲長歎。

姚一葦問：「陸老師，你歎什麼？」

陸先生說：「唉，不說也罷，以後……好了，時間太晚了，我也得走了。」

姚一葦挽留道：「陸老師，和你交談，我感到極有興味。多坐一會，不礙事的，只是你明日要上課，恐怕……」

陸先生移步站在姚一葦面前，緊盯他的臉，聲音顫顫地問道：「姚先生，難道……你真的認不出我了？」

姚一葦頓感詫異：「你……你是……我以前不認識你，但這次回來，已認識你了嘛。陸校長，你怎麼問我這樣一個問題呀？難道……難道……」

陸先生搖搖頭，凄涼地一笑：「既然你認不出，也想不到，那就算了。」轉身向門邊走去。

姚一葦趕了過來，一把抓住他的肩膀，不知哪來的一股勁，扳過他的身子，急切地問道：「陸老師，你到底是誰？請告訴我！」

陸先生還是搖頭：「也許，不讓你知道更好。」

「不不不，我要知道，你一定得告訴我！」

霎時，陸先生眼眶潮潤，他的全身顫抖著，身不由己地伏在姚一葦肩上，低聲喚道：「哥——」

姚一葦渾身一震，雙手捧著他的腦袋，仔細地辨認著：「你……你是……一帆？不不不，你不是，這怎麼可能呢？」

陸先生一粒一粒地解開上衣扣子，露出胸前的紋身，道：「爹望子成龍，在我們兄弟倆胸脯上各刺了一條青龍圖案。哥的乳名叫大龍，我的乳名叫小龍……」

不待陸先生說完，姚一葦緊緊地將他抱住：「你是小龍，一帆，你真是我的兄弟，你還活著？你受苦了，你全變了呀，臉相變了，聲音變了，我半點也認不出你來了……一帆呀，你咋就變成了這般模樣？」

陸先生說：「今生今世，沒想到咱們還能相聚相認。我以為你早已不在人世，常偷偷地跑到山上去祭奠。前些日子，我才聽說你在臺灣，要回村來探親……」

姚一葦含著責備的口氣說：「見了我，怎不來相認？一直瞞著我，要瞞到死的那一天麼？」

陸先生說：「我心裡很矛盾，我不想讓你認出我，更不想讓人家知道我就是過去的姚一帆，那個姚一葦的弟弟，我想就這麼瞞著世人，冷眼旁觀，一直到死，把所有的祕密埋進墳墓。」

「你為啥要這樣？你不是共產黨的人麼？你是有功之臣嘛，幹嘛躲著他們？那陣子，你號召窮人起來造我們自己的反；後來，又知道了你是地下共產黨，我真的恨死你了；再後來，聽說你被抓住給斃了，我又悲傷極了。兄弟一場，恩難忘情呀！這些年，我一直在想念著你……」

陸先生長歎一聲道：「是啊，想當年，我真是一股豪情、滿腔熱血呀！可是……唉，當時你恨我，我也恨你，咱們各走各的路呀！」

「小龍，告訴我，你怎就變成了今天這副模樣？」

陸先生又是一聲長歎，陷入了回憶之中。好半天，他才慢慢說道：「那年，我被叛徒出賣，給國民黨抓進了監牢，我寧願死去，也不肯背叛自己的信仰。他們便把我們一行五人拉到一個荒山野地去槍斃。臨刑前，國民黨許諾，只要改變信仰，交出祕密，馬上獲釋，還可以高官厚祿。我們沒有一人被利誘，都堅貞不屈，高呼口號。幾聲槍響，我失去了知覺。不知過了多長時間，我又慢慢醒過來了。睜眼一瞧，身邊躺著四具硬挺的僵屍，周圍還有一片白骨，一股惡臭。我當時以為置身地獄了呢，冷風一吹，頭腦就清醒了，什麼都明白了。原來，子彈並沒打中我的要害，一顆射進肩胛骨，一顆擦著腦袋而過射穿了耳朵。」一說到這裡，陸先生撩開耳邊的頭髮指給姚一葦看，「瞧，而今還留下了一個小洞。養好傷，我又找到了共產黨組織。但是，同志們卻懷疑我當了叛徒，成了奸細，要打入革命內部進行破壞活動，當即給關押起來。我申辯，我喊冤，我陳述事實真相，大家怎麼也不相信。更沒想到的是，他們也要把我拉出去槍斃。那天晚上，看守同情地望著我，說：『姚一帆同志，我一直相信你是一個好同志，我從來沒有懷疑過你，但是……唉，說這些有什麼用呢？明天，咱們就要分手了，你有什麼要說的話，要辦的事，請交給我，我一定為你轉達，為你辦到。同志，實在對不起，我只能做一點力所能及的事情……』我當時一聽，心裡全明白了。明天，我就活到盡頭了。這次拉出去，再也不會有上次的僥倖了。我不願死，也不想死，我還年輕，我要活下去，我不能這麼不明不白地死去，當天晚上，就翻窗逃了。逃到深山老林，靠採集野果、野菜、草根充饑度日，過著一種艱難的隱居生活。日子一長，我就感到孤獨寂寞，極想回到人間社會。但是，一番折磨與坎坷，又使我厭倦了政治，我不想介入任何時事，只願做一個清清白白、正正直直的人。這樣，我就毀了自己的臉相。我忍著疼痛，用炒得滾燙、爆響的黃豆搓自己的臉面。我疼得在地上直打滾，結果惹出了一場大病。老人保佑，我命大不死。病好後，我變成了一副瘦骨伶仃的樣子，嗓子變啞了，臉也變成了今日這斑斑點點的麻子。我改名換姓回到了紫瓦村，以教書為生，培育後代，問心無愧。不少學生，還有家長，在背後喊我『陸麻子』，叫我『麻子老師』『麻子校長』，我也不計較，讓他們喊去吧！我躲著一切，追尋一種寧靜的生活、寧靜的心境。我自得其樂，活得很充實很自在，該得的得到了，不該得到的躲過了。這輩子，我沒有什麼大的作為，但也不算無為，盡力做著應該做的一切……」

姚一葦一邊聽著，一邊感歎不已：「唉，人生一世，千古之謎啊！追求什麼才是正確的，生命的價值和意義又是什麼，真是一個永恆的千古之謎啊！」

陸先生說：「這些年，我似乎看穿了一切，又似乎什麼也沒看透。但是，我總覺得，一個人活在世上，問心無愧地做了自己力所能及的事情，也就算沒有白活一場，也就實現了人生的價值。」

姚一葦沉吟道：「問心無愧……一輩子問心無愧，要做到這點，難啊！」

「努力地做嘛！」

沉默了一會，姚一葦說：「我理解你這些年來所做的一切。」

陸先生說：「我還是以前那句老話，人各有志，不可強求。我一輩子平平淡淡、寂寂寞寞地過來了，你呢，也算達到了事業的巔峰……但是，我不後悔，一點也不後悔。我不後悔年輕時的激昂，也不後悔後來的選擇，更不後悔這些年來在村裡所做的一切。」

姚一葦羨慕地說：「小龍，我要是有你這樣一種心境就好了。看來，命裡註定我這輩子不得安寧啊。」

陸先生說：「過去的一切，都永遠地過去了，成了無法更改的歷史。往後去，屬於咱們的日子也不多了。此一離別，遠隔千山萬水，又不知何日才能相聚。望你多加保重！今晚，我不能待得太長，現在得回了！明天，我仍來送你，請你記住，我還是過去的那個小龍，紫瓦村小學的陸光柱。」

姚一葦說：「你放心，我不會暴露你的祕密的。這是我的名片，拿著，以後多聯繫。」又掏出一遝鈔票遞給陸先生，「這是美鈔，你留在身邊，以後興許用得著。」

陸先生說：「名片，我收了；美鈔，我不要。我不缺錢花。不是我不收，而是錢多了，對我來說，反而是一種負擔，一個累贅。在這點上，希望你也能理解我。」

陸先生說完，拉開房門走了出去。

姚一葦望著漸漸融入夜色的弟弟，眼睛瞪出了血絲。

二十一

杉樹的價格越來越高，助長了盜竊風的更加盛行。偷得一棵杉樹，賣個好價錢，夠農家小戶半年的日常開銷。為生活所迫，不少本份的農民也開始鋌而走險，偷竊林場的杉樹，他們渴望得到僥倖的成功。雖不能一勞永逸，也能有滋有味地過上一段日子。得手了，便成功。即使「翻船」被抓，也不是什麼太丟臉的事。公家的麼，人人有份，不偷白不偷，不拿白不拿。不比得私人的財產，若是偷竊私人的物什，那才叫丟臉。這，可以說是白雲鄉一帶農民近期形成的一種扭曲的道德觀。

於是，厚彬的日子越來越不好過。若在以前，當個守林員實在是一個輕閒而實惠的美差。現在不行了，不僅晚上有人偷樹，青天白日也有人偷，簡直到了明目張膽的地步。晚上不能睡，白天也睡不成，壯實的厚彬變成了「皮包骨」，還得沒日沒夜地拖著疲憊的身子轉悠。桃子說：「你這麼拖來拖去，什麼時候才是個盡頭啊？」厚彬苦笑道：「生成的苦命，死了，就是盡頭。」一句話，說得桃子慘兮兮的，心裡寒透了。

偷樹的農民不僅有本村本鄉的，也有南邊外省的，還有從牛浪湖對岸划船過來的。偷走一棵樹，留下一個空檔一個樹蔸，厚彬就要受罰。農民田地承包，他這守林也承包了。若有偷竊，按數目扣除每月工薪。厚彬半點也不敢大意。抓到偷犯，有時是同鄉熟人，只得告誡一番了事；即使是陌生面孔，厚彬心地善良，經不住人家的哀求與哭訴，狠不下心來罰款，便教訓一番放人。近段時間，林子的樹一口氣少了十多棵，厚彬連盜賊的人毛也沒抓住一根。這回，他真正地生氣了，氣得七竅冒煙。狗日的，十多棵杉樹，他兩個月白乾了。兩個月的工錢呀，跟打水漂似的，掠幾掠，就沉入水底不見了。他顧不上休息，顧不上疲勞，整日整夜地在樹林裡轉悠。他發誓，一定要擒住盜賊。不管是誰，一定要狠心地罰，要討回公道，要罰回他兩個月的工錢。不，要加倍加倍地罰！他暗暗地對自己說，這次千萬不能心慈手軟，一定要殺雞給猴看，不殺只把雞，這日子是過不下去了。

這天，厚彬又是守了一整夜。

樹林裡很安靜，風不吹，樹不動，沒有砍伐聲，也沒有鋸木聲。這種安靜一直持續到東天翻卷出燦爛的雲霞。儘管林裡仍是灰濛濛的，頭頂的天卻已大明。估摸不會有盜竊了，厚彬邁著蹣跚的腳步，睡眼惺忪地向林中木棚走去。突然，他心頭一忖，凌晨時分，人們還在酣睡之中，正是有經驗的盜賊行竊的大好時機。乾脆，還捱段時間吧，熬了一整夜，何愁這一時半刻呢？桃子已習慣了他的整夜不歸，遲一點回去是不會礙事的。這麼想著，就拖著步子仍在林中轉。實在支撐不住了，便靠在一棵杉樹上，迷迷糊糊地睡了過去。

突然聽得兩聲狗叫，厚彬立時驚醒。睜眼一看，花皮正衝著左前方狂吠不已。他一躍而起，習慣性地摸摸挎在腰間的獵刀，端著雙筒獵槍，在獵狗花皮的引導下了奔了過去。

遠遠地，便見到兩個人影抬著一棵杉樹，正踉踉蹌蹌地朝山下奔去。真是神速啊，這麼快就鋸倒了一棵！厚彬大聲叫喊：「站住，給我站住！」前面的人不加理會，繼續抬著杉樹奔跑不止。為偷得一棵樹，他們煞費了一番苦心和勞力，遠遠地從對岸越過牛浪湖駕船而來，花了一夜工夫，才盜得這麼一棵杉樹。他們躲在林中，在樹底和鋸齒上抹了柴油，慢慢地輕輕地一推一拉，鋸子和樹木相互磨擦，因為油的潤滑，沒有發出半點響聲。一聞狗叫，他們就早早地躲開厚彬走遠，和他展開艱難而緩慢的「拉鋸戰」。只要將樹扛到船上，搖開槳，厚彬就只有乾瞪眼的份了。眼看就要得手，他們豈肯放棄？

厚彬使出吃奶的勁兒一陣狂奔，那兩人儘管相互催促，畢竟抬著樹木，又相互拉扯，自然是跑不過厚彬。雙方的距離越來越近，離湖邊的渡船也越來越近了。厚彬想，馬上就要抓到你們了，甕中之鼈，看你們還往哪兒跑？這回，我不整死、罰死你們才怪呢！那兩人想，你再能，只要咱們上了渡船，就萬事大吉了。沒想到獵狗花皮奔了過來，圍在他們身邊狂跳亂咬。兩人慌了手腳，回頭望望厚彬，還有一段距離；又望望前面，渡船近在咫尺，便一人扛了杉樹逃奔，另一人斷後對付獵狗。厚彬趕到湖邊，那兩人已將杉樹橫放船上，蕩開了雙槳。花皮急得在岸邊跳來跳去，大聲狂吠不已。

望著行將遠去的渡船，厚彬大叫：「快停住，不然我就開槍啦！」聽說開槍，劃槳的一愣，另一人大叫：「莫理他，快點劃，身子趴下，打不著的！」自己先趴在了船艙，賊頭賊腦地向外觀望。劃槳的見狀，便弓了腰，使出渾身解數，將兩片棹槳搖得上下翻飛不已，小船快速地向湖心劃去。

厚彬氣極，果真端起了獵槍。此刻，他已喪失理智，不顧一切了。眼睜睜地看著別人偷走杉樹，眼睜睜地看著到手的罰款飛掉，他怎麼也接受不了這一冷酷的事實。一定要報仇，以牙還牙，以血還血！是的，即使流血，也是沒有辦法的事了。一切後果，都顧不得了！瞄準，一定要瞄準。全身力氣集於一點，凝聚在食指和指肚上。

「砰——」厚彬扣動扳機，清脆的槍聲打破了湖面的寂靜。一群水鳥呷呷叫著，驚慌地拍翅飛向遠方。划船的應聲倒在船艙，小船頓時失去控制，停在湖中打轉。厚彬大叫：「劃過來，趕快劃過來！要不，老子又要開槍子啦！」趴在船艙的那人嚇得趕緊站了起來，驚惶失措地答道：「爺……爺們，別開槍，別開槍……我劃……劃過來……」他抖抖索索地走到船頭，操起雙槳，慢慢地搖向岸邊。

沒等小船靠岸，那人就跳了下來，「撲嗵」一聲跪在厚彬面前：「爺們，饒了我吧爺們，下次再不敢了……」

「汪汪汪……」花皮對準他的大腿肚，狠命地咬了一口，那人殺豬般地慘叫起來，一邊呻吟，一邊叫喚：「饒命呀，我的爺呀……」

厚彬趕開花皮，又將這人踢了一腳，然後跳上小船。朝前一望，他頓時傻了眼，只見中彈的那人閉著雙眼，斜身躺著，一股鮮血染紅了船艙。趕緊跨過去，只見槍彈射中了他的後腦殼。頓時，厚彬感到一陣天暈地旋，完了，這人澈底完了，半點救手也沒有了。他本不想開槍的，守林至今，還從沒開過槍！打了一輩子的獵，還從未向人開過槍！但是，這兩個盜賊的狂妄激怒了他，使他喪失了理智，逼得他非開槍不可。

開了槍，原也只想打他的大腿肚，哪想到槍彈不長眼，直中後腦勺。雖然他是偷盜犯，罪有應得，但是，殺人償命，自古皆然。即使不償命，也有可能要坐牢，要傾家蕩產……完了，全完了！我自己倒不打緊，但是不能連累桃子，不能害了她呵！

突然，厚彬發出一陣令人毛骨悚然的狂笑，大叫一聲：「桃子！」然後，將獵槍倒轉過來，槍托襯著船底，槍口對準自己的胸膛。抬起右腳，彎腰脫掉鞋子，「咚」地一聲扔進湖中。將右腳大拇指伸進一個孔穴，慢慢地就觸著了扳機。厚彬又是一聲大叫：「桃子——」同時，腳趾往下使勁。

「砰」，獵槍又響了，聲音沉沉的，悶悶的，一股血腥頓時湧上喉嚨，厚彬雙手一松，栽進了風平浪靜的牛浪湖……

二十二

就在厚彬自殺的當天下午，姜幺妹也在一團血光中，以遊絲般微弱的聲音叫了一聲「兒子」，然後永遠地閉上了眼睛。

村婦聯主任周友梅收到鄒原寫的那封匿名信後，當即趕往姜幺妹家打探虛實。

姜幺妹生下第三胎後，她這個婦聯主任便受到了鄉、村兩級的嚴厲批評，那塊「計劃生育先進單位」的牌子也給摘下了。周友梅為此氣得七竅冒煙，說這真是一粒老鼠屎壞了一鍋湯，並揚言要罰死姜幺妹。還是鄒啟明出面到處說情，姜幺妹才在經濟方面得到了某種程度上的「寬大處理」，減免罰款五百元。但在斷後措施上，周友梅硬要將她弄到鎮上去做結紮手術。生第二胎後，姜幺妹也曾上過環，但她通過姐姐的關係，找南邊外省一個村的衛生員給偷偷地取下了。

其實，上環對那些思想堅決、想生兒子的農村婦女不起半點作用。你今天給她上了，她明天就會花錢通過各種關係管道，或找上郎中，或找村衛生員，再不就找鎮上醫生給取下來。對此，有人編了一首粗俗的順口溜：「女人的板眼多，早晨上環中午落。一日一個胖小子，兩個三個樂呵呵，四個五個不嫌多。」有鑑於此，周友梅才下決心要對姜幺妹實施絕育手術——結紮。可姜幺妹一把鼻涕一把淚，死活也不肯去結紮。無奈，周友梅只得通過村裡想辦法，利用行政手段，採取強制措施，派幾個基千民兵將她押去。對此，村委會幹部皆不表態。有人說：「動武強迫人家，弄不好會出亂子的。」鄒啟明一個勁地抽煙，就是不做聲。善於察言觀色的樊立人便一錘定音了：「還是做她的思想工作吧，咱們不能蠻來。動兵動武的，群眾會反感，今後的工作就被動了。」周友梅聞聽此言道：「姜幺妹的工作，你們去做吧，我磨破了嘴皮，也說不動她的心，我沒有這個本事！她的事，我不管了，今後大不了撤我的職吧，反正這個婦女主任是個受氣官，也沒麼當頭。」遂賭氣甩手，當真聽之任之了。

現在，姜幺妹身上又出了漏洞，這是婦聯主任的本職工作。賭氣歸賭氣，這個洞子還得由她出面來堵上。周友梅暗下決心，這回得趕緊採取果斷措施，決不能讓她生下第四胎。無論如何，不能心慈手軟。

來到姜幺妹家，只見三個姑娘在屋裡大的帶小的相互玩耍，卻不見她本人的影子。問她的兩個大姑娘美美和芳芳，她們也答不出個所以然來。既來之，則安之，周友梅索性搬把椅子坐在堂屋，一心一意地等著姜幺妹的歸來。過了不到一個時辰，姜幺妹便挑著一擔糞桶去了屋後茅廁。周友梅眼尖，趕緊跟將過去。原來姜幺妹正在挑糞上菜園施肥。她手握糞瓢彎腰，朝糞桶裡舀著大糞，突然聽到背後有人叫，不覺吃了一驚。回頭一看，見是婦聯主任站在身後，當即慌亂，心中湧出一種不祥的預感。她強作鎮靜地與周友梅寒暄著，邀她進屋去坐。周友梅說：「坐倒不坐，有一樁事情要找你。」姜幺妹道：「麼事，你說吧。」周友梅緊盯她的肚子問：「聽說你又懷上了第四胎，此事當真？」姜幺妹下意識地護著肚子，掩飾著說：「哪能呢？蚊子一直在外做工，又沒空回家來，天上能掉下一粒種子嗎？」周友梅笑道：「世上的事，無奇不有，興許天上真的會掉一粒種子，落你肚中呢！」又說，「姜幺妹，你們夫妻間的事，蚊子回來過上一夜，第二天清早就走了，哪個有興趣去管這些事呀！」姜幺妹說：「要真有了娃兒，那我才高興呢！我要好好地護著，哪還幹這挑大糞的重活啊？」「姜幺妹，你人生得結實，能夠吃大苦，村裡誰個不誇你趕得上一個男勞力？唉，當初要是狠狠心，給你弄個結紮，就不會又給我添亂了。」「周主任，你莫操心，生了兒子後，我保證去結紮，不要你做工作，我自己主動去。」

聞聽此言，周友梅心中有了底，看來姜幺妹果真懷上了第四胎，還是個兒子呢！先不要驚動她，穩住再說，便道：「姜幺妹，剛才我跟你開玩笑呢。路過這兒看一看，想詐詐你，看是不是又懷上了毛毛。沒懷就好，要真的懷上了，我可不依你的喲！」

以為瞞過了周友梅，姜幺妹心頭暗喜。她道：「周主任，俺再也不敢懷了，就是想兒子，要懷，也得等個三五年，緩口氣，將這幾個小不點養大些了再說。」周友梅說：「過個三五年，我就不在主任這個位子上了，你哪怕再生兩個、三個，我也不管你了。姜幺妹，人在臺上，吃著這碗飯，也是沒有辦法呀，希望你能諒解。」邊說邊告辭。姜幺妹送著她，說：「常言道，人人不當官，當官不一般。你也是身不由己，我懂著呢。」

周友梅一走，姜幺妹就開始謀劃起來。她想，幸虧這次周友梅沒有發現，要是知覺，肯定過不了關。但是，日子一長，任你怎麼偽裝，也要露餡。乾脆，出去躲避一段時間，把兒子生下來再說。到時候，抱個胖小子回村，就跟上次私奔一樣，成了既定事實，也就拿她沒有辦法了。大不了要罰款，任它去罰吧，一萬兩萬也認了！於是，姜幺妹決定過幾天後去姐姐處，將母親接回來替她看家帶小孩，自己則上演一齣第二次「私奔」的喜劇，躲到一個又偏又遠的親友家去生兒子。

周友梅徑直趕回村委會，將匿名信和自己的暗察私訪給大家說了，然後道：「事情就是這個樣，大家看著辦吧。這件難事，不是我造成的，怪不得我把矛盾上交呀！」大家都感到了問題的嚴重和複雜。事已至此，再也不能寬容下去不能拖延時間了。於是，一致表決通過，立即採取果斷行動。要想做通姜幺妹的思想工作已沒有這種可能性，看來只有採取強制措施了，便決定調一台手扶拖拉機，派幾個精明靈活的基幹民兵，由周友梅負責，將姜幺妹「護送」到鎮上醫院，打胎與結紮同時進行。為慎重起見，當即又派人去尋外出做工的蚊子，只說家裡出了大事，要他趕緊回來。一俟蚊子歸來，便採取行動。

第二天下午，蚊子被找回。還沒到家，先給帶到村委會。聽說姜幺妹懷上了第四胎，他驚訝萬分地說：「這不可能，我一直在外做工，沒有回家嘛，姜幺妹哪來的兒子呀？你們肯定弄錯了！」周友梅說：「蚊子，你就莫睜眼說瞎話了，是真是假，你先回去看看再說吧！你幹了那事，兒子都懷了，還想賴帳呀？」蚊子有口難辯，只得恨恨地說：「姜幺妹若是懷了兒子，老子要她立馬打掉！」蚊子想，也許，這段時間熬不住，偷了個野男人，真的懷了個雜種。既是雜種，管他兒子丫頭，非打下不可！打了胎不說，還要找她算帳，揍她個娘的，看她還偷不偷人！

周友梅說：「蚊子，有你這話，我們也放心了。到底是個男人，通情達理懂事。這樣吧，你先回去做做姜幺妹的工作，若是做通了，大家都好；做不通，再請你配合村裡採取行動。」

蚊子拍著胸脯說：「行，我蚊子堂堂正正男人一個，保證說話算數！」

蚊子怒氣衝衝地回到家，姜幺妹見狀道：「蚊子，你一出去，就是好幾個月不落屋，百事不管，撇下幾個丫頭，大的哭，小的叫，拖得我死去活來。回屋了，不說一句安慰的話，倒板著個臉，還嫌我沒苦夠是不是？」蚊子冷冷地說：「你幹的好事呀！」姜幺妹道：「在外面沒賺到錢，我也不怪你，竟跑回來做臉給我看？」蚊子一拍桌子，大聲吼道：「姜幺妹，別跟我裝蒜了！」「你這人真怪，我裝什麼蒜？回來就這麼神經兮兮的，有麼話，你就把它說明嘛！」「好，我就跟你說明吧。你說，你肚裡懷的雜種是誰的？老子幾天不在家，你的×就發情發癢熬不住，偷野男人，搞大了肚子，還不知羞恥地想讓他生下來，你自己說，這兩塊×臉往哪兒擱呀！」姜幺妹不做聲了，只是冷冷地盯著蚊子的臉。蚊子仍在發怒：「怎麼，打中了你的脊樑骨是不是？臭婆娘，到底是不是懷了雜種？騷婆娘，你倒開口說話呀！」姜幺妹變了臉色，心一硬，脖子一挺道：「是又怎麼樣，不是又怎麼樣？到底麼回事，你自己心底有數，還故意問我幹什麼？」「你個臭婆娘，自己做了醜事，倒不害羞，本事不小呀！」「蚊子，你本事大呀，一日一個丫頭，半點×用都沒有，枉為男人一場呀你！」「你敢說我不是男人？他娘的，平日把你慣壞了，今日老子要給你點顏色瞧瞧，讓你認識認識我到底是不是一個男人！」蚊子說著，冷不防舉起巴掌，使勁甩在姜幺妹臉上。「啪」地一聲響，清脆響亮，姜幺妹的左臉頓時現出一個紅紅的手掌印。她趕緊捂住左臉，眼淚不由自主地湧了出來，硬咽著說：「好，蚊子，你……敢打我，我要跟你離婚！」「一個偷人的妖精，我巴不得跟你離！」「好，你自己說的，咱們明天就去打離婚證，三個丫頭全歸你養，我當你的長工當夠了！」「哼，離婚？沒那麼容易！要離，得先把你肚裡的雜種打下來了再說！」姜幺妹驚恐地瞪大雙眼，雙手捂著肚子，連連後退，一直退到牆邊靠住，大聲嚷道，「不，我不打，是我的兒子，我的兒子呀！蚊子你莫發瘋，他是個兒子，咱們倆的命根子呀！」「命根子也要打！要生兒子，得生我的種，老子不要野雜種！」

突然，姜幺妹雙膝一軟，跪在了地上：「蚊子，饒了他吧，他是個兒子呀，不能打！真的，不能打呀！看在咱們夫妻份上，看在過去同甘共苦的份上，蚊子，你就饒了他吧！」蚊子堅決地搖搖頭：「不能饒，這是個怪胎，一定得打下來！」姜幺妹繼續哀求：「蚊子，只要你饒了他，我任什麼都依你。往後去，你把我當牛當馬地使喚，你打我罵我殺我都由你！」蚊子跺腳吼道：「不行！你莫要再說了，不打就是不行！我容不了野雜種！」又說，「姜幺妹，看在過去的情份上，只要你打了他，告訴我那個野男人是誰，保證今後不跟他來往，過去的一切，我都原諒你！」哀告無用，姜幺妹也鐵了心，她站起身說：「蚊子，我算是真正看穿了你！我不求你了，我這就走！屋，留給你住；孩子，留給你管！從今往後，咱們各走各的路，各過各的橋，各唱各的調，井水不犯河水了！」

姜幺妹向屋外走去，兩個姑娘緊緊拉住她的後衣擺，大聲哭叫著「媽媽」「媽媽」。她回頭勸慰道：「乖，莫趕腳呀，媽媽去給你們買糖糖回來吃。」蚊子見狀，三步並作兩步，將身子堵在大門口：「就想這樣走呀？沒那麼容易！」姜幺妹說：「蚊子，讓開，你管不了我！」蚊子說：「我偏要管，老子今天管定了！」姜幺妹大怒，也吼道：「蚊子，你到底讓不讓開？」蚊子說：「你打下了肚裡的野雜種，我就讓開！」

姜幺妹不顧一切地衝了上去，與蚊子攪纏在一起。蚊子又是一巴掌打在她的臉頰上。姜幺妹伸出雙手拼命地抓撓，蚊子躲避著，什麼也抓不到手。她用腳踢，蚊子紋絲不動；用嘴咬，只咬在了他的衣袖上。姜幺妹又吼：「狗日的蚊子，你到底讓不讓開呀！」蚊子道：「老子今日就是不讓開！」

姜幺妹怒火難捺，鬆開蚊子，抄起放在門彎的棒槌，一下打在蚊子的大腿上。蚊子痛得「哎喲」叫了一聲，吼道：「牛雞巴日的婆娘，你敢打老子呀！哎喲喲……好，你這胎不用上醫院了，老子給你打下來！」話未說完，飛起一腳，狠命地踢在姜幺妹的肚子上。

姜幺妹一聲慘叫，當即倒在地上，殷紅的鮮血洶湧而出，很快就染紅了她的褲子……

二十三

鄒原一直在觀察著周友梅和姜幺妹的動靜，等待著姜幺妹上醫院墮胎的消息。

他表面上靜靜的，可內心卻十分煩躁，憂愁不安。有時，動不動就無緣由地發起脾氣來。雲兒對他說：「鄒廠長，咱們這燒窯可不用買煤了。」鄒原問：「不買煤，燒什麼？」雲兒笑了笑說：「你肚裡這麼大的火，正好用來燒窯嘛。」一句話說得鄒原笑了起來，忙給雲兒賠不是：「雲兒，我不是故意的。真的，這段時間，我心裡不舒服。」雲兒說：「紅磚全部賣出去了，錢都匯了進來，生產正常，一切順利，還有什麼不舒服的？」鄒原想了想，便說：「二三十歲的人了，找不到老婆，光杆司令一個，當然不舒服呀！」輪到雲兒吃吃發笑了：「就是不舒服，也不能發火呀！我告訴你，你越發火，就越找不到老婆，就永遠是一個光杆司令。」鄒原馬上說：「好，好，我今後不發火，保證不對雲兒發火了。要不是你提醒我，還當真趕走了老婆，打一輩子光棍了。」雲兒臉一紅，嬌嗔地道：「去去去，別嚼舌頭根了，我可要算帳了。」於是，鄒原心裡像喝了醇酒似的陶醉了。他想，毫無疑問，雲兒已經對自己有意了，只要加把勁，主動進攻，就會將她追到手的。若是娶上雲兒，也算知足了。只是姜幺妹那頭沒有個結果，暫時只有「按兵不動」。要是姜幺妹那邊出了什麼紕漏，消息傳開來，那他可算是真正栽進去了。到時候牽累雲兒，也太沒良心了。於是就想，與雲兒的關係如何發展，便看姜幺妹的了。幾乎在聽說厚彬自殺的同時，鄒原得到了姜幺妹的死訊，急忙向姜幺妹家趕去。撥開圍觀的人群，他見到了一幅慘不忍睹的景象：姜幺妹雙眼緊閉，臉色烏青，挺著僵硬的身子，直直地躺在門板上，她的身子全是血，地下也是一灘殷殷淤血。頓時，鄒原感到一陣天暈地眩，眼前騰起一道沖天的血光。他支撐不住，身子傾斜著向旁邊歪去，被圍觀的人群擋住，才沒有倒在地上。

蚊子早已哭成淚人，他後悔不迭地捶打著自己的胸膛，幾個女的在一旁勸說不已。姜幺妹的丫頭們跪在她的身旁，跟著蚊子悲慘兮兮地哭泣。

旁人斷斷續續地述說著事情的經過，鄒原很快就弄清了真相，心裡一陣陣撕肝裂肺地疼痛。這時，他見到了草子，只聽他喃喃說道：「報應啊報應！不是不報，時候沒到；時候一到，保准生效！」鄒原聞言，眼前又是驀地騰起一道血光。他想起了當年去河邊挑水，草子對他的預言及以後的靈驗，全身不由自主地一陣顫抖，上下牙齒一陣磕動，心裡滾過一陣不祥的預感：難道，又將有什麼災禍降臨嗎？

鄒原竭力穩定自己的情緒，在身上好一陣掏摸，就搜出了一遝票子。他將這些錢放在蚊子手中說：「人死不能複生，後悔也悔不轉來了，先把幺妹葬了再說吧。這些錢，你先拿著花。蚊子，你莫推辭，我辦了一個磚瓦廠，手頭比你強，都是同鄉，我應該盡一份情誼。往後去，遇到了什麼困難，你儘管找我。」

蚊予說他自己有錢，怎麼也不肯收下。鄒原便將這遝票子放在他的身上，望一眼姜幺妹，逃也似的奔了出去。跑到一個僻靜處，鄒原不禁淚水漣漣，哀哀地道：「幺妹，是我害了你，我對不起你呀，姜幺妹……」

兩天後，厚彬與姜幺妹一同埋在了葫蘆山上，兩人的墳墓相距不到十米。鄒原沒送姜幺妹出殯，也沒去參加厚彬的葬禮。黃昏時分，他帶著鞭炮、香燭和黃裱紙，獨自一人偷偷去了葫蘆山。他已聽人說過，厚彬埋在了靠湖那邊，姜幺妹則埋在靠村這邊。遠遠地便見著了如饅頭般的兩堆新墳，那黃色的新土刺疼著他的目光。

突然，他發現厚彬墳後跪著 個木雕般的人影。走近了一看，原來是桃子。「桃子，」他輕輕地叫了一聲，桃子沒聽見似的仍然長跪在地。「桃子！」鄒原大聲叫道，桃子一愣，這才發現有人到來。抬起眼淚婆娑的臉，見是鄒原，點點頭，算是作答。鄒原的心情更加難受了，為姜幺妹，為桃子，也為厚彬。好端端的兩個活人，說死就死了，人生無常，變幻莫測，想想實在悲哀傷感。他將鞭炮香燭黃紙等分成兩份，分別在姜幺妹和厚彬墳頭炸響、點燃、燒掉。

默默地哀悼一番，看看天色已暗，便準備下山回村。見桃子仍是那麼一人呆呆地跪在原地，心裡不禁隱隱作痛，便走到她近前說：「桃子，走吧！」桃子不理。他又道：「桃子，人死了，你再哭再跪也是枉然，他活不過來了。」桃子仍不理。鄒原只得將她拉了起來。桃子冷冷地說：「你莫管，我會走的。」鄒原問：「你還回雞公山上那屋裡？」桃子點點頭。鄒原馬上叫道：「你一個人，這怎麼成？」桃子說：「我一個人過慣了，不怕，還有花皮做伴呢！」「花皮？」「就是厚彬留下的那條獵狗，我把它關在了屋裡。」鄒原說：「這不行，你還是回去和你娘住一塊吧。」桃子搖頭。「你連你娘也不要了？」桃子一愣。鄒原繼續說：「你就是能在雞公山上過幾天，也總不能老待在山上呀！這樣吧，我陪你去那屋，把花皮帶到村中和你媽一起過日子去。那屋就交給我，我在磚瓦廠派個人來幫你看屋守林。你放心，我要馬桶來，保證沒事。」桃子只得點頭同意。

來到雞公山木屋，喚出花皮，鄒原拿了鑰匙，複將門鎖上，然後與桃子一同向山下走去。一路上，兩人默默無語。下到山腳的一個岔道口，桃子停住腳步。不待開口，鄒原說：「天晚了，我送你回娘家吧。」桃子說：「有花皮，不會出事的，你莫再送了。」鄒原說：「好吧，我就不送了，山上的屋子和林子，請你放一百個心好啦！」桃子點點頭，激動地說：「原哥，俺謝謝你！」說完，就低頭匆匆向前走了。

日子一天天過去，姜幺妹慘死的悲傷也就漸漸地淡了。在懺悔與痛苦的折磨中，鄒原對雲兒的感情也一天天地淡了。他開始頻繁地接觸桃子，將她接到磚瓦廠來轉悠散心。因他派人接手了守林護樹，厚彬的那份工資也就轉到了他的手中，他卻按月交給桃子，騙她說這是村裡對厚彬往日勞苦的褒獎和對她的照顧與撫恤。有事無事，他也會身不由己地去找桃子，儘量避開她母親，坐上一會，聊上幾句，這樣，心裡便覺得安寧舒適多了。鄒原心裡十分清楚，他仍戀著桃子，深深地戀著她！自那晚偷偷闖入厚彬家，桃子狠命地咬了他一口後，他的確對桃子死了那份心思。然而，厚彬自殺、桃子守寡的變故又使他死灰復燃，那壓抑在內心深處的情愫不可遏制地蘇醒復活，他愛的是桃子，真正地愛著她！

鄒原的冷淡與疏遠卻使得雲兒產生了一種逆反心理，她賭氣不與鄒原來往，並儘量地避開他。若是鄒原問起財務方面的事情，她便將一應帳簿和票據推到他面前說：「都在上面記著呢，你自己看吧。」鄒原知道自己暗中傷害了雲兒，但這又是沒有辦法的事情。他不想欺騙自己，也不想欺騙雲兒。平心而論，雲兒比桃子要強上幾分，無論才華與年齡，雲兒都占絕對優勢。即使長相，也許，桃子在雲兒這個年齡時要比她強，可現在，生活的折磨不免使她有一種紅顏早凋之感。而雲兒呢，則是水嫩鮮活，可謂嫵媚多姿矣。雲兒越是聰明美麗，鄒原不知怎麼便越是感到自慚形穢，他覺得他現在配不上雲兒了。這，也許是對桃子情有獨鍾的的緣故吧。昔日的情感沉澱積聚著，一旦噴發，其勢不可阻擋，他沒法不戀桃子呀！但是，他希望找個機會，和雲兒敞開心扉，好好地談一談。

這天下班時分，鄒原來到工棚財務室。雲兒一見，抬腕看看電子手錶，忙收拾桌子道：「要下班了。」鄒原說：「雲兒，我找你有事。」雲兒說：「莫非要加班？」鄒原想了想，說：「是的，就算是加班吧。我想找你瞭解一下帳面上的收支情況，資金周轉得過來的話，我想購兩台壓瓦機回來，辦一個名副其實的磚瓦廠。」雲兒說：「鄒廠長雄心勃勃，真不愧為一名偉大的企業家呀！」鄒原笑了笑：「雲兒，你一張嘴怎麼長了刺，盡刺人呀？」雲兒冷冷地說：「我刺人算得了什麼？最可恨的是那些刺心的傢伙！」鄒原故意問：「還有刺心的傢伙？那他用的什麼刀子，我怎沒見過？」雲兒輕蔑地哼了一聲。「雲兒，難道有人刺了你的心，那人是誰？告訴我，去給你打抱不平！」雲兒抬眼望著鄒原：「鄒廠長，那傢伙是誰，難道你不比我更清楚嗎？恕我說句不客氣的話，你怎麼變得這麼虛偽起來了？要是以前你就是這種形象暴露在人們面前，也就不會有人上當受騙了。」鄒原見狀，便不再與她開玩笑，馬上轉入正題道：「雲兒，過去是我的不對，希望你能理解。」雲兒道：「鄒廠長，你怎麼開口就是要別人去理解你？首先，你應該理解別人，理解自己，然後再做出你的行為！」鄒原心頭猛然一震：「雲兒，你說得太好了，要是早些年聽到你這樣的話就好了，也許，我就會少走不少彎路的！真的，雲兒，我說的是真話，我對不起你！你的心我明白，你年輕、純潔、聰明、美麗，相比之下，我鄒原很壞，配不上你，我不能害了你呀！長痛不如短痛，現在，我這樣做，可能傷害了你，日子一長，就過去了，什麼也沒有了。雲兒，我真心地希望你過一種沒有半點陰影的幸福生活。」雲兒說：「你就不要為自己開脫了！當初，你怎就沒有想到自己很壞，怎就沒有想到配不上別人？偷走了一顆心，現在又回過頭來賠不是，我曉得你的花花心腸呢，又追人家寡婦去了！鄒原，你這人太卑鄙了！」雲兒說著，眼圈不覺紅了。看來這些日子，她對鄒原一直抱著滿腔真情與希望。鄒原痛苦地抓撓著自己的頭髮說：「雲兒，你罵得好，我這人是很卑鄙。是的，是這樣，我承認我是一個卑鄙的人！不僅僅是人家知道的那些，我還做過一些人家不知道的壞事。雲兒，我的確配不上你，如果你不嫌囉嗦，我願意講給你聽。一直憋在心裡頭，難受死了，什麼人也不能講。今日，我想講給你聽，我什麼也顧不得了。雲兒，我不僅坐過牢，在黑道上混過，還犯了一樁不可饒恕的罪過啊……」於是，鄒原便將他與姜幺妹及桃子之間的恩怨糾葛，原原本本地對雲兒講了。鄒原說：「雲兒，我就是這樣的一個人，很壞，有時，我自己也看不起自己。我的確配不上你，我不能害你呀！」雲兒聽完，聲音顫顫地說：「鄒廠長，謝謝你對我的信任，我錯怪了你。我覺得，你不壞，也不卑鄙，你很坦誠，也善良，你是一個……一個……稱職的廠長。」鄒原搖頭苦笑道：「稱職的廠長？這與稱不稱職有什麼關係？廠長廠長，還不是自封的一個帽子！」雲兒突然歎道：「唉，我到底該怎麼辦呀？」跺跺腳，挎上小包，一陣風似的跑了出去。

第二天，鄒原發覺雲兒眼圈紅紅地來上班，悶悶不樂，寡言少語。瞅個空兒，她遞給鄒原一個紙團。

展開一看，只見上面寫道：「我很矛盾，也很痛苦。想了好多，但我畢竟不是那種封建時代的女子。我理解你，也能原諒你，我認為，你可以算得上是一個有血有肉、有情有義的男人。而對過去內心的選擇，我不後悔，希望你不要辜負了我對你的信任！」鄒原草草地看了一遍，又逐字逐句認真地看了兩遍。然後，將這紙片疊了，鄭重其事地放入胸前的口袋中。這是一位純真少女一顆滾燙而火熱的心靈呀！只是，他眼前總是晃動著桃子那淒涼的身影。他欲擺脫欲掙紮，那影子總是固執地去了又來，不肯飄散。由桃子，又想到了姜幺妹的慘死。這時，他似乎又見到了那曾彌漫了大半個天空的血光。恍惚間，他覺得自己正朝那血光走去，血光也正朝自己洶湧而來，他與血光融為一體，或者說，漫天血光已將渺小的他澈底吞噬……

二十四

將盈利的資金全部傾出，到鎮上信用社貸了一筆款子，鄒原又親去墨市，通過上次建立的關係，以優惠價買回了兩台壓瓦機。

瓦機運回紫瓦村的當天，天空就開始飄雨，便將它們給擱置在了桑樹洞內。

雨越下越大，天連地，地連天，不歇不停地下了整整兩天兩夜。無盡的雨水匯成股股水流，流向牛浪湖，流向小河，奔向大河長江。水面陡漲，一片渾濁，到處是積水，稍稍低窪的地方都被雨水淹沒了。原始磚瓦廠的工地積了一尺多深的雨水，工廠已無法開工。工人放了假，馬達、磚機也全放進了山洞。洞中僅留了老黑與受凍照看。

鄒原在洞中巡視一番，發現馬桶的瞎眼母親很是孤獨，便冒雨上山，將馬桶喚回山洞，讓他們母子兩人團聚幾日，自己則住在厚彬留下的棚屋裡守林。

大雨下到第三天傍晚，慢慢就止了。頭頂的天空，翻卷著陣陣烏雲，趕集般地向南方湧去。西邊的天空，則燃燒著朵朵晚霞，幾道陽光透過雲隙斜斜地射向大地，塗抹著斑斑駁駁的血紅。人們以為這場暴雨已經下夠，就此止住了。不料天剛黑定，瓢潑似的大雨又開始自天而降，且伴以陣陣北風。風助雨勢，天地間攪成了一鍋粥。突然，一道耀眼的閃電撕破漆黑的夜空，照出施虐的狂風暴雨。緊接著，一聲震耳欲聾的雷鳴驟然響起，整個大地似在顫抖。道道樹枝狀的閃電亮了又滅，滅了又亮，將天地映照得更加神祕而魔幻。響雷聲聲滾過，如洋鐵桶般隆隆地滾向遙遠的天際。風聲、雨聲、雷聲攪在一起，形成了一曲狂暴而躁亂的天地自然大交響。狂風吹折了樹木，暴雨淹沒了農田。平日寧靜的牛浪湖則掀起了滔天巨浪，呈出它的本來面目，一個個如牯牛般高大而倔強的浪頭相互推湧著、撞擊著、鼓噪著拍向岸邊，拍向山腳，濺起丈多高的浪花瀑布。風暴主宰著一切，此時，人在大自然面前，似乎顯得格外渺小。人們皆龜縮在屋內，驚恐地瞪視著窗外的夜空，心中祈求上帝的保佑。不少信佛的老婆子則跪在堂屋當中，雙手合十，不住地禱告：「阿彌陀佛，菩薩保佑！」

狂風暴雨、電閃雷鳴一直持續到破曉時分。突然，天空現出一道耀眼的白光，照亮了整個夜空。慘白灼目的光芒持續了大約兩分鐘之久，猛然間響起一聲驚天動地的巨響。牛浪湖彷彿被一雙無形的大手抽空了底板，湖水突然下落，整個湖泊變成了一片低淺的水窪。響聲回蕩不息，兩分鐘過去了，又是一聲天搖地動的巨響，整個青龍山脈痛苦而劇烈地抖動著龐大而碩長的身軀，痛苦地扭結著伸展著，一番掙紮搏動，一番起伏搖晃，便漸漸停止扭動。頓時，牛浪湖水突然上湧，轉瞬間就恢復了原狀。兩聲巨響過後，雷電遠去，風雨漸漸止息……

第二天，雨過天晴，一輪紅日噴薄而出，大地如沉睡的初生嬰兒，一片靜謐，彷彿什麼也沒發生。紫瓦村內，除了幾戶人家吹折樹梢外，皆未發生什麼大的變異。

鄒原獨自一人待在山頂，天地間的狂暴弄得他一整夜沒有合眼。老是有殷殷血光掠過眼前，有不祥的預感滾過心頭。早晨起來，眼圈圍了一道深深的黑圈，眼皮一個勁地直拉扯，扯得他一陣陣心驚膽顫。欲話說：「早跳官司晚跳財，中午眼跳有客來。」清早就拉拉扯扯蹦蹦跳跳的，莫非真的有一場官司不成？匆匆趕到山下磚瓦廠，頓時被眼前的情景驚呆了：工棚已被大風吹倒，蓋在屋頂的油毛氈被吹得東一塊、西一塊地鋪卷在泥水之中。看那剛剛壓好碼齊的磚坯，已成一堆堆爛泥。剛剛卷好點火的兩窯紅磚已然倒塌，露出一塊塊一團團的死疙瘩。真是一片狼藉、滿目瘡痍呵！

鄒原呆呆地站了一刻，心中沒有悲喜憂愁，僅是一片木然。漸漸回過神來，大叫馬桶等人，開始尋找桑樹洞口。找來找去，怎麼也尋不到洞口了。莫非置身夢中不成？鄒原揉揉眼，在一大灘積水邊掬了一捧水搓洗臉面，撩起衣襟揩乾，又尋山洞，仍是不見。這就怪了，桑樹洞難道飛了不成？找尋不見，望望山頭，彷彿矮了不少。找準工棚原址，量著步子走過去，該是桑樹洞口了，不錯，這就是桑樹洞口了，可是無洞，只有一壁亂石堵塞的山坡。頓時，鄒原明白了，桑樹洞已在凌晨的轟然巨響中倒塌，化為烏有！桑樹洞，我的桑樹洞，那裡面有馬桶，馬桶的娘，有老黑，有受凍，還有原始磚瓦廠的根本——磚機、馬達和剛剛購回的瓦機。

完了，全完了，什麼都完了！報應呀報應，不是不報，時候沒到；時候一到，保准生效！難道這就是草子所說的報應，難道就是那道血光湧現的靈驗？鄒原癱坐在地，全身是泥是水。他仰頭望天，在心底大聲喊道：「老天，你怎麼對我這樣絕情呀！」天空瓦藍，白雲悠悠，紅日高懸，清風陣陣，一切是那麼美好，什麼也沒有發生，遠古如此，過去如此，今後仍然如此。蒼天不老，紅日永恆，為什麼這人生，總是充滿波詭雲譎與變幻莫測啊？老天，你也該睜睜眼睛才是啊……

從村裡叫來壯實的農民，他們持著钁頭、鐵鍬、箢箕，圍在桑樹洞外，分批輪番拉鋸似的從上午挖到下午、晚上，挖掘的山石土塊在一旁快壘成一座小山包了，可什麼也沒有挖到。於是，村人只得作罷。

與桑樹洞同時轟然倒塌的，有青龍山脈，還有楝樹洞和燕子洞。死去的人已與大山融為一體永世長存，這何嘗不是他們的一種福份呢？鋼鐵機械也被吞噬，從山石熔煉而來，又回歸了大山，可謂「死」得其所了。鄒原只好這樣自己安慰自己了。

這次天災，對他的打擊實在是太大了。一番心血一番努力，全部毀於一旦，付諸東流。什麼也沒得到，什麼也沒留下，一切都消失了。留下的，僅是一片不堪入眼的廢墟，是對死者家屬的安撫，是不久前從信用社貸出的欠款。支撐倒塌，鄒原的心中，也滾過兩聲巨響，成了一片廢墟。不過一天時間，他彷彿老了十歲。

第二天，又將挖掘的山石泥土恢復原樣，在桑樹洞口的原址前豎起四塊墓碑，碑上分別寫著馬桶、馬桶娘、老黑、受凍四人的名字。每塊墓碑前擺一個花圈，放了供果，點了香燭。

在黃裱紙燃燒而飄舞高揚的紙灰中，草子全身著素，頭披一匹長長的白布，手舞足蹈地唱了起來：「人生在世像把弓，朝朝暮暮逞英雄。有朝一日弓弦斷，人爭閒氣一場空。」

草子的身後，站著村裡的一班響器樂隊。唱過一段，鞭炮炸響，鑼鼓敲響，鈸鐃拍響，嗩吶吹響，悲壯而淒涼。草子繼續唱道：「話說世人逞英豪，實在不如一根草。草死三年根還在，人死一去不轉來。」

鄒原聽著，就想，也許，正因為如此，草子才給自己取名叫了草子的吧？

草子的歌聲哀婉悲切，在山谷間盤旋，在人們心頭回蕩：「好花害怕冷霜風，但得春來花又紅；人死何處再相見，除非夢中來相逢。罷罷罷來休休休，太公釣魚把鉤收；魚兒收在魚簍裡，歌兒收在鼓裡頭……」

鄒原聽著，由悲痛欲絕慢慢地轉入木然平靜。一瞬間，他似乎徹悟了一切，透視了人類的真諦。他冷眼觀望著周圍的一切，突然覺得是那麼可笑而庸俗。望著那片曾經熱鬧喧囂，如今冷冷清清的廢墟，更是覺得看穿了一切。他覺得過去做了一場夢，今日才睜開眼醒了過來。「罷罷罷來休休休，太公釣魚把鉤收。」是的，他也應該收鉤了。這鉤收到哪兒去呢？墨市？那不是越伸越遠越伸越糊塗了嗎？紫瓦村？這鉤不正在村中嗎？繼續待在這兒，等於沒收。突然，他就想到昨晚睡了一夜的山上木棚。對，上山去當　名守林員，獨自一人，過一種遁世隱居、平平靜靜、自由自在的生活。

二十五

常言道，屋漏偏遭頂頭雨，船破偏遇頂頭風。桃子正是應了這句俗話。厚彬的自殺使她悲痛萬分，回到娘家不久，母親病情加重，更使她心亂如麻，憂鬱愁苦。傾盡積蓄，又將鄒原每月送來的所謂厚彬的工資補貼進去，到處求醫治病，這才漸漸有了起色，又能下地行走幹些家務活了。桃子不覺鬆了一口氣，臉上漸漸呈出昔日的紅潤。

後來，桃子弄清每月送來的那份工資實為鄒原所為，鄒原越是對她好，她心中越是惶惶不安。不便推辭，也不好回避，已兩次讓鄒原傷心了，怎好再次拒絕他的一番好意呢？那次在山上木屋咬了鄒原一口，又狠心絕情地將他趕走，她內心痛苦、矛盾極了。她為自己的清白而寬慰，也為自己的絕情而負疚。在漫漫白日與無盡長夜的消磨中，桃子常常神情恍惚，癡癡地發呆。厚彬死後，日子一長，悲痛日淡。鄒原的熱情與真誠使她感激不盡。她不是那種從一而終的封建婦女，她不會、也不願在母親守寡一輩子的道路與陰影中了此一生。她想，總有一天還得嫁人的，與其嫁給別人，哪如嫁給鄒原如意？又想，自己畢竟是一個嫁過人的寡婦了，在人家眼裡，寡婦就如開封了的酒，有點走味了。鄒原是個童男，正幹著一番有為的事業，自己哪能配得上呢？就莫胡思亂想眼高了，趁早死了那份心思吧。但是，鄒原的言行舉止又似乎明確地透出那份意思，常常弄得桃子心慌意亂，會不知不覺地湧出一股幸福的陶醉。她暗暗地期盼著，等待著，充滿希望的日子過得十分充實。突然間，又聞鄒原的磚瓦廠遭了天災，弄得廠毀洞塌、產破人亡，禁不住悲從中來，淚水漣漣。桃子首先想到的是應該去看望鄒原，安慰他一番，什麼人言可畏、世俗偏見，她都顧不得了。見到他那副木然冷漠的樣子，她知道這是心如死灰的象徵，更需溫暖與撫慰。周圍那麼多的人，她又不便述說什麼，只是點點頭，簡單地問候幾句而已。她等待著，想單獨和他談談，又沒有這樣的機會，只得鬱鬱寡歡地往回走。聯想到最近一連串的遭遇，凡是與自己親近的人都要遇到災難與打擊，便想，莫非自己是一顆災星不成？頓時，絕望得恨不能跳水自殺，只是想到病重的母親無人照看撫養，才鼓起了活下去的勇氣與信心。

後來，聽說鄒原接手厚彬，上雞公山當了一名守林員，桃子決定去看他。山上孤獨，須自己開火做飯，得給他帶點什麼上山才是，就像以前回娘家後總要給厚彬帶去什麼吃喝一樣。翻尋一陣，找出一塊臘肉、小半袋綠豆，裝了一瓶醬蘿蔔，放在竹籃內。拿一塊布蓋上，拎著走到稻場，突然想起什麼，又回屋盛了小半碗米飯，夾上些菜放入籃內。然後喚上花皮，一同向雞公山走去。

時令已是初夏，山嶺一片蔥籠。野花星星點點，煞是燦爛。花皮似箭般在草叢中竄來竄去，歡蹦亂跳。桃子打量四周景致，心中湧動著一股莫名其妙的衝動與渴望。

她覺得自己是那樣急切地想見到鄒原一訴衷腸，原來，自己也一直戀著鄒原呀！只是因為道德與良心的緣故，才使她做出了絕情的事情。

桃子先去了厚彬墓地，將那小半碗飯菜放在墓前，又拿出一雙筷子擱在碗沿，磕了三個頭，道：「厚彬，俺來看你了！厚彬，俺過去從沒做過對不起你的事，往後去，日子還長，陰間陽世，兩不搭界，有些事，就不能怪我桃子了。」複跪下身去，將滾燙的額頭抵在冰涼的石碑上，待了一會，慢慢抬起頭來，仔細一瞧，墳上已有點點綠綠的青草了。站起身，望一眼四周，大大小小的墳墓頓入眼簾，禁不住感歎人生的短促無常、虛幻縹緲。目光停在姜幺妹墳頭，便想，人間的一些事情，真是糾纏不清難以言說。鄒原一追桃子，桃子礙著姜幺妹；鄒原二追桃子，桃子跟著厚彬，忠貞不二；而今呢，就這麼短短的幾年時光，幺妹死了，厚彬亡了，只剩下了桃子和鄒原。難道說，這一切都是老天的安排？桃子和鄒原，今後將會怎樣發展？死去的厚彬與姜幺妹，興許他們會成為一對陰間夫妻的，這一切，誰又能說得清清楚楚明明白白呢？

出了墓地，喚上到處奔竄的花皮，桃子向林中的木屋走去。越來越近，心跳加速，咚咚咚地跳個不止。她的眼前，又出現了那年鄒原退伍回家後他們在山坡上偶然相遇的情景。那時，她還是一個情竇初開、含苞未放的純情少女，鄒原的大膽追求使得她身熱心跳，興奮膽怯、羞澀愉悅等情感交織在一起，將她帶入一個從未到過的美妙世界。現在，她已是一個結過婚的少婦，卻湧出了初戀的激動與亢奮，令她既驚喜，又羞愧。

鄒原正在門彎打瞌睡，他夢見了桃子，夢見了花皮，還夢見與桃子相擁在一起，進入了一個美妙的世界。突然被一陣響聲驚醒，睜眼一瞧，見桃子與花皮站在眼前，不禁疑疑惑惑地問道：「桃子，我該不是做夢吧？」桃子說：「你正在做白日夢呢。」鄒原說：「果真是你來了呵！」高興得跳了起來，馬上要上廚房去，燒開水泡茶給桃子喝。桃子說：「你坐，要喝茶，我自己動手。」

屋裡佈置如舊，這一切，桃子是再熟悉不過的了。她像一個主婦般進到廚房，舀了半鍋水，劃火點柴，火光映紅了她的臉膛。

頓時，鄒原覺得桃子又是昔日的桃子，嫵媚動人極了。

桃子說：「冷火無煙的，你太懶了。再忙，總得燒一瓶開水吧！」

「忙什麼呀，就是懶得動，一天到晚昏昏欲睡，無精打采的。好在我什麼苦都吃過，冷水照樣喝，冷菜冷飯照常吃。做頓飯，我可以吃個三四天。」

「這怎麼成？這樣下去，身體要垮的，你也要學會自己照顧自己。」

一句話，說得鄒原心裡熱乎乎的。呆呆地盯著桃子，心裡就湧出一股激動。自從窯垮洞塌，他清心寡欲、清閒散淡，那種興奮與欲望也似乎消隱了。可一見桃子，他就控制不住了。然而，就在這座木棚內，他曾遭到了桃子的冷冷拒絕，這永難忘懷的記憶使他不得不小心謹慎、試試探探。他一語雙關地問：「桃子，乾脆，我請你上山當炊事員，照顧我的生活起居吧。至於工錢嘛，只要你開個價，任多少我也出。」

桃子拿著火叉在灶膛內撥了撥，火苗騰竄，燒得更旺了。她移開目光，望著鄒原說：「一萬塊一個月，你出得起嗎？」

鄒原說：「兩萬，我也出。」

「先交錢，後幹活。」

「這……我背了一屁股債，哪來這多錢呀？」鄒原說道，「應該是先幹活，後付工資嘛，哪有沒幹先拿工資的道理？」

桃子說：「世上的規矩都是人定的，我今日就是要與這個規矩。」

鄒原想了想，說：「罷罷罷，我就先出工錢吧！我去借，就是把自己賣掉，也要湊夠這筆錢，再來請你。不過。俺有話在先，你一定得等著我，可不能像上次……」提到上次，鄒原自覺失口，馬上止住話頭。

桃子聽著，突然羞愧難當。她要彌補往昔的過失，充滿感情地說：「原哥，我故意說的，哪個要你的工錢呀，白給你當長工，一分錢也不會要的。就是工錢，我也拿過了，厚彬每月的那份工資，到底是怎麼回事，我已弄清楚了。」

鄒原不覺欣喜異常：「桃子，你真的願意麼？」

桃子感到臉燙得厲害，就想，這灶火正旺呢，烤著我的臉了，便站起身來，欲到灶後看水開了沒有。

鄒原急切地問：「桃子，我問你話呢，怎不回答？」

桃子說：「你還要我怎樣回答？」

是啊，桃子不是說得很清楚了嗎，你還要她怎樣回答呢？頓時，鄒原熱血沸騰，往前跨了一步，伸開臂膀，將桃子緊緊地抱住。桃子沒有掙紮，只是說：「水開了呢，讓我去灌水！」「莫管，讓它開去吧。」「不灌上，又冷了呢。」「冷就冷吧。」「你想讓它冷？」鄒原連連搖頭：「不，不能冷，不能讓它冷！桃子你累了，先歇著，讓我來灌。」遂提過開水瓶，將鍋內煮沸的水一勺一勺地舀了往裡灌。他儘量控制住內心的激動，但拿勺的手仍不停地抖動。好半天，他才灌好了兩瓶開水，將瓶塞蓋上放回原處。想了想，又拎出一瓶，找出一個茶杯，倒上半杯開水遞給桃子。

桃子默默地接過，吹著，喝了一口。鄒原下意識地望望四周，走到堂屋，將大門關了，正欲返回廚房，與出來的桃子遇到一起。桃子說：「青天白日的，你怎把門關了？」鄒原不再含蓄，直直地說：「桃子，這輩子，我戀你算是戀定了！過去，你擔心姜幺妹，後來又有了厚彬，現在就咱們兩人，你還有什麼顧慮呢？好事多磨，咱們之間的一切，恐怕是上帝有意安排的吧。」桃子低聲說：「原哥，我配不上你……」「要說配不上的，應該是我。我這人過去很壞，名聲也不好；現在呢，破產不說，還背了一屁股的債。要是你擔心受到連累，我……決不勉強你……」桃子頓時哽咽：「原哥，是我配不上你……這些年，你不記我的恨，一直對我好，我桃子感激不盡。原哥，我心底，也……也……」「桃子！」鄒原叫了一聲，緊緊箍住桃子的腰身。桃子軟了，伏在鄒原身上，不禁哭了起來。鄒原抱起桃子，一邊吻著，一邊走向床鋪。

桃子躺在床上，突然瞪大雙眼，驚駭地望著鄒原：「不，不！鄒原，我不能……」鄒原止了動作，道：「桃子，你不願意？」「不，不，這是厚彬的床，我不能在這張床上！不，我不……」鄒原明白過來，環顧四周，急煎煎地，一時尋不到合適之處，索性在地上鋪了塊布簾，將桃子放在上面。桃子不再恐懼不再反抗，她閉目靜靜地躺著，任憑鄒原動作。鄒原深深感受著……這一切，竟與那年山坡上的夢景相差無幾，實在是太奇妙了。鄒原體驗到了一種從未有過的充實與快感，不禁湧出了幸福的淚水。透過朦朧的淚眼，身邊的桃子也在嚶嚶抽泣不已，一顫一顫的身子蕩漾著燦爛的波紋……

二十六

傍晚時分，桃子下山走了。但是，鄒原並不感到孤獨，桃子留下了獵狗花皮給他為伴守林，還留下了異香笑語溫暖著他的心房，充斥著這間木屋。他很滿足，很幸福，又覺得人生在世，實在是一種享受不盡的美妙。常言道，好死不如癩活著；又說，瞎子也捨不得過奈何橋（奈何橋，神話傳說中陽間通往地獄的橋樑）。現在，鄒原又一次深切地感受到了其中所透出的既簡樸又深奧的人生哲理。

這天晚上，鄒原早早入睡，像繈褓中的嬰兒，睡得很香很沉。

就在這天夜裡，山上被人盜走了兩棵杉樹。第二天中午，鄒原帶著花皮在林間漫無目的、懶懶散散地轉悠，因花皮的兩聲吠叫與引導，鄒原才發現了杉樹的失竊。他蹲下身子，看看鋸痕，用手摸摸，斷定正是昨晚小偷所為，趁他睡得死死的，放心大膽地將樹偷走了。自打厚彬槍擊竊賊、畏懼自殺後，樹林裡還從未發生過偷竊之事。這是第一次！第一次，竟敢偷到我鄒原頭上來了，真是膽大包天！他媽的，你以為我也是厚彬，那麼好欺負的麼？查出來，不抽你的筋、剝你的皮，我鄒原算不得一條好漢！本來想躲在林中悠悠閒閒地過幾天舒舒服服的日子，可是人家不讓你安靜，又有什麼辦法呢？有一就有二，不殺雞給猴看，往後就難治理了。

當天下午，鄒原便帶了花皮，下山到南省去尋黑道老大魚叉。

聽完鄒原的敘說，魚叉道：「大哥放心，我明日就給你回話。只要是三鄉二十村的，管他三頭六臂，也脫不了身的。」

鄒原說：「殺一儆百，查出來，交我好好整治整治。」

第二天，魚叉趕到鄒原所在的雞公山，進了木屋，苦著臉說：「大哥，查不出來。不是我無能，我敢擔保，不是咱管方圈內的人幹的。」鄒原沉吟道：「會是哪兒的人幹的呢？」突然一拍大腿，「哦，對了，肯定又是他們！」魚叉問：「誰呀？」「還不是湖對岸的，專門駕船來偷樹！」「他們也不怕死呀！」「他們死了一個，咱們這邊也死了個，一對一嘛，他們怕個屁！再說，見錢眼開，杉樹就是錢，哪個不想要呀？」魚叉罵道：「牛雞巴日的，在太歲爺上動土，搞到老子們地盤上來了，有他好果子吃！今晚，我就派一打兄弟來守夜，把他們抓住。大哥，你睡你的覺，一切由我來安排處理。」「那就有勞各位兄弟了。」「大哥你客氣個什麼呀，你雖不在位了，但在大家心裡，你仍是咱們道上的這個……」魚叉說著，伸出了大拇指。鄒原說：「不敢當不敢當，晚上，我還是要和弟兄們一起守夜的。」「這點小事，還用得著你出馬嗎？你只信馬桶，不信我魚叉是不是？」鄒原連連搖頭。提起馬桶，不禁想起了他的好處，心中好不感傷。

一連守候五夜，牛浪湖風平浪靜，樹林子也是風平浪靜。

鄒原對魚叉說：「守不著就算了，還是由我來對付吧。」魚叉決心很大，連連說：「不，不，一定要守著，直到抓住為止！」「要守，每夜少派幾個人，弟兄們輪流值班麼樣？」魚叉沉默不語。鄒原又說：「你是怕他們對付不了幾個竊賊是不是？還有我呢！」魚叉說：「人多眼多，網撒得大，才不會有漏掉的。既然大哥這樣安排，就聽你的吧！」

於是，每夜只派了兩個人守候在湖邊的樹叢中。

這天夜裡，空中刮著陣陣南風，牛浪湖騰起了波浪。烏雲積聚，星月隱形，一片漆黑。鄒原想，這麼黑的夜，這麼壞的天氣，是不會有什麼紕漏了，便打算回木棚去睡覺，也要兩個小兄弟一同去他屋裡歇息。他們堅決不肯，道：「老大吩咐的事，半點也不敢大意。若是出了事，可擔當不起呀！」鄒原說：「出了事我負責，與你們無關。」兩人還是不肯，鄒原便叫他們走出樹叢，指著一個山洞，讓他們藏在那裡，既可休息遮風蔽雨，又可監視湖面。

兩人進到洞中，仍不懈地趴在洞口，認真地望著四周。過了一刻，就見湖中心亮起了一點燈光，隨即聽到了一陣馬達聲。兩人頓時來了精神。一個叫李明的說：「幸好沒聽鄒原的話，要是今夜出了差錯，魚叉可就不依了。」另一個叫王興的道：「可不是嘛，天氣越壞，就越多盜賊。」李明說：「這是你的經驗呀！」王興回敬道：「你比我更內行。」兩人都笑了起來。王興說：「你瞧，他們開的機帆船呢，好高級呀！」李明說：「就咱兩人，這倒難辦了。唉，要是像那幾天一樣，十多個兄弟一齊上，可有好戲看了。」「我擔心咱們兩人對付不了他們，鄒原本事大，過去是道上老大，我看得去搬他才行。」「先等等，把情況摸準再說。就是偷樹，也要時間做一番手腳，咱們來得及的。」

兩人緊密地注視湖面，燈光越來越近。行到湖邊，馬達就停止了轟鳴。機帆船慢慢靠岸，在微弱的燈光映照下，他們看清了，對方一共五人。四人帶著鋸子、斧頭上了岸，還有一人留在船上守候。

兩人看得真切，李明說：「王興，我在這兒跟著，你趕快去叫鄒原。」王興道：「叫了他，再來找你，怎樣聯繫？」「用口哨聯繫，三聲長，三聲短。」「好吧。」李明匆匆走出山洞，向山上爬去。

這時，船上的燈熄了。上岸的四人向半山腰蠕動著，李明緊隨其後。風吹得樹林嘩嘩直響，淹沒了四人的聲響，也掩蓋了李明的跟蹤。

行到山頂，四人停住，觀望四周的動靜。然後，他們分成兩組散開，找準粗大的杉樹，兩個人拉一張鋸，開始鋸了起來。

李明焦躁得不行，若是鋸倒，杉樹就廢了。想叫喊，又恐打草驚蛇，讓他們逃之夭夭。怎麼辦？他一時拿不定主意。突然問急中生智，雙手在地上摸索，抓到了幾塊石頭，他偷偷地向他們移過去。近了，更近了，瞄準左邊鋸樹的黑影，使勁擲去一塊石頭。

「砰」，石塊打在一棵杉樹上，那兩個竊賊頓時停止動作，驚恐地叫道：「有人！」低聲向對面另兩人喊道，「二哥，有人！」另兩人也止了拉鋸，伏在地上，驚恐地望著四周。

李明屏聲靜氣，半點不敢動彈。

過了好半天，其中一人道：「哪有什麼人？麼弟，肯定是你心驚膽戰聽錯了。」又一人說：「風大樹響，你肯定弄錯了。」那個麼弟說：「我也拿不太準，咱們還是小心點為好！」「麼弟，你膽子大小了，這樣的天氣，哪有防範？」「快點鋸，弄兩根樹走路。」小聲咕嚕著，四人又弓身鋸了起來。這次，他們沒有隱蔽，而是肆無忌憚地一推一拉。

李明站起身，對準近處的一人，又使勁擲出一塊石頭。

突然發出一聲「哎喲」的慘叫，「二哥，真的有人。好大一塊石頭，幸好砸在我的屁股上。要是中了腦袋，那就開花了，哎喲喲……」「快，趕快躲起來，不要亂跑，小心獵槍。」四人散開來，各選一個蔽身之處藏了起來。

李明不敢動身，那四人也不敢貿然行動。雙方咬著勁，看誰最先暴露目標，然後採取對策。

時間慢慢過去，李明估摸王興已將鄒原叫來，便捏著嘴唇，拉起了口哨：三聲長，三聲短。

那四人一聽呼嘯的口哨聲，什麼也顧不得了，拎了鋸子、斧頭，不顧一切地向山下逃去……

鄒原剛剛脫衣上床，就聽到了王興的捶門與叫喊聲。

他馬上穿好衣褲，抄起一根鐵棍，帶上花皮，與王興一道向湖邊趕去。

鄒原說：「咱們先不抓那四人，等把他們的船扣下來再說。」

王興道：「俺怎就沒想到這？還是大哥有頭腦。」

神不知鬼不覺地跑下山坡，見岸邊果然停著一艘黑糊糊的機帆船。恐守船人發覺，鄒原將鐵棍遞給王興，要他躲在樹叢等候，又喝住花皮，讓它蹲在王興身旁，自己則走出樹林，趴在地下，使出當偵察兵的本領，快速而隱蔽地向前爬動。不一會，鄒原就爬到了船邊，猛然挺身，跳上機帆船，直撲駕駛台。

守船人見突然跳上一個人影，大吃一驚，趕緊抓過一把扳手砸向鄒原。

鄒原閃身躲過，一回身，將那人的手腕掐住，使勁一扭，奪下扳手。與此同時，右腳踢在他的腿彎上，那人便乖乖地跪倒在地。鄒原掏出隨身帶著的繩子，一頭將他雙手反捆，一頭則拴在了艙內。

做完這一切，鄒原跳下船，跑向樹林，叫出王興說：「船上那人已捆了起來，你就守著他和船。山上的人，由我和李明來對付。」

王興應過一聲，便向機帆船跑去。

鄒原拎了鐵棍，帶上花皮，漫無目的地向山坡爬去。不到半山腰，便聽到了聯絡的口哨聲，立時循聲趕了過去。

一片呼叫與雜遝的腳步聲越來越近，鄒原放出花皮，自己則躲在一旁，靈敏的花皮直撲對方。那些人揮動著手中的工具，更加慌亂了。鄒原躡手躡腳地迎了上去，覷準空子，鐵棍掃向其中一人的大腿。那人一聲慘叫，當即倒在地上。鄒原回過身來，又是一棍打在另一人胳膊上。那人扔了鋸子，捂著胳膊痛得狂跳不止。另兩人見狀，發現鄒原孤身一人，揮著斧頭撲了過來。鄒原跨步握棍立在原地，做好招架的姿式吼道：「狗日的們，欺負到老子頭上來了，還不快點扔下斧頭！」其中一人道：「識相的就躲開點，斧頭可不認得人！」鄒原說：「要老子躲開，那得問問俺手中這根鐵棍！」兩人中，一人正面一步步逼向鄒原，另一人則快速繞到他的身後。鄒原受到了前後夾擊。那兩人同時發一聲喊，就揮著斧子劈頭蓋腦地砍了過來。萬一天黑失手，這鐵斧頭可不是吃素的，鄒原不願硬拼，便閃身躲在一棵樹後。

這時，李明趕到，又是一塊石頭砸了過去，正中一人後背。隨著一聲悶響，那人手中的斧頭掉落在地。另一個見狀，一陣慌亂，望著漆黑的夜空不知所措。此時，鄒原從樹後躍出，乘機一棍打在他的腿肚上，這人「撲嗵」一聲倒在地上。

鄒原與王興將受傷的四人押下山坡，押到湖邊，卻見機帆船已離開岸邊，停在了湖中。原來，李明擔心那幾人逃跑過來，自己一人難以對付，便拿了竹篙，將船撐開兩丈遠，然後握了一把扳手候在船頭，只要有人泅水過來，就要敲破他們的腦袋。見鄒原與王興將四人制服，李明複將船撐回岸邊。

鄒原將他們押上船，五個人綁在一起。他坐在駕駛臺上，開始威風十足地審訊那幾名盜賊。他們五人中，已有兩人重傷，兩人輕傷，又全給捆住，儘管人多，儘管在自家的船上，哪裡還敢對抗？皆求饒命。其中的一個名叫圓圓，被他們稱作二哥的道：「爺們，這回算是服了你！俺們在對岸牛欄崗，也算得上是幾條漢子，沒想今晚栽在了你手頭。常言說得好，不打不相識。要是爺們手下留情，放過一碼，往後去，必當死命相報！」鄒原吼道：「你們這夥人太猖狂了，膽敢犯到我鄒大爺頭上，也太不長眼睛了！上次，你們偷了我兩棵樹，這回又來偷，害得老子十幾個夜晚沒睡好覺，真是狗膽包天！」圓圓道：「爺們，咱認輸認罰！」鄒原仍氣得不行，他叫道：「我恨不得打斷你們的腿，一把火燒了這條船！」圓圓趕緊求饒：「爺們，你千萬別這樣，千萬別這樣啊……」他求告著，突然就失聲哭了起來，其他四人受到感染，也一齊流淚。男人有淚不輕彈，只因未到傷心處。鄒原見幾個大男人哭成一片，心也軟了幾分。圓圓說：「燒了這船，就等於斷了俺們的生路。這只機帆船，是俺們幾個借錢貸款買回的，白天渡人，晚上打魚，想儘快賺錢，把本撈回來。要是打斷了咱的腿，俺們幾個一輩子都成了廢人，那比死還難受呀！爺們，你罰款，三百、五百、一千，俺都認了！」另幾人也一齊哀求鄒原手下留情，他們說：「牛欄崗那邊，咱們可以擔保，今後再也不敢有人來偷樹了。要是有人來，你就問我們的罪。日後，爺們你只對付這邊的盜賊就行了……」

王興與李明見狀，也起了惻隱之心，他們轉向鄒原說：「大哥，罰幾個錢，放他們走吧。」手下留一線，今後好見面。說不定自己日後還有用得著他們的呢，鄒原問過他們的姓名住處，一一記在紙上，然後說：「兩棵樹，每根罰錢二百元，我請人守夜十多天，總得要點加班費、辛勞費，總共是一千塊。交了走人，怎麼樣？」那五人表示願罰，並感恩不盡。將身上的錢全部掏了，又搬出白天渡人裝錢的收款箱，總共湊了三百五十多元。圓圓說：「還差六百四十多塊，過兩天，我保證開船送過來交你手頭。我們白天就在牛浪湖渡船碼頭渡人，很好找，跑不脫的。」

突然，鄒原長歎一聲，道：「唉，你們也可憐，大家活在世上，都不容易。這樣吧，三百五十多就三百五十多，其餘的算啦！」那五人齊刷刷地跪下，流出了感激的淚水，皆說：「鄒大哥，謝謝你的大恩大德，日後小弟們一定報答。」

鄒原帶著王興、李明與花皮走下機帆船，那幾人發動馬達，站在船頭揮手告別。

鄒原又是一聲長歎道：「真沒想到，會是這般結局。」

王興、李明附和道：「就是呀，大哥，你這次讓咱們開了眼界，學了不少乖呢！」

鄒原說：「我又該向哪個學乖呢？」

李明說：「你這樣能幹，還向別人學什麼乖呀，只人家學你呢。」

鄒原搖頭苦笑不止。

馬達聲漸遠，鄒原一行人慢慢向山上爬去。

突然間，豆大的雨點劈哩啪啦地從空中灑落下來。

二十七

一段時間，鄒原的日子過得賽過了神仙。有他守林，如今誰也不敢上山偷樹了。他不必為樹木的被盜而操心了，可以放心大膽、安心安逸地睡大覺。隔個把星期，桃子就上山一次，帶來些新鮮蔬菜、瓜果醬菜。她像個女主人似的，每次來後便為他打掃衛生、清洗衣被、燒火做飯，自然免不了一番溫存與陶醉。與姜幺妹的那次苟合，完後他沒有任何快感，只有一種墮落的情緒與懊悔的心理。跟那兩個風塵女子，便是純粹的動物般的行為與犯罪了。只有和桃子，他才嘗到了男女間真正的快樂。

有時，鄒原便奇怪，他與桃子，既沒訂親，更沒結婚，名不正言不順，卻沒有那種道德的譴責與良心的責備。就想，在自己心中，原來是把桃子當了妻子看待的呀。桃子呢，也把鄒原當成了她可以依靠的未來丈夫，有時甚至幻想著，要為鄒原生個寶貝兒子。上山來的，還有魚叉的那幫黑道兄弟，時不時地帶點野味、煙酒上山聚會、聚餐。他父母也來看過他兩次。鄒啟明表揚他護林出色，幹出了成績，說他已被鄉鎮評為優秀護林員，很有可能躍上縣優秀護林員的光榮榜，事蹟材料都已報上去了。母親則悲歎鄒原生就的苦命，留下一些吃的、穿的，一再叮囑他，在山上要好好保重。

一日，牛浪湖對岸的圓圓也帶了兩個人來道謝，拎著一網兜鯽魚、鯉魚、黑魚，還有兩個腳魚。鄒原也講情義，硬是留下他們吃飯。於是，四人一齊動手，做了一餐各色魚味，喝了兩瓶燒酒，十分盡興。臨走時，圓圓說：「鄒大哥，什麼時候到咱們對面去玩玩。」鄒原說：「小時走親戚去過一次，後來，又沒事，也就一直沒過去。」圓圓說：「我們牛欄崗上的金泉寺很有名氣，有不少和尚尼姑呢，每年都有不少遊人去那裡觀光，啥時也去那兒轉轉。」一句話，說得鄒原動了心：「聽說過金泉寺，去的人都說現在重修了，很有一點看頭，哪天有空了，是得過去轉轉。」「約個時間，到時候我開船過來接你。」鄒原道：「時間不好約，哪日你過來，我跟你們一同去就是了。」在山上待膩了，鄒原也想下山去走走、轉轉。想上哪就上哪，想睡就睡，想吃就吃，想喝就喝，想玩就玩，沒有誰管得了他，也沒有誰在耳邊絮聒，即使入耳的，也是一片恭維聲。每月有那麼一份工資，又被評了個什麼優秀護林員，還有桃子的溫柔與體貼，想一想，這日子真正過得有滋有味呢！這樣活著，沒了羈絆，沒了執著，沒了操勞，沒了煩惱，該沒有的都沒有，該有的都擁有，誰說這不是人生的一杯美酒與享受呢？因禍得福，我恐怕就屬此種類型了，鄒原想。

這天，穿戴一新的雲兒前來山上木屋尋鄒原。

鄒原一語雙關地說：「雲兒，你來遲了。」雲兒說：「我應該什麼時候來才算不遲呢？」「在我剛剛上山守林，需要安慰的時候。」雲兒認真地說：「我覺得，一個真正的男人，不是別人安慰他，而是他去安慰別人，幫助別人。他不需要別人幾句廉價的口頭安慰，如果需要的話，也是一種實質性的幫助！」鄒原問：「這幾句，是從哪本書上販來的吧？」「你不管我從哪兒販來的，只要它是真理，實在、有用就行。」「那麼，你準備給我什麼實質性的幫助呢？」「我現在還沒有這個能力，也許，今後會有的。」鄒原笑了笑，說：「癩蛤蟆扯呵欠，好大的口氣呀！」雲兒也笑了：「你莫盡說笑話譏諷我，咱們騎驢看唱本，走著瞧吧。」「好，我待在山上，往紫瓦村你家方向瞧著呢！」「鄒廠長，你應該往南邊瞧才是。」「我還是什麼鄒廠長，莫亂叫了！」「那……我該怎樣叫你呢？鄒先生、鄒大哥，還是……」「就直呼名字好啦。」「我就叫你鄒大哥吧，這樣要顯得親切一些。」「也成，只是不能叫廠長，揭我心上的疤。」「鄒大哥，你要瞧，就往南邊瞧：今日，我是來向你告辭的。」「告辭？告什麼辭？」「我們幾個高中的同學姊妹，相約去廣州打工，明日就要動身了。」鄒原「噢」了一聲，突然間就有一種失落之感。他說：「廣州是個大地方，去了好好幹，也許，你今後真的會大有出息的。」雲兒說：「我想，我會盡力幹好的。到了那邊，我自然會給你寫信的。」鄒原故作輕鬆地笑了笑，說：「寫什麼信呀，你，莫念著我，好好幹就是了。」雲兒說：「在我心中，你也算得上一個男子漢，我忘不了你。」鄒原說：「外面的世界很大，很精彩，能人多的是，男人更多，一個賽一個。你去了那邊，見得多了，識得廣了，就會慢慢地忘了我這個鄉巴佬的。」雲兒說：「我也拿不準，也許真的像你說的一樣，會忘掉過去的一切。要是我轉了一圈回來，還沒有忘掉你，那……」說到這裡，她不好意思起來，「那我就殺個回馬槍……」鄒原連連擺手：「雲兒，莫這樣，過去的，都過去了。窯倒了，洞塌了，廠垮了，一切都消失了，沒有了，這是天意呀！」雲兒堅決地說：「我不管什麼天意地意，鄒大哥，說實話，廠垮後，我的確失望過，動搖過，悲傷過，比你那次的冷淡和談話給我的打擊更大。我無法接受冷酷的現實，對一個剛剛走上正軌的小小磚瓦廠，老天就怎麼那樣絕情呢？我無法理解，真的，我怎麼也理解不了，索性去了縣城我舅舅家。一天在街上閒逛，突然遇到幾個高中同學，大家一合計，一聯繫，就決定南下去打工！鄒大哥，我相信，也可以肯定地說，你今後再也不會這麼失魂落魂、心灰意懶的。」鄒原道：「誰說我失魂落魄心灰意懶了？我日子過得快活充實，賽過活神仙呢！」「日子一長，你的血氣又會上湧，總會幹點什麼大事的。這，我知道得比你自己更清楚！」「不會的，我把一切都看穿了，就這日子，過得蠻好蠻舒服。我也不會這山望著那山高了，人要學會知足。」「我敢擔保你會的！」「不會！」「會！」「不會！」「那咱們打個賭！」「打賭就打賭，賭什麼？」「賭……就賭……什麼也不用賭了，只要你等上我半年，年底回家過春節，我會給你一個明確的答覆！」「什麼答覆？」雲兒羞澀地低下頭，沉默不語。「雲兒，什麼答覆呀？」雲兒腦袋一揚，頭髮一甩，道：「你當我不敢說呀？到時候，我會告訴你，喜歡你，還是不喜歡你！」鄒原一聽，急了，忙勸道：「雲兒，這不成，那天我跟你說了那麼多，我和桃子有感情呢。再說，就我現在這副討米要飯的叫花子樣，實在和你不般配。」「我不管這些，到時候，我只問自己的感情。」鄒原說：「我跟桃子都……準備要結婚了。」「我也不管，只要我真正地愛一個人，我就不會欺騙自己的感情，就會不顧一切地去追求。到時候，我會跟桃子姐競爭，跟她打商量，要她把你讓給我。」鄒原道：「你這簡直是在說鬼話，說笑話，說夢話！」雲兒站起身，主動將手伸給鄒原，說：「鄒大哥，再見了。管它什麼話，到時候再說吧，現在，我可得走了。」鄒原只得伸出手，象徵性地與雲兒握了握，回道：「雲兒，再見，祝你一路順風！」「還祝我什麼？」「幹出一番事業來！」「我也同樣祝願你幹出一番事業來！鄒大哥，你莫苦笑，你得站起來，活得像個男人的樣子。我還是那句老話，莫要辜負了我的一片苦心。」

雲兒走後，鄒原想了很多，這樣活著，快活固然快活，難道就此待上一輩子直到老直到死，然後埋在葫蘆山上？而不如此，又能幹些什麼呢？也曾有過紅紅火火的磚瓦廠，老天要你垮，一夜之間就完蛋。據老人們傳說，青龍山脈一帶，每隔一個花甲，也即六十年，便發一次小脾氣；每隔一百年，則發一次大脾氣。那晚，距上次正好六十年，它又發脾氣了……誰惹它生氣了？它為什麼要發脾氣？神祕莫測！大自然的奧秘實在是太多了。當初，要是磚機瓦機馬達不放在山洞，保住了根本，也還有振作重來的機會與可能。可現在，兩手空空，一無所有，還要還貸款呢！噢，上次聽樊村長說過，貸款就不用鄒原還了，由村裡還，因為鄒原生產的磚有一半的銷售權歸村裡支配，用那筆盈利款的三分之一，就夠抵債的了。至於改造修建村辦小學所需經費的空缺，決定在村裡集資，按人頭攤派，每人交上個幾塊，也就夠了。唉，幸虧如此。要不然，一屁股的債還真沒法還呢。也不能說開工廠半點收穫都沒有，村裡將來修建學校的款項，也有一份自己的貢獻呢。還有，村裡畢竟聳起了一批別致的紅磚紫瓦房，這不能說不是他的功勞。這樣想著時，鄒原心裡感到好受多了。

一日，他在山上獨自一人閒待著，鄒始突然出現在他面前。

鄒原不覺欣喜萬分：「弟，沒想到你回來了，我一人正孤獨呢！」鄒始說：「我也很孤獨。」鄒原說：「墨市那麼熱鬧，你孤獨個什麼？」鄒始說：「哥，我們兩人環境不同，感受不一樣，但內心都孤獨。我懂你的孤獨，一個人寂寞難耐，連個說話的人都沒有。我呢，人越多，就越孤獨。那些熙熙攘攘的人，各有各的世界，各有各的追求，大家無法真正溝通交流。我感到自己孤零零的一個人，面對著兇險複雜的社會，不僅孤獨，而且渺小，還有自卑。」鄒原搖搖頭說：「你說的這些，我真的沒法理解。你就是孤獨，還有那麼漂亮的播音員陪著，怎麼也孤獨不起來呀！」鄒始神色淒然地說：「我和戴潔正在鬧矛盾，很有可能要分手。」鄒原說：「這……怎麼可能呢？你們的感情那麼好，又是自由戀愛。」鄒始長歎道：「唉，這些日子，我總是懷念以前的那個女朋友。其實，戴潔也不錯，只是……哥，一言難盡，以後咱們慢慢聊吧。」「城市小姐比不得農村姑娘，嬌生慣養，脾氣也大，這是免不了的。弟，你就莫煩莫躁莫痛苦了，忍一忍，容一容，便相安無事了。」鄒始岔開話題說：「哥，你這地方真好，有山有水，有花有草，空氣新鮮，比城裡強多了。」鄒原不以為然地說：「這地方你以前來過，還不是那麼個老樣子？」「不，不是老樣子！我今天看它，變得格外親切動人，格外秀麗可愛了！」「美不美，故鄉水；親不親，故鄉人，我想就是這麼回事。」「哥，這裡像一個寨堡，你就是寨主，建立了一個獨立王國，自成體系，不受外界喧囂社會的任何干擾，真像個世外桃源。哥，這次，我要在山上好好和你待幾天！」「太好了，任你待多長時間，我都歡迎！上次，我的磚瓦廠破產後，你連回都不回來一下……」他想說需要得到你的安慰，猛地想到雲兒對他的回敬，使住了口。鄒始說：「那段時間，工作上的一些事情正攪得我焦頭爛額，實在沒法抽身。剛回村，我就奔那地方看了，也真夠慘的！哥，這自然災害，也是沒辦法的事，任誰遇上了，也無法躲過。傷心也沒用，日後有機會，從哪裡倒下去的，又從哪兒站起來就是了。」「你說得倒輕巧，有那麼容易的事嗎？」「世上的事，看你怎麼對待，有的事看來非常容易，辦起來卻難；有的事看來比上青天還難，辦起來卻很順當。哥，有些事，也真說不清楚，讓人無法理解。就說咱們兄弟倆吧，那段時間，你在村裡遭難，我也在城裡受罪呢。兄弟倆同時吃苦，難道說真的是什麼無法解釋的心靈感應、一脈相承嗎？」鄒原對什麼心靈感應似懂非懂的不感興趣，便轉移了話題，談些別的東西。

鄒始在山上待了兩天，兄弟倆過得十分愜意。突然，鄒原想到了圓圓的邀請，正好趁此機會，兄弟倆去金泉寺轉轉，豈不是太妙了嗎？

鄒原說：「弟，想去牛浪湖對岸的那個金泉寺玩一玩嗎？」鄒始說：「記得小時候咱們走親戚去過一次，是什麼樣子，早已忘了。」鄒原道：「聽說最近幾年又重修了一些寺廟寶塔，香火鑾盛的呢。」鄒始說：「金泉寺，在咱們省也算得上一座挺有名氣的禪寺了，記得一本介紹名勝古跡的書上提到過它。我對佛教，特別是禪宗一派很感興趣，正開始著手做一點研究性的事兒。要是對家鄉的古寺都不瞭解，還談什麼研究呢？哥，去，咱們兄弟倆好好地遊一遊，現在就走！」「你怎麼說風就是雨？莫慌，我對岸有幾個朋友，捎個信去，要他們把機帆船開過來接咱們。」鄒原遂將上次抓盜賊不打不相識的經過講了。鄒始說：「算了算了，捎信去得等多長時間呀？你不說不打緊，一說倒把我的心說動了，我都等不及了，咱們這就走吧！」鄒原說：「山腳下又沒渡船，要去，還得下山，經過村裡那座小橋，再走幾裡路，才有渡口呢！」「正好，天氣這麼熱，咱們遊過去。好長時間沒在牛浪湖游泳，都快想死我了！」「這麼寬的湖……」「你怕咱們遊不過去？」「不是，我是說湖太寬，衣服不好辦，踩水手舉著遊到對岸，肯定支持不住！」「這好辦，屋裡不是有腳盆嗎？咱們把衣服放在盆裡浮過去。要是精力不支，還可以拿它當救生圈呢！」「這法子好，只是到了那邊，穿上衣服後，還拎著個腳盆上山不成？」「放在湖邊藏著有人偷嗎？」「不敢擔保！」突然，鄒始一拍腦袋說：「有了！帶上花皮，咱們上金泉寺，就留它在湖邊守腳盆。再說，又有誰會偷一個腳盆呢？」鄒原說：「弟，還是你的點子多。」

兩人拎了腳盆，帶上花皮，來到牛浪湖邊。將衣服全部脫掉，連短褲衩也不留，赤條條地撲進湖中，濺起一片水花。

鄒原推動裝了衣服的腳盆，花皮跟在他們身邊，遊得很輕鬆很自如。

鄒始見狀，將湖水直往花皮頭上澆，快活地逗它玩兒。

赤裸裸地面對世界，完全放鬆了，鄒始感到一種前所未有的痛快。微微波浪輕湧而來，拂在身上，如溫柔的大手在撫摸。雙手劃動，雙腳一蹬，人就前進了好兒米。這是一種獨特的身體運動呢，比坐車搭船乘飛機走步奇妙多了。蛙游、側游、仰遊，鄒始不斷變著泳姿，還時不時地一個猛子紮下去，瞪大雙眼，透過藍幽幽、清湛湛的湖水，看那藍藍的水草，禁不住誘惑地抓上一把。有時，他還停在湖中，就那麼仰面躺著，平衡、調整著自己的身體，四肢不動地浮在水面。他望著頭頂的紅日、藍天、白雲，感到和整個大自然融為一體。他變成了湖水、天空、白雲，他是它們的一個不可分割的有機組成部分。他沒了孤獨、痛苦，沒了自卑、渺小，肉體得到舒適，心靈得到淨化，創傷得到撫慰。此樂何極？真個不是天堂，勝似天堂。

這時，鄒原在前面叫了：「弟，你怎麼不動，累了是不是？」

鄒始答：「不累，輕鬆極了。」

「那你快點游過來呀！」

「來了！」鄒始應著，變換姿式，一陣使勁，水花捲動，很快就趕上了鄒原。遊遊停停，不知不覺就到了對岸。

鄒始說：「好快呀，我感覺牛浪湖怎麼比以前窄多了。」

鄒原說：「夏天漲水，寬多了呢。咱們遊了好半天，都快兩個小時了吧？」

鄒始從褲兜掏出手錶說：「嗯，差不多，快兩個小時了。」

兩人穿了衣服，將腳盆拿到岸上一塊稻田裡藏了，遂將花皮帶到隱蔽的低窪處，指指藏腳盆的所在，示意花皮留下照看。花皮很通人性，搖搖尾巴，人模人樣地蹲在那裡，久久地注視著遠去的兄弟倆。

牛欄崗並不高，海拔六百多米。它屬青龍山脈之餘脈，在眾多聳立的山嶺中，它最為挺拔雄偉，顯得格外引人注目。金泉寺是一座典型的佛教禪宗寺院。禪寺於平凡中見精神，於樸素中顯真靈，並不追求那種咄咄逼人、歎為觀止的奇險峭絕，故而當年一代禪宗大師建寺時，選中了既不遠離塵世又有隔世之感的牛欄崗，並將寺院建在半山腰中。這在天下名山僧占盡，且皆佔據山巔俯視塵世的當年，的確需要一股獨有的膽識與開拓的勇氣。

兄弟倆來到金泉寺門，遠遠望見門邊放一張桌子，桌前坐一年輕和尚，正在認真地翻看一本經書。正欲入內，和尚放下書本道：「兩位施主，請買門票。」鄒始掏出兩元錢遞給他，接過門票一看，只見上面寫道：「金泉寺佛教聖地參觀券。」還畫著山門的建築形狀。

進了山門，便是一座座新近修復的殿堂。鄒始雖未到過金泉寺，但對佛寺的基本結構瞭若指掌。他一邊觀看，一邊對鄒原解說不已。他說：「進了山門，寺院的主要建築，由南往北，大致是天王殿、大雄寶殿、法堂、藏經閣，這些是坐北朝南的正殿。正殿東西兩側，便是配殿，配殿主要有伽藍殿、祖師堂、觀音殿和藥師殿等。」

進了天王殿，對著供奉的塑像，鄒始說：「正中供著的叫做大肚彌勒佛，他的兩旁是四大天王。」轉到彌勒佛的背後，見又有一尊供像，鄒原問：「這又是什麼佛呀？」鄒始說：「他叫韋馱天，不是佛，是菩薩。菩薩也是神，但比佛要低一級，還要經過一番修行，才能達到佛的境界。」

轉到大雄寶殿，鄒始告訴鄒原，這裡供奉的，是釋迦牟尼像，佛教的創始人。只見像前放一案幾，上面擺滿供品，燃兩支紅色蠟燭，點兩盞清油小燈，幾炷香嫋繞著絲絲縷縷的青煙。案幾前，擺放三個蒲團，有一行人在磕頭求卦，旁邊兩個和尚為他們主持儀式。

鄒原一見，來了興趣，說：「弟，咱們也抽兩簽吧。」鄒始說：「這裡人多，每座殿堂都設有問卦求籤的呢，咱們去祖師殿抽吧！」鄒原問：「你怎單挑祖師殿？」鄒始說：「祖師殿中供奉的是禪宗奠基人。禪宗是佛教的一個支派，是澈底中國化了的佛教。我最喜歡禪宗了，覺得它生動活潑、樸素平等、博大深邃。金泉寺是一座禪宗寺院，肯定有祖師殿。」

果不其然，往大雄寶殿西側走去，便是一座祖師殿。殿中供奉達摩、慧能、懷海三座塑像，像前的擺設佈置與大雄寶殿相彷彿。

走到右側兩個坐著的和尚面前，鄒始說：「請問師長，簽多少錢一抽？」

年長的伸出一個指頭道：「一元。」

鄒原問：「靈不靈呀？」

年輕和尚道：「心誠則靈。」

鄒始說：「哥，你先抽吧。」

老年和尚聞言，在一面小銅鑼上敲了三下。

鄒原「撲通」一聲跪在中間一個蒲團上連磕三個響頭。年輕和尚將兩塊標有正反記號的竹卦「咚」地一聲擲在地上。一正一反，順卦。老年和尚將裝簽的竹筒搖得山響，鄒原隨手抽出一根竹簽，上書「二十簽」。老年和尚接過一看，找到桌上一排油印紙條中的一遝，撕了一張遞給鄒原。兄弟倆湊在一起，見紙條上橫書「金泉寺靈簽」，直書「第二十簽」，全文為：「飛龍變化喜逢時，此日升騰果遂期。謀望求財皆吉慶，求官進位更無疑。」

老年和尚道：「恭喜恭喜，你這是上上簽，要加一塊錢的喜錢呢！」

鄒原說：「只要靈驗，一百塊錢都成！」又催鄒始：「弟，你也抽呀！」

鄒始問：「師長，不磕頭，也能抽麼？」

老年和尚一愣，估計他還是第一次聽到這樣的問詢，想了想說：「可以，當然可以。國家提倡宗教自由，信仰自由，咱們響應黨的號召，當然不敢勉強呀！」

鄒始說：「我信仰一半，所以不磕頭，只抽籤。」

「行！」老年和尚說著，又敲響了小鑼。竹卦落地，兩塊皆仰。「施主，你心不誠呢。」老年和尚說。又敲鑼擲卦，兩塊皆俯。年輕和尚說：「菩薩曉得你沒跟他磕頭呢。」

兄弟倆對視一眼，抿嘴笑了。

鄒始說：「再擲一次，要不成功，我就磕頭。」

第三次，一正一反，順卦，竟成了。抽出一根竹簽，第八簽，上寫：「鳴鳩爭奪鵲巢居，賓主參差意不舒。滿嶺喬松蘿蔦附，且猜詩語是何如。」鄒始念了一遍，苦笑不已。

鄒原說：「師長，你這卦不靈驗，再抽一簽行不行？」

老年和尚說：「也行，不過得加收一塊錢。」

於是，鄒始又抽得一簽，第五十五簽，上書：「風吹浪急可行舟，只恐灘中有石頭。水火春情宜自省，小心撐去免憂愁。」

鄒原說：「弟，你近段時間要小心才是。」

鄒始道：「信則有，不信則無。你信，簽就靈驗。我信一半，也只靈驗一半呢。」

「一半你也要小心。」

兩人出了祖師殿，鄒原又說：「弟，就這麼個樣子，也沒啥看頭，咱們回吧。」

鄒始看看表說：「時間還早，既然來了，各處轉一轉吧。」

轉到後門的佛經流通處，鄒始見到了《大乘起信論》《楞嚴經》這兩本令他渴慕已久的佛經，不覺喜出望外，趕緊掏錢買下。他說：「我到過好多寺院，都沒買到這兩本書，沒想在故鄉的金泉寺買到了，真是緣份呀！」

又往回走，將去時漏了未進的觀音殿補上，進去觀仰一番。

正欲出門，鄒原向西邊一指道：「弟你瞧，那是個尼姑呢，長得好漂亮。」

鄒始這才認真看去，果見一個眉清目秀的尼姑，正低了頭在認真地閱讀 本經書。

尼姑見有人注意，彷彿害羞似的，趕緊捧著經書，將身子側向一邊，避開觀望。

這時，鄒始心中猛然一震，趕緊繞著跑到那尼姑面前。

尼姑複將身子移回，遞了一個背影給鄒始。

「毛冰！」鄒始突然一聲大叫，「是我呀毛冰，我是鄒始，你怎就跑到這兒當尼姑來了？」

尼姑不予理睬，反而唱歌似的吟誦起經文來。

「毛冰，你怎麼這樣絕情呀，毛冰！」鄒始又淒切地叫了一聲，轉到她面前，「你害得我們到處找，你怎就想出了這麼個餿主意，出家當尼姑呀！要不是今日碰巧認出，上哪兒去找你呀！」

尼姑慢吞吞地放下經書，冷冷地說：「施主，請你自尊，此乃殿堂聖地，不許大聲喧譁，更不許觸犯禁規，調戲女子！」

鄒始壓低聲音道：「毛冰，難道你真的不是毛冰嗎？出了家，就真的不認識我了？我是鄒始，不是偽裝的、假冒的、行騙的呀！」

尼姑仍冷冷地回道：「這裡沒有毛冰，只有慧玉；毛冰無人，慧玉乃我。」

「毛冰，你怎麼這樣絕情呀？」

「施主，我不認識你，更不知道什麼鄒始，請你走吧，莫要汙了佛堂清靜之地！」

這時，殿外進來一位鬚髮皆白、慈眉善目的老年和尚，他對鄒始說：「冰豈有毛，玉實有慧，施主莫要在此打誑語了。」

鄒始望望，定定神，也回道：「冰雪劃痕毛始現，璧玉須琢慧方明。」

和尚一愣，微微笑道：「想不到施主年紀輕輕，倒頗有幾分佛性呀！」

鄒始說：「草木動物，皆有佛性，況我萬物靈長，堂堂男子乎？」

和尚擊掌道：「好，看來施主深明我佛精義，敢問何方居士？」

鄒始搖頭：「居士不敢，對佛教極感興趣，做過一點研究。」

和尚說：「既入佛門，何必執著？毛冰慧玉，同居一理，萬變不離其宗。生生死死，死死生生，循循環環，往往復複，其勢無窮矣。」

鄒始歎道：「身在塵世，終是劣根難斷，還望師長指明。」遂掏出一張名片遞了過去。

和尚雙手接過，看了一眼說：「墨者黑也，報者抱也。冰炭雖不同器，抱黑卻能守白。」

鄒始點頭贊同：「敢問師長大名，金泉寺主持為誰？」

「我乃無明，實不相瞞，此寺主持即是老朽，慚愧慚愧。」

無明說著，雙手合十，口中念著「阿彌陀佛」。

鄒始激動地說：「想不到就此遇見方丈，學問深厚，年高德劭，欽佩欽佩！」

無明道：「竹影掃塵塵不動，月穿潭底水無痕。施主請看，毛冰已空，慧玉如斯。」說著向旁邊一指。

鄒始望去，毛冰不知什麼時候已走出殿堂，空餘一桌一凳而已。便說：「無明師傅，晚生就此告辭，後會有期。」

無明道：「桌上所遺之物，施主可帶往山下。」

鄒始走到桌前，唯見紙條一張，毛冰上書白居易《讀禪經》一首：「須知諸相皆非相，若住無餘卻有餘。言下念言一時了，夢中說夢兩重虛。空花豈得兼求果，陽炎如何更覓魚。攝動是禪禪是動，不禪不動即如如。」

出了觀音堂，鄒原問道：「你們都談了些什麼，似懂非懂的，我也沒聽出多大名堂來。」

鄒始不作回答，卻問：「那尼姑是什麼時候走的？」

「我只注意你跟那老和尚談話，也不知她什麼時候走了。」
「她就是我跟你談過的那個毛冰，大學同學，原來的女朋友。」
「你說失蹤不見的就是她？」
鄒始點點頭。
鄒原說：「她出家了，卻說不認識你，其實心底還戀著你呢。」
鄒始止步，問：「她還戀我，怎麼冷冷地待我，急急地躲開？」
鄒原說：「出家當尼姑，哪裡不好去？卻跑俺故鄉來了。」
鄒始心頭一震，滾過一股熱流，眼眶頓時濕潤了。
鄒原問：「我說的有沒有道理？」
鄒始點著頭，眼淚便無聲地流了出來，呆呆地站在山門口不願離去。
鄒原勸慰說：「時間不早了，咱們回吧。」又說：「弟，不論你站多久，也見不到毛冰的。就是見了，又有何益？過去的都過去了，就跟我的磚瓦廠一個樣，回不轉來了。弟，你要想開點，咱們回去吧。」
鄒原拉了鄒始往山下走去，鄒始木木地機械地跟著移動腳步。輪到鄒原長歎了：「弟，早知如此，真不該邀你來金泉寺的。」
鄒始說：「來得好，收穫不小。哥，你莫替我擔心，我一時的確有點接受不了，過一會就好的。」
行至湖畔，見有一艘機帆船靠在岸邊。正準備拿腳盆，圓圓等人跳下船頭與兄弟倆打招呼。
圓圓說：「見了花皮，我就曉得是你鄒大哥過來了。花皮這狗日的真乖，隔老遠就認出我來了。呀，這位是你弟弟？噢，城裡的大記者！正好一起上咱們家去做客。不去？不行！非去不可！接都接不來呢，既然來了，哪能輕易讓你們走啊！你們口福不淺呢，船上有十幾斤烏龜腳魚。今天晚上，咱們要好好地幹它幾瓶，玩個痛痛快快，鬧個一醉方休！明日，我就不留你們了，保證用機帆船把你們送回對岸。」

如此熱情懇切，兄弟倆實在難以拒絕，當晚便留在了牛欄崗。

二十八

農村包產到戶、責任到人後，上面也沒有什麼運動與活動，大不了每年夏季防汛搶險，冬天興修水利。忙過這些時日，家家戶戶便閒了下來。紫瓦村沒什麼文化娛樂設施，有些農戶買了黑白電視機，開始圍觀者踴躍，擁擠不堪。時間一長，大家對新聞聯播之類的節目不感興趣，只有功夫武打片能夠吸引一部分青年，古裝戲迷住年邁老人。新鮮感失去，觀眾漸少。

大家閒著，精力蓄著，總得找點事情做做才行。於是，打牌賭博、偷雞摸狗、蠻橫霸道、男女調情盛行一時。天高皇帝遠，紫瓦村一帶自成半封閉的循環系統，萬物諸事，大多自生自滅、順其自然。於是，村裡的治安保衛工作頗為混亂。

治保主任孫老二為此傷透了腦筋，也採取過不少措施，總是堵了這邊，垮了那邊，防不勝防。鄒啟明與樊立人等一班村委會成員也下狠心抓過，抓來抓去，總是老一套法子，都是鄉親百姓，從未動用公安、司法部門，皆為內部處理、內部解決，或說服教育，或罰款罰物。當時「消腫」，過後仍是外甥打燈籠——照舊（舅）。

搶割搶栽的「雙搶」季節就要到來，「雙搶」過後，便是上各家各戶催款交提留、交攤派了。

這事年年被孫老二視為一人難關。收款時，家家戶戶叫苦連天，什麼糧食減產呀，沒有賣到好價錢呀，再不然就是抱怨上面的攤派、稅收多如牛毛，總是不願交。他們指著孫老二的鼻子責問道：「孫主任，你憑良心說話，現在農藥、化肥什麼的連狗卵子都漲價，提留費也往上漲，什麼這稅那稅十多種，就只差放屁不交稅了，你說俺全交出去，這日子怎麼過？靠什麼活下去呀？」本來，他是催交提留做別人思想工作的，人家反而做起他的思想工作來了，且動之以情，曉之以理。孫老二無奈，只得說：「上面要求交，就得交。我也沒有辦法呀，希望大家體諒、支持我的工作。」涉及經濟利益與實惠所得，人家怎麼也體諒支援不起來。

治安混亂，提留稅收交不齊，孫老二年年挨批評，村幹部也跟著倒楣，上面每年規定的工資也只能發個百分之七十。這真是頂起碓臼唱戲——人吃了虧，戲又不好看。

一想到「雙搶」過後的催收各種款項，孫老二的頭皮就發麻。考慮再三，經過一番相當激烈複雜的思想鬥爭，他終於下定決心，辭職讓賢，說什麼也不幹治保主任這差使了。他不想這頂頭銜的風光，也不要每年的那份工資。只想退位種幾畝責任田，安安逸逸地過日子算了。

村委會一班人皆做孫老二的工作，要他就這麼幹下去，幹到底。有麼事，出了什麼問題，有村裡擔戴，不要他個人負責。孫老二鐵了心，回道：「你們總不能逼著牯牛下兒吧！」於是，大家便不好再勸了。

治保主任一職空缺，鄒啟明也著急，召開了一次會議，專門討論治保主任的新人選。大家討論來討論去，總沒有一個十分滿意的結果，不是這個太軟，就是那個沒有心計，提出的幾個人選都遭到了否決。

突然，樊立人就想到了鄒原。

一提鄒原，大家的目光一齊望向鄒啟明。

鄒啟明說：「這……鄒原恐怕不合適吧？」

有人叫好道：「行，鄒原準行，有心計，有本事，能動真格的，保管拿得下來。」

鄒啟明擺擺手說：「鄒原這娃哪行？只要他幹點正兒八經的事，總是成不了氣候。再說，他過去的一些事，弄得名聲也不好，讓他當治保主任，恐怕難以服眾。」

樊立人說：「鄒書記，我說句直話吧，不管白貓黑貓，抓住老鼠就是好貓！這話不是我講的，全國上下，都是這麼個調調，這你比我心裡更清楚。只要鄒原能拿得下村裡的治安工作，就能服眾。況且，他也不能算是一隻黑貓，大不了夠個花貓的水準。」一句話，說得大家笑了起來。

鄒啟明不做聲，仍那麼呆呆地坐著，一口一口地吸煙鍋。

樊立人又說：「你是擔心村委會裡出現爺兒倆，怕人家說閒話是不是？鄒書記，你莫怕，俺們先寫個東西報到鄉裡，鄉裡批下來，白紙黑字，正正規規，哪個不服？古人都講舉賢不避親，這個治保主任，哪個有本事，就哪個當！要是不服，可以讓他來換鄒原試試嘛。」

大家都勸。

鄒啟明將煙鍋一磕，說：「想不到，今日輪到大家來做我的思想工作了。也罷，就按你們說的去辦吧。少數服從多數，這是我們黨的民主集中原則，我鄒啟明不能搞獨裁呀！」

於是，村裡寫了一個簡要報告派人送到鄉裡。

副鄉長劉松林分管治安保衛這一攤子事務，報告呈到他手中，便給壓了下來。

劉松林心裡十分清楚，自那次審訊，抽了鄒原兩記耳光，踢了他一腳，他們倆從此便結下了冤仇，由同學朋友變成了實際上的仇敵。回想當時，對鄒原參與流氓鬥毆致死人命一案，他的確十分憤慨；加之剛上任，有不少領導參與審訊，為表示自己和犯人劃清界限、一刀兩斷，以博得上級好感，衝動之下，便上前給了鄒原兩拳一腳。後來多少弄清了鄒原犯罪的事實真相，仔細回想當時的情景，心裡不免有幾分後悔，畢竟是多年的同學情、戰友誼呀！他想挽回一點什麼，向鄒原父母解釋一下，或是前往江北農場去探監。想法歸想法，終於沒有行動。二十年，鄒原判了二十年，一輩子就這樣廢了，所有補救措施也沒有什麼必要了，搞不好反而弄巧成拙。沒想到僅只五年，鄒原就刑滿釋放了，他極想與鄒原談談，求得他的諒解，但礙於身分，便想俟機而動。可恨的是，鄒原首先俟機將他給廢了。如果說過去他還懷疑是別人所為（當然也不排除鄒原），但自上次原始磚瓦廠掛牌成立那天，兩人見面後，他分析來分析去，認為此事必為鄒原所為。是的，一定是他！他與南省的黑道頭目馬桶那麼親熱，鄒原當時肯定是利用了他。後來，傳聞鄒原也在黑道上幹過，並當上了老大，那天馬桶的一聲「大哥」更加證實了他的猜測。不是他，還有誰這麼大膽這麼具有心計呢？狗日的鄒原太可恨了，太缺德太無情太殘酷了！將男人最寶貴的東西給割了，斷子絕孫不說，還惹出一身的病症。媳婦老是鬧著要離婚，有時還受父母的責怪，說他不該把事做絕害得他們沒有孫子抱。劉松林真是啞巴吃黃連，有苦說不出，有苦只能往肚裡咽呀！背後，不少鄉村幹部叫他「劉太監」，群眾則呼他「假男人」「陰陽人」「公母人」，他好不傷心。有時真想抱瓶農藥灌下了此一生，但副鄉長的威風與實惠又使他不得不留戀於人世。況且，他還要報仇，報鄒原的仇！表面上，他與鄒原和和氣氣平安無事，背地裡也要來它一傢伙，置之於死地才行！老天有眼，一夜之間就讓鄒原的磚瓦廠澈底完蛋，逼得他上山當了半個和尚——守林員。沒想到他護林出色，村裡上報他的先進材料，鄉裡討論時也通過了，將他推薦到縣裡，參加全縣優秀護林員的評選。為此，他專門乘車去了縣城，活動了兩天，找領導找熟人列數鄒原過去的不法與不軌。最後，鄒原的優秀護林員硬是沒給批下來。在呈報縣裡的材料中，鄒原的事蹟十分突出，但沒批下來的也就他一人。沒批就沒批，鄉、村兩級，包括鄒原本人，誰也不會去計較這個不怎麼起眼的榮譽。沒想到這次村裡又提議他當什麼治保主任，劉松林覺得更應該壓著，不能讓他得志，一定要報一箭之仇！

壓了幾天，鄉長張斌問道：「聽說紫瓦村呈了一份什麼報告在你手上，可有這事？」劉松林只得說是有這麼回事。張鄉長說：「這可是你的失職了，不管怎樣，總得拿出來在會上研究討論一下才是呀！」劉松林說：「材料我看了，是報鄒原當治保主任一職，我認為此事有點不妥，便自作主張給壓下來了。」「妥不妥當，總得給下面一個回復。不然，我們的工作就被動了。」「小小一個村，父子倆人都是村幹部，那不成了鄒家的天下啦？」「你擔心他們父子倆到時候搞獨立王國是不是？這社會，畢竟是共產黨的天下。再能的人，只要不規矩不老實亂來，就沒有好下場！」「我負責治安保衛工作，關於鄒原的材料掌握的較多，他過去是我們專政的對象，現在卻請他出來當什麼治保主任，這不是太滑稽了嗎？」「鄉委會也有十來人，大家不是糊塗蟲，你怎就那麼不相信別人呢？是黑是白，拿出來討論研究，自然會見分曉的，真理越辯越明嘛！」張鄉長說著，拍了拍劉松林的肩膀，「劉鄉長，你這認真負責的態度和精神著實可嘉，但組織原則還是要講的！」

於是，在每週一次的例會上，劉松林只得將那報告拿出來念了，並首先闡述了自己的看法。出乎他意料之外的是，大家竟一致表決同意鄒原出任紫瓦村治保主任。口徑幾乎是一致的，皆說：「是驢是馬是人是鬼，拉出來溜溜不就知道啦！」又說：「不行再換嘛。」

村裡次要幹部的豁免與任命，無需呈報縣裡批准，只在鎮上備案即可。於是，鄒原出任紫瓦村治保主任一職，也就形成決議定了下來。劉松林表面上只得同意，暗地裡卻惱怒不已。他想，鄒原你再能，也會再有翻船倒楣的時候。那時，只要栽在我手裡，可就莫怪我劉松林不客氣了！你做得初一，我就做得十五；你做得毒辣，也就怪不得我狠心了！

至於劉松林怎樣尋找機會報復，那是很久以後的事了。不過，由此帶來的負面效應，也讓他栽了一個大大的跟頭。

二十九

樊立人代表村委會，上山找到鄒原，如此這般地說了一番。樊立人認為，鄒原會爽快地答應下來，並為此對他感恩道謝的。因為治保主任這個位子，雖然吃虧不討好，但在村裡，也算得上是一個十分風光的職務，不少人暗中求他，活動過許多次，他從工作的實際需要出發，才選擇推薦了鄒原。

沒想到鄒原並不熱心，他冷冷地說：「樊村長，我在山上待得很好，不願下山當什麼治保主任。」樊立人便做他的思想動員工作，要他從村裡的大局和利益出發，走馬上任。鄒原說：「難道我沒護好林，要撤換？」樊立人說：「哪能呢？正因為你護林出色，才得到高升呀！」「樊村長，我實在不願意高升，我看穿了一切，請你不要勉強我好不好？」嘴皮都磨破，鄒原就是不鬆口。樊立人說：「好個原娃，你連這點面了也不給我，看來只有去搬老將上山了。」便生氣地頭也不回地走了。

果然，第二天，鄒啟明便喘吁吁地爬上雞公山，來到了鄒原的木棚裡。

見面第一句話，鄒啟明便說：「鄒原，你怎麼狗子坐樹蔸——不識抬舉呀！大家給你臉面，你還故意扭來扭去個什麼呀你！」鄒原說：「爸，不是我不識抬舉，我在山上過得很好，實在不願下山呀！這個治保主任也不是那麼好當的，搞得好，圖個口頭表揚；幹得不好，那不是自己往籠裡鑽嗎？再說，我和你都在村委會裡頭，又有人要嚼舌頭根子了。」鄒啟明說：「這些，我都考慮過！兒啊，說實話，過去我的確看不起你，也覺得你太不爭氣了。自你辦磚廠後，我感覺你還是塊當官的料。你要幹得好，發揮得當，或許，今後還能有個出息的。窯垮洞塌，不是你的錯，也怨不得老天，更不能看破紅塵。人活一口氣，人活著總得要幹事。原娃，你在山上待著，也不能說你沒幹事，老這樣待下去，也會毀了你的。聽我的勸，下山去，好好幹就是了。從哪兒栽倒，就從哪兒爬起來。三十年河東，四十年河西。」最近，鄒啟明腦裡總是念叨著這兩句，一不留神，就溜出了口，「說不定，你會就此時來運轉的。」

父親已把話說到這步田地，鄒原也不好固執己見，只得同意下山赴任，但他說：「爸，我還在山上住，行啵？」鄒啟明說：「還是和咱們住一起住吧，你媽常念著你。唉，人一上了年紀，也喜歡圖個熱鬧，家裡太冷清了。」鄒原說：「我不想放棄守林這份工作。」「你想身兼兩職？」鄒原點點頭：「是的，拿兩份工資，攢幾個錢，也得考慮結婚成家了。」鄒啟明沉默不語。鄒原說：「你是怕我兩邊拉扯著不能勝任？」鄒啟明歎了口氣說：「你也是該結婚了，錢，我們也為你攢了幾個。不過，你自己能多存點更好，日子長著呢。」又問：「有相好的了嗎？」鄒原含笑點點頭。鄒啟明問道：「她是誰呀？」「到時候，你就知道了。」鄒啟明不便再問，只是說：「終生大事，一定要慎重啊！」

鄒原走馬上任，白天正正經經地在村裡辦公，晚上則仍回到山上木棚，有時也回家住上一夜。俗話說，新官上任三把火。鄒原想，剛剛上任，也得燒幾把「火」才是，把村裡的治安工作抓出點起色來，樹立一點威信，也不負大家的一片苦心。

於是，他找到魚叉，說：「這黑道上的事，你跟手下那些弟兄們說一聲，偷雞摸狗、打架鬥毆的事，莫要犯在了紫瓦村，要是有人不信邪，我就拿他開刀！」魚叉唯唯諾諾。

他又去找紫瓦村「管方」的雞蛋。雞蛋仍開著經銷店，店裡生意一如既往地好，他手頭也存了不少人民幣。人一有錢，日子好過了，也就安分守己起來，並不時地對手下兄弟們施捨幾個。但他還是紫瓦村的「黑大王」，那些小兄弟都得對他服服貼貼才是。鄒原對雞蛋說：「大家推舉我出來管村裡的治安，兄弟們也得給我抬抬轎才是，往後去，一些出格的事，恐怕都得收斂一下才是了。」雞蛋回道：「大哥不發話，我也會這麼做的。今後要是咱們道上出了事，你找我問罪就是了，諒他們也沒有那麼大的膽子。」

「雙搶」過後，村裡開始徵收提留款。一提起這老大難的問題，村幹部就頭疼。他們皆對鄒原說：「鄒主任，今年可就看你的好戲啦！」鄒原說：「陳年舊賬我不管，我想法子把今年的提留和稅款收齊吧。」眾人說：「過去的以後再說，能把今年的全部收上來，就很不錯了。」鄒啟明說：「鄒原，你一定要把握分寸，不能亂來。要記住，你現在的身分變了，是村裡的治保主任。一言一行，關係重大，要像個幹部的樣子才行呢！」鄒原說：「爸，你的話我記住了。」樊立人道：「咱們這裡，沒有什麼爸爸和兒子，只有書記和主任，都是同事、同志呢。」一句話，說得大家都笑了。

包產到戶之初，徵收提留時，由各組組長出面收齊，再交村裡。後來組長無法完成任務，便由治保主任負責，組成一個徵收領導班子，挨家挨戶，一組一組地收繳。

這次，鄒原想改變法子。俗話說，擒賊先擒王。將村裡最難纏抗交的制服兩個，這徵收工作就好辦了。他摸清了村裡有兩個著名的「抗繳專家」，一個是三組的馬有明，另一個是七組的肖良國。馬有明以軟磨手段著稱，肖良國以硬抗蠻橫出名。

鄒原叫來村裡幾個得力的基幹民兵。一番安排佈置，便準備行動。有人問：「鄒主任，咱們先下手哪個？」鄒原說：「我這人怕軟不怕硬，先找馬有明，再來對付肖良國吧！」

一行人來到三組馬有明家，馬有明聞訊早已不知去向，迎接他們的是大門上的一把鐵鎖。鄒原一見愣了神，這馬有明可真精，軟磨的法子也實難對付呀！撲了個空，又不甘心就此打道回府。圍著他家轉了一圈，突然就想出了一個主意。鄒原吩咐手下的民兵將他屋旁柴禾垛上的稻草拉下兩捆拿到屋後，劃根火柴點了。不一會，一股青煙嫋嫋上升開來。鄒原又命人大呼小叫：「著火啦，馬有明家起火啦，快來救火呀！」頓時，來了不少圍觀的群眾，被民兵們攔在一旁，不讓他們弄清事實真相，說大火正在撲滅之中，免得人多手雜添亂。

這時，馬有明不知打哪鑽了出來，他推開眾人，捶胸頓足地趕到門邊，打開鐵鎖衝了進去。鄒原跟著進到屋中，笑模笑樣地說：「老馬，你人好難找呀？」馬有明嚷道：「快救火，快幫我救火呀！」叫著撲進廚房內查看。轉了一圈，並未發現火源，馬有明急得手足無措。

「老馬，你就莫急了，是一場虛驚呢。找不到你的人，我只好拉了兩捆稻草點了。」鄒原打開他家後門，指著已經燃盡的稻草灰說：「你瞧，都燒完了，只剩一堆灰了。」又對門外的人喊，「黃髮平，你要鄉親們都回去吧，馬有明家沒起火，他屋後在熏肥，冒出了一股青煙，是有人搞錯了。」

馬有明癱坐在一把椅子上說：「哎呀呀，老天保佑，我還真以為起火了，苦膽都快嚇破。」鄒原說：「不這樣做，上哪兒去找你呀！老馬，你消息靈通呢，聽說我們今天要來收提留，就躲了個無影無蹤。」馬有明尷尬地笑笑：「哪能呢，我外出辦點事去了。」「就算你是辦事去了吧！現在，咱們把話挑明，大家把我推到治保主任這個位置上，還希望老馬你捧捧場，今年的提留稅款就全部交了吧！」馬有明攤開兩手說：「我哪來的錢呀？今年穀子減產，糧價又低，賣的幾個錢，一屁股債都還不過來，哪有錢交提留呀？還求大家開開恩，放俺一碼。」鄒原說：「看來你是不給我面子囉！」馬有明趕緊賠笑臉說：「哪能呢？你第一個就來俺家，是瞧得起俺，抬舉俺，俺哪能潑你的面子呀！只是太窮了，實在沒有辦法呀，不信你瞧，咱家裡讓你搜，就還剩幾個人吃的一點口糧，其餘的都賣掉抵債了。要是鄒主任不嫌棄，俺就把屋裡的這些穀子全交出來作為提留。」

鄒原起身在每個屋子查看一番，只有倉庫裡還剩兩擔穀，恐怕抵個三分之一的款子也不夠，便道：「老馬你就莫騙我了，你這些年的花花點子大家都曉得，你把穀子托你糧店的親戚賣了好價錢，再來哭窮，村裡收不到你的一分錢。沒有米吃了，你就去低價收人家穀子。這些，我都摸清楚了，這回還是老老實實、規規矩矩地交了吧！」馬有明一個勁地否認有這麼回事，簡直是滴水不進。鄒原火了，將椅子一摔說：「馬有明，你這人太不老實了，硬是要故意跟我過不去呀！我剛才看了一下，你家豬欄裡有兩頭肥豬，房前屋後有二三十只雞鴨跑來跑去，你還餵了兩隻羊，咱先把話說明，往後去，你的雞鴨豬羊要是給人偷走了、毒死了，可別來找我這個治保主任呀！」說完，扭頭就往屋外走。

倒是馬有明急了，他馬上拉住鄒原說：「哎，鄒主任，我交，全部上交。我曉得，你是黑……不不不，我是說你是治保主任，今後的安全還得靠你保障。鄒主任親自前來，俺哪能不交呢？再窮再苦也得交呀，提留稅款什麼的雜七雜八加起來不管是多少，我都交，全部交，一次交清，就是拆屋賣到處拉債也要交清！嘿嘿嘿，不過，往後去，還望鄒大主任多多關照呵，嘿嘿嘿……」

鄒原揮揮手，說：「只要你交了款子，一切都好說。」遂將會計馬大發等人叫了進來結帳收款。

下午，一行人便開往七組肖良國家。

上午打了一個漂亮仗，大家都很振奮，情緒高昂。鄒原對幾個基幹民兵說：「肖良國這人很有幾分蠻勁，以軟對軟，以硬對硬，上門找他，恐怕還得動點真格的才行。大家要見機行事，有什麼情況，我一衝上去，你們就要趕緊跟著動手。」又三番五次如此這般地交待了一番。

來到肖良國家，大門敞開，他沒有回避，而是坐在堂屋裡向外張望。見鄒原一行人來到，他馬上站起身，橫眉冷對地說：「聽說你們下午要來治我，俺早就作了準備。」

鄒原趕上前，笑嘻嘻地說：「老肖，是不是備了酒宴，給我們洗塵呀！」

肖良國道：「鄒原，你莫跟我嬉皮笑臉的，別人怕你，我呢，任是天王老子也不怕！」

鄒原仍笑站說：「老肖，常言道，伸手不打笑臉人；又說，來的都是客，接到上席坐。你這樣做，恐怕有點過分了吧？」

肖良國說：「別人怎樣待我，我就怎樣待別人。你們把我當作村裡的一個典型、一顆釘子來拔，就不覺得過分？」

鄒原道：「大家推我當這個治保主任，剛剛上任，還要靠各位鄉親抬樁捧場。老肖，也望你能諒解，把今年的提留、稅收什麼的，都交了算啦！」

肖良國想了想，說：「好，我給你抬樁，這樣吧，今年的提留我願意交一半，往年，我可只交了三分之一呀。」

「看來你給了我天大的面子？」

「可以這樣說吧。」

「老肖，你要是真正抬槓，就全部交了吧，免得大家都不好下臺。」

肖良國火了：「我給你面子，給你臺階下，你自己不知趣，就怪不得我了。要全交，一分錢一粒穀都沒有；交一半，我心甘情願地出。」

鄒原也火了：「一半我不收，要收就全部都收！好話說在前面，惡人做在後頭，咱們先禮後兵，看來不動點真格，恐怕是不行的了。」說著，朝後一揮手，「進他家去撮穀。」

幾個身強力壯的基幹民兵聞言就往屋裡衝，肖良國騰地跑到大門口，叉開雙腿，「唰」地一聲從腰間抽出一把菜刀揮舞道：「哪個敢上，老子就殺哪個。老子殺一個夠本，殺兩個賺一個！」左手又按到胸前，「老子腰裡綁了一圈雷管，殺夠了，就和你們這些狗日的同歸於盡！」

民兵們頓時止步，回頭望著鄒原。

鄒原一時傻了眼，他沒想到肖良國會這樣跟他玩命。此刻，他真是騎在了老虎背上，進退兩難。

肖良國一個勁地揮舞著菜刀狂叫道：「鄒原，你他媽想跟老子抖狠呀，還嫩了點。老子肖良國一輩子從來沒有怕過人。人家怕你，說你是黑老大，老子不怕！你現在臉一抹，又變成了紅老大，老子還是不怕。明裡暗裡，老子都不怕！狗日的，那麼多提留款，一畝田一百多塊，還有這稅那稅，加起來，老子一年算是白乾了！種田種地，一年上頭，勤扒苦做，幾張嘴巴都糊不上，這世界也太邪乎了……」

此時，鄒原的頭腦非常冷靜。肖良國說的也是實話，提留、稅款太多，種幾畝田地，養一家子人，過日子也難啊！不在其位，不謀其政，既然身在治保主任這個位子上，也就由不得他了。上面規定多少，就得催繳多少。這第一把火，一定得燒好燒旺，要是熄滅，今後就別想蹦躂了。

鄒原厲聲對肖良國說：「老肖，我勸你還是趁早把菜刀放下，把雷管解了！你抗交提留，持刀行兇，這是在犯法你知不知道？老肖，我們可以馬上撤走，不過，我會去派出所叫人來！」他開始編話嚇唬肖良國，「他們會把你抓去，關你的監禁，要人送飯送水；還會把你當作典型送交法院，判你的徒刑，三年五年，十年也說不準。這樣，你一輩子算是廢了。你一個人倒不打緊，只是苦了你一家人，他們都指望你過日子呢！老肖，你這樣鬧，到頭來遭殃的還是你自己！」

肖良國聽著，不禁默默地垂下了頭。他妻子也不知打哪跑了出來，哭叫著勸他放下菜刀。

這時，鄒原覷準機會，一個箭步躍上前去，猛地扣住他的手腕，一使勁，菜刀「當」地一聲掉落在地。肖良國的左手趕緊伸向胸口，說時遲，那時快，幾個基幹民兵見鄒原得手，一擁而上，迅速地扣住了他的左手。鄒原命人將他反手捆起來，解開他的內衣，果然就露出一排雷管。鄒原頭皮發麻，心裡湧出一陣後怕，要是稍有不慎，後果不堪設想呀！把他逼急了，什麼事都做得出來的，但是，不逼又有什麼辦法呢？不是村幹部叫苦，農村的基層工作也實在難做呀！

鄒原說：「老肖，你這行為，完全構成了犯罪，你自己說該怎麼辦吧！」

肖良國妻子跑到鄒原身邊，一把鼻涕一把眼淚地哭著要鄒原饒了他這一回。

鄒原不理會她的哭訴，只是冷冷地對肖良國說：「老肖，該怎麼辦，你自己說吧！交了提留款，咱們既往不咎，相安無事。要是不交呢，我立即派人把你押送到鄉派出所，還要撮走你家的稻穀。兩條路，你選吧！」

一直沉默著的肖良國不禁發出一聲長歎道：「鄒主任，今天我算是服了你！唉，過去我看扁了你，沒想到你倒真有幾下子。還有什麼話說呢？交吧，我認數全部交。」

一軟一硬給治服下來，村人都不敢明抵暗抗了，只得按核算的數字，一一交了提留款。村幹部、各組組長皆補發一筆為數可觀、長期拖欠的工資，上面提成的款項也一一上交。於是，紫瓦村的提留徵收工作第一次受到了表揚，大家皆大歡喜。

第一把火燒出了顏色，燒出了名堂，鄒原以後的工作便好做了。鄉間鄰裡，經常為屋基、地皮、田界等一些雞毛蒜皮的事鬧出大的糾紛，有時發展到兩家相鬥乃至家族間的紛爭對抗。村幹部難以管下來，有時只能眼睜睜地看著事態惡化。而今，鄒原一去，事情就迎刃而解了。聽完兩邊的申訴，弄清事實真相之後，他便作出決斷。他的決斷便成了雙方必須遵守的公理，你服也得服，不服也得服。

一次，一王姓人家對鄒原的裁決不服，他一拍桌子，大聲喝道：「你不服氣？好，跟我到村委會走一遭！」將當家的男人王啟帶到會議室，說：「你不聽從裁決，想把事態鬧大是不是？鬧出人命了好打官司抵命是不是？好吧，你自己拿出一個更好的裁決來吧，只要你能說服我，就照你的辦！或者，乾脆這樣，你來當治保主任，我扮演你的角色，由你來審問裁決吧！」王啟說：「我哪能當治保主任裁決你呢？」鄒原一聲斷喝道：「那你就得聽我的呀！」王啟想不出辯駁的邏輯，來文的不行，動武更不是他的對手，垂頭喪氣地獨自一人在那空蕩蕩的會議室裡憋了兩個小時，當鄒原再次出現時，他迫不及待地說道：「鄒主任，我聽你的。」鄒原問：「想通了？」王啟說：「就算是想通了吧！」「不成，我不能勉強你，通就通了，沒通就沒通，哪能來一個就算是呢？」「好，我通了還不行嗎？關在這裡真不是滋味，你快點把我放出去吧！」鄒原緊抓不放：「口說不為憑，寫張保證書，立個字據吧！」王啟只得歪歪斜斜地寫了一張保證書。

出去後，他對人說：「鄒原的裁決，今後大家只管聽就是了，給他叫去關在村委會裡頭，真不是個滋味！」人家便問鄒原是怎樣整他的，他說並沒怎麼整，反正不是個滋味，寧可吃點虧，也不願再讓他給叫去了。

於是，眾人更是服了鄒原。他說一不二，判了就執行，沒有半點通融的餘地。一時間，提到村裡的幹部，眾人彷彿忘了其他人的存在。在某種程度上來說，鄒原的威望，甚至超過了父親鄒啟明。

三十

在桃子心中，她早已把鄒原當成自己的丈夫。

兩人的感情越來越深，達到了如膠似漆、難捨難分的地步。好幾次，桃子都想留在山上過夜，只恐引起母親的懷疑和擔心，才不得不與鄒原告別，一步一回頭地走下雞公山。

母親的病情日漸沉重，好在有桃子在身邊精心照護，端茶倒水、洗衣做飯、煎藥熬湯，也不感到孤寂難受。但是，她的病總是斷不了根，就那麼病病怏怏地拖著，拖了十好幾年。這罪，桃子媽受夠了，桃子也受夠了。但她不敢有半點表露，只得默默地承受，儘量侍奉得周到、精心一些，給母親以溫暖和愉快，心中時常祈禱著母親的病症早日康復。她母親小名杏子，大名童志英，自打嫁給張部才後，人家就忘了她的姓名，只叫她張大嫂。張部才在興修水庫的一次爆炸事故中因公而亡，她便守了寡，後來有了桃子，人家便叫她桃子媽。桃子媽一病就是十幾年，拖累了女兒，她於心不忍。剛開始，她積極配合著診治，想早日恢復健康。可後來，也就死心了、絕望了。桃子身前身後地侍奉著，她不想傷女兒的心，只得裝出一副笑臉，儘量支撐著，忍著吃藥。可心裡頭，卻時常謀劃著怎樣解脫了。一根繩子，朝梁上一懸，什麼苦痛也沒了，但她捨不得桃子。「紅顏薄命」，沒想到這句話又應在了女兒身上。漂亮聰明的桃子，偏偏選了個守林員嫁給他，活得跟尼姑差不多。只要小倆口感情好，倒也罷了，沒想到厚彬命短，竟一時想不開自殺，撇下桃子一人守活寡，走上了她的老路。這輩子，桃子媽就是吃了守寡的虧，要是嫁個男人，日子不會這麼清苦，興許也不會落下這個診不斷根的病症。唉，一念之差，一切都晚了，只是不能讓桃子再這樣淒淒慘慘地活下去了。

這日，桃子媽瞅準一個機會，將話題自自然然地轉到了桃子再婚的事上。她說：「桃子，你老待在娘家，也不是個事。這樣子下去，都快成我的影子了，會害你一輩子的。前幾天，有人來說媒，男方是雙龍村的，還是個童男，沒有結過婚。他家就他一個獨子，家裡也富裕，我不敢作主，就看你自己的意思了。」桃子說：「媽，我走了，你一個人咋辦？」「我已是半截身子入土的人了，我的事，你甭管。你的日子還長，只要你過得好，媽就是死，也閉得上眼了。」「我知道，老這樣待在家也不行，總得傍個男人過日子才是。我想，要是再嫁人，能把您帶去一起過日子就好了。」桃子媽嗔怪地說：「桃子，你想讓人家看笑話、嚼舌頭根是不是？娘哪能跟你一起走呵，一老一小，兩個寡婦，成何體統呀！」桃子連連解釋說：「媽，你誤會了我的意思，我是說我先嫁過去，再帶您去那邊養老。或者，讓對方做個上門女婿。」桃子媽道：「你的婚姻大事要緊，不要盡想著我，只要你自己滿意就行了。就我剛才說的，你願不願意，說一句，我好給人家回個話。」桃子囁嚅著說：「媽，其實，我心裡早就有人了。」「誰？」「他是……是……媽，到時候我自會告訴你的，他是一個蠻不錯的人，我很滿意，我想你也會同意的，只是……咱們還沒有商量結婚的事。」桃子媽說：「只要你願意，我也沒意見。經過了第一次婚姻，你自己更是做得了主。早點定奪下來，完成一樁大事，也了卻俺的一樁心願。」桃子說：「媽，你的話，俺聽進去了。」

桃子與鄒原在一起，也曾談過結婚，建立一個新家庭的大事。是的，老這樣偷偷摸摸，日子一長，免不了會被人發覺蜚短流長。但是，他們倆還只是談談而已，沒有涉及到有關婚姻方面的具體事宜。自與母親那次談話後，桃子便於一個傍晚去了雞公山。木屋外一把「鐵將軍」鎖門，桃子掏了鑰匙進到屋內。如今，鄒原常常是一天到晚兩頭跑，早晨下山，晚上回木屋歇息。桃子白日上山找不到鄒原，偶爾在村裡遇見，人多嘴雜，也不便多說什麼。好在手頭有鑰匙，來到山上，鄒原人不在，便進屋為他收拾整理一番，有時還像個主婦一樣，做好晚飯，靜靜地盼著他的歸來。山高林深，人跡罕至，他們倆來往隱密，從未被外人發覺什麼。

呆呆地坐了一會，鄒原便推開了木門。一見桃子，鄒原迫不及待地將她抱在懷裡。兩人親熱一番後，桃子說：「鄒原，你現在村裡混了個一官半職，當得風風光光，也幹出了起色，我咂摸著配不上你。正好雙龍村有人來提親，我想還是答應人家的好。」鄒原一聽，急了：「你答應人家了？誰說你配不上我？我鄒原幾斤幾兩，人家不清楚，難道你還不清楚？桃子，我要娶你，馬上娶你！咱們現在就去鎮上領結婚證好不好？」桃子道：「那……我就把那邊的退了？」「早就應該退嘛！」「還有件事要跟你商量，不知你答不答應……」「什麼事，儘管說吧。你要天上的星星，俺也要去把它摘下來。」「誰要你去摘星星了？老人們說，天上一顆星，地下一個人。你摘一顆星星，地上就得有一個人要死了。你可千萬別去摘星星呀！」面對桃子的癡情與天真，鄒原既幸福又好笑，他說，哪個真的就去摘星星了，那麼高，怎能摘得夠？桃子噘起了嘴唇：「好啊，原來你是在哄我騙我呀！」鄒原連連解釋，說他是真的，一切都是真的，為了桃子，他可以把一顆心掏出來。桃子說：「咱們結婚後，我想把媽接在一起過日子。」鄒原爽快地答應道：「行，就把她接到山上來住吧！」桃子連連搖頭：「我想把家安在山下，在山上這木屋裡，我是不會跟你結婚的。過去的事，你又不是不曉得，我不願讓死去的厚彬傷心。再說，俺媽在山上也待不慣。」「那……」鄒原犯難了，「我們就去和我爸媽一起過吧。」「和你爸媽一起過，三個老人在一起，弄不好就有矛盾，我看……咱在村裡單門立戶好不好？」「也成，就聽你的吧。」

商量完後，鄒原將桃子送到山下，分手時，鄒原說：「我明天要去鎮上開一個緊急會議。後天有空，咱們去打結婚證吧。先把手續辦了，就光明正大合理合法了。就後天，行麼？」桃子點點頭，踮起腳，勾住鄒原的脖子，兩人深吻不已。

回到家，桃子仍激動興奮，感到萬分幸福。桃子媽已躺在床頭，她便坐在床沿，將頭靠在母親懷裡，把這些年來與鄒原的戀情糾葛及今日的商量決定，滔滔不絕地對母親毫不保留地說了。

桃子媽一言不發地聽著。桃子講述完畢，她仍是一言不發。

桃子拉著母親的胳膊，道：「媽，你怎麼啦？你倒是說話呀！」朝母親臉上望去，見她目光呆滯、面無血色，彷彿一座木偶泥塑。桃子急了，忙問：「媽，你怎麼啦，你到底怎麼啦？」焦急地撲在媽身上，好一陣搖晃。

桃子媽終於回神來，她雙手捶打在蓋著被子的雙腿上，淚流滿面地哭叫道：「作孽啊，真是作孽啊！老天，我到底犯了什麼罪，你要這樣懲罰我呀！」

桃子慌了神，不知哪兒觸犯了母親，一個勁地哀求、哭勸不已。

桃子媽哭過一陣，漸漸冷靜下來，她摸著桃子的臉蛋道：「桃子，俺的命苦，沒想到你也是這般的苦命呀！桃子，有件事，我一直瞞著你。過去，我不願講，也沒有臉對你講，我想就這麼埋在心裡頭，一直到死。不到死的那一刻，我是不會對你講的，可是今天，我非對你講不可了……」桃子媽仰頭望著屋頂，慢慢陷入了回憶。

沉默。夜風將屋後的樹林、竹林吹得颯颯作響。

「唉，」桃子媽一聲歎息，「桃子，還是長話短說吧！你父親並沒有死，他還活在世上，就在咱們紫瓦村。」桃子一驚，立即問道：「媽，他是誰？這到底是怎麼回事？」「那死去的，是你名義上的爸爸，你是在他死後兩年才生下來的！」「那……我爸到底是誰呢？」「你真正的爸爸不是別人，就是村裡的鄒支書——鄒啟明！」「啊！」桃子如五雷轟頂，「這怎麼可能呢？媽，你騙我，不是真的，你在騙我！」「桃子，是真的，都是真的，媽怎會騙你呢？你那爸死後，我也不想活下去了。一女不嫁二夫，那時候，俺腦筋不像你們現在年輕人這麼開放，封建得很啦！我找出一根繩子，懸在屋樑上打一個扣子，搬了凳子站在上面，將頭伸進繩扣，腳一蹬，凳子倒了，繩扣勒得我喉嚨呀呀呀地響，真痛呀，難受極了。到了這時，我不禁後悔起來，可事已走到這般田地，後悔也來不及了，只有等死的份兒。突然，一個人踢開房門闖了進來，我的身子被人托起，繩扣從脖裡取下。我睜開眼睛，發現自己躺在一個男人懷裡，再一看，這男人不是別人，正是村裡的鄒支書。他說：『我就知道你會想不開，年紀輕輕的，可要活下去呀，怎能想那條絕路呢？』以後的事，我不說，你也會知道。你那名義上的爸爸是在修水庫燃點炸藥時被石頭給砸死的，鄒書記主持公道，拿出一筆撫恤金給我，還經常關心我。那些年，糧食緊張，常鬧饑荒，他省下自己的口糧，也要給我送來一份。日子一長，我就對他產生了感情。桃子，這不能怪鄒書記，你要罵要恨，就罵媽恨媽吧！俺想，我的命都是他救的，還有什麼東西捨不得給他呢？後來，就懷上了你。也想去打胎，但我捨不得，捨不得呀！不管是兒是女，都是俺的命根子呀！我頂著壓力，頂著人家的臭罵，硬是把你生了下來。一切罵名臭名，都由我承擔了，我沒讓人知道你是鄒書記的姑娘。人家懷疑這個，懷疑那個，也懷疑過他，但沒有把柄，只能瞎胡猜，誰也拿不準。鄒書記愛人肖玉蘭也猜疑過，因為那段時間，他往俺家跑得勤，瞞得別人，瞞不了她，可就她也不敢肯定。這事能拿個準確，心裡清清楚楚的，只有我跟你親爸。我們想就這麼瞞著，一直到死……真沒想到，你會跟鄒原，兩人鬧起了自由戀愛，你們可是同父異母的兄妹呀！唉，都怪我這個老不死的，要是早點告訴你，也不會出現這樁事。報應，真是報應啊……」

輪到桃子發怔發愣了，同父異母，原來她與鄒原是同父異母啊！僅僅是戀愛關係，也算不得什麼，可是，他們早已超越了那道界限，成了實際上的夫妻，恩恩愛愛、情感交融、海誓山盟呀！遭孽，真是遭孽！頓時，一種犯罪感緊緊地攫住桃子胸口，她感到自己喘不過氣來，陣陣揪心的疼痛漫過全身，眼前一片昏黑，她感到自己兩腳踏虛，跌入了無底深淵，正飛速地往下墜……她的心懸在空中，驚恐萬分，手足錯亂，突然「啊」地叫了一聲，發出一陣「哈哈哈」的狂笑，便暈了過去……

桃子醒來時，已是第二天上午九點左右。她像患了一場大病似的，飲食不思，全身疲軟。桃子媽強打精神，拖著病體做好飯菜，端到她面前，眼淚汪汪地勸她吃下去，勸她想開一些，既然已經知道了事情的真相，現在回頭不遲。下狠心割斷兩人的感情，只要雙龍村那個小夥子人品好，就將那門親事答應下來，趕緊出嫁。嫁過去，日子一長，就什麼都忘了，一切都會好起來的。

桃子扒了幾口飯，喝了一點米湯，搬把椅子坐在屋前稻場中間曬太陽，望著藍幽幽的天空發悶發呆。

捱到紅日西沉時分，桃子說：「媽，我想通了。雙龍村那人，不管他是聾是啞，是瘸是跛，是瞎是殘，我都認了。要他們抓緊辦，趕緊成親。媽，生成的苦命，沒得半點法子呀！」桃子媽又垂淚：「桃子，都怪媽沒能耐。」桃子說：「媽，我不怪你！真的，我也是過來人了，我能理解你。再說，要不是有過去那回事，這世上還沒有我桃子呢！媽，我現在只信命，是福是禍，該怎樣的，你躲也躲不脫。」

吃過晚飯，桃子又對她媽說：「媽，我這就上雞公山去一趟，跟鄒原見上一面，把這些講清楚。我和他，畢竟還是兄妹呀！」說著又哭了。

桃子媽又勸慰，桃子擦了淚說：「媽，俺不用你勸，俺都懂，什麼都明白，不用你操心。」說完後便動身往山上走。桃子媽在她身後叮囑萬分，要她早點下山回家，免得讓人牽腸掛肚。

桃子恍恍惚惚地走著，一切都在夢中，她弄不清楚自己到底置身何種境界。生的煩惱與痛苦使她厭倦了一切，死的解脫與超越是那樣強烈地誘惑著她。她真想一死了之，以擺脫不時湧上心頭的負罪與痛苦。腳下是山谷，雙腿一躍，人間的所有罪過就會從此忘卻、洗刷得一乾二淨。但是，她不能這樣做！她有母親，她還要告訴鄒原事情的真相，她還想認認親生的父親。在嫁走雙龍村之前，一定要尋個機會，叫上一聲父親，以了父女之情。

她往上爬著，向四周的景物作著告別。今後，上這山崗的機會就少了。

來到木屋，鄒原開會未歸，她掏出鑰匙進到屋內。將一應物什收拾齊整，天色便暗了下來。可鄒原還沒回家，她急煎煎地走到屋外，走出樹林朝山下張望，仍不見他的影子。她想下山回家，但又不能就此離開，一定得等上鄒原，見他一面，訴說原委，兄妹相認。便又回到屋內，虛掩房門，點了油燈，呆呆地等待他的歸來。

山風很勁很冷，桃子坐了一會，不覺全身發抖，便端燈進入裡屋，和衣靠在床頭，將被子蓋在身上。

鄒原到底幹什麼去了？鄉上的會怎麼開得這長？夜深了，他該不會在村中父母家過夜吧？疑疑惑惑地盼著，想著，疲倦漸漸襲來，上下眼皮直打架，不知不覺就沉入了夢鄉……

桃子做了一個離奇古怪的夢。她夢見自己嫁走紫瓦村，雙龍村來接親的是一支清一色的船隊。七八隻木船載著民間鼓樂隊，載著桃子媽，載著桃子的嫁妝，載著送親的隊伍，向牛浪湖中心劃去。突然掀起一陣滔天巨浪，水中躍出一頭長著四隻角、似牛似馬的怪獸。怪獸張著血盆大口，露出長長的獠牙，一口一個，一口一個，將幾隻船上所有的人全部吞進肚裡。只剩下桃子一人了，她驚慌失措地後退，拼命地叫喊。那頭怪獸徑直撲了過來。她沒被怪獸吞吃，而是被它壓在了身下。桃子被壓得喘不過氣來。想叫，叫不出聲；想動，動彈不了。怪獸又張開了血盆大口，對準她腦袋慢慢伸了過來。桃子感到自己的腦袋鑲嵌在了它的上下獠牙之間，她拼盡了所有力量掙紮反抗，發出一聲淒慘的叫聲……

桃子真的叫出了聲，她從惡夢中醒來，睜眼一瞧，見一面目猙獰的陌生男人正兇神惡煞地壓在自己身上，跟夢中所現相差無幾。頓時，桃子又是一聲尖叫。那人驚恐萬分地拉過枕巾，狠命塞進桃子口中。桃子拼命反抗，兩腳踢蹬，雙手抓撓。

那人惡狠狠地吼道：「他媽的，你再動，老子一槍斃了你！」

桃子一瞧，果真有一支黑乎乎的手槍頂在自己腦門。這陌生的面孔，這冰冷的手槍，是打哪兒冒出來的呀？她不明白眼前發生的一切，她無法反抗，只得聽憑歹徒的暴虐。她在心底急切地呼喚著鄒原，原哥我的親哥，你快來救救你的妹妹吧！桃子的眼淚滾了出來，她忍受著無法忍受的折磨與痛苦。喚不回鄒原，只有依靠自己了！她不能便宜這個歹徒！就是活下去，也無臉見人了，橫豎是一死，一定要將這個兇惡的傢伙了結。桃子暗暗積蓄力量，等待著機會。

那傢伙按著桃子，吭哧吭哧地一陣發洩過後，就從桃子身上移開，站在床前穿褲子。桃子的目光落在那柄剛才頂過她腦門的手槍上。那傢伙急欲發洩，將手槍放在了桃子脖子旁。她對厚彬的那杆雙管獵槍並不陌生，她知道只要將指頭伸進環扣，扣動扳機，槍口就會冒出兩團火光。她在電影電視上見過手槍的模樣，但在現實中，還是第一次見到真正的手槍。她想，這手槍跟獵槍的使用，肯定沒有兩樣。於是，桃子瞅準那傢伙低頭尋找什麼的機會，迅速地抓過手槍。那傢伙聽到床上有響動，急欲抬頭，正好桃子側過身來，對準他的腦袋，狠命地扣動了扳機。「砰」地一聲巨響，桃子眼前濺起一團血光。

那傢伙來不及哼叫，便倒在了地上。

桃子被這聲巨響驚得丟魂失魄，全身顫抖不已。過了一刻，才慢慢鎮靜下來，朝床下一望，那傢伙一動不動地躺在地上，腦袋浸泡在汪汪的血泊之中。

桃子穿好衣褲下到床前，恐那傢伙不死，又端起了手槍……她不知哪兒來的一股勇氣，對準那傢伙胸口，雙眼緊閉，扣動扳機。「砰」，又是一聲清脆的槍響。

兩聲槍響過後，桃子雙腿一軟，癱坐在地。望著地上斃命的歹徒，回想剛才發生的一幕，又想了好遠好遠，好多好多。她想到了自己不明不白的身分，苦難的童年，倒楣的命運，想到了母親、鄒原、厚彬、鄒啟明……

故人往事，走馬燈似的在她腦海裡轉來轉去。後來，她就停在了對厚彬的回憶中，她恍惚見到了真實的厚彬，見到了他臨死前的一幕……厚彬擺弄獵槍，正在對準自己的胸口……是的，厚彬在做示範動作呢，這時的桃子，也慢慢地舉起了手槍，學著厚彬的樣子，將槍口對準自己胸膛……厚彬笑著向她招手，她的臉上浮出一抹燦爛的笑容，越過厚彬的身子向前繼續望去，便看見了一道金燦燦的光芒。桃子追尋著光源之所在，頓覺自己身輕如燕，正拍動雙翅飛向遠方……她來到了天堂，她站在了天堂那扇厚實而寬闊的大門前……

桃子終於扣動了扳機。

在一聲轟然巨響中，天門大開，仙樂陣陣。桃子見到了金碧輝煌的天堂，她洗刷了一切過失與原罪，變成了一位純潔美麗的天使，翩然飛向引吭高歌的仙子行列……

三十一

鄒原在鎮上參加的是鎮派出所召開的一個緊急治安工作會議。全鎮五鄉三十多村的治安幹部全都列席參加，縣公安局副局長王致祥專程趕來主持召開這次會議。

王局長在會上宣讀了一份由公安部簽發的全國通緝令。令中稱，罪犯王××持槍搶劫銀行未遂，當場開槍打死銀行職員三人，在逃竄途中，又射殺無辜群眾兩名。該犯現年三十二歲，身高一米八。平頭，濃眉，大眼，口闊，鼻突，操東北口音。該犯當過兵，槍法準，為人機詐狡猾，心狠手辣，持有「五四」式手槍一支，子彈若干發，並攜帶匕首、彈簧刀等短兵兇器多件。望各有關部門接令後嚴加防範，保護好人民的生命財產，務必將此全國特大持槍搶劫殺人犯早日捉拿歸案或就地消滅。

通緝令念畢，一片肅然。王局長環視了一下會場，正正帽子，繼續往下說道：「同志們，該犯十天前曾在武漢街頭露面，堵截未成，繼續南下逃竄，現已進入我們臨安縣境。至於具體去向，暫不明確。據分析，該犯意欲逃竄深山老林，暫避風頭，然後伺機行事。照此看來，他很有可能逃到了我們這裡。青龍山脈和臥龍山脈這兩處，大山接小山，山山相連；大洞套小洞，洞洞相通；加之林深樹密，山谷幽幽，只要竄入其中，我們就像大海裡撈針，難以抓獲了。因此，會議結束後，各鄉、村治保幹部應緊急動員所有基幹民兵，把好路口、村口、山口，步槍、獵槍、鳥槍、刀叉、棍棒之類的武器都要排上用場。必要時，還可深挖陷阱。同志們，這是一場十分嚴峻的任務，弄不好，是要付出流血代價的。但是，為了保護人民的生命安全，我們不能膽怯，不能怕死，要衝在最前面，不能繼續讓罪犯為非作歹了！同志們，要將此犯活捉，可能性極小，一旦發現，大家可以搶先下手，置他於死地，不留後患！」

王局長做完動員報告，鎮派出所肖所長就有關防範保衛措施作了具體安排。參加會議的治保幹部大多是第一次遇到這樣的情況，並且深知對手兇狠狡猾，心裡不免陣陣發毛。可膽怯是一回事，工作又是另一回事，大家都表示要嚴肅認真地做好這次的保衛工作。

鄒原並無半點懼怕，只是擔心誤了與桃子的相約。情況緊急，看來明日與桃子打結婚證的事，得往後推遲幾天了。夜長夢多，這樣地想著時，鄒原心裡不知怎麼就湧出了一股不祥的預感。他儘量不往深處去想，趕緊轉移到別的事情上去。

鄒原準備抽空去桃子家說上一聲，改日相約個好日子再去辦理結婚證。況且，他還沒有徵求父母的意見，桃子一個寡婦，他們會同意嗎？管不了那麼多！戀愛自由，婚姻自主，任誰也攔阻不了！不管怎樣，總得跟父母說上一聲，也算是對他們的尊重與孝敬呢。

但是，鄒原一回村，就將桃子的事忘得一乾二淨了。他趕緊召開各組民兵排長會議，將各路口、村口、山口的守衛工作一一作了部署。他自己則準備親自帶領一支十八人的精悍隊伍，檢查督促，四處巡邏，以防不測。

會議結束後，各組民兵排長皆領命而去。這時，雞蛋來找鄒原，說魏承彪家今晚將有一場大賭。

農忙過後，紫瓦村打牌賭博之風十分盛行，什麼麻將、骨牌、花牌、撮牌、雀牌、撲克等紛紛出籠上桌，變成了賭錢的工具。村民們雖賭，但賭金不大，也沒有那麼多的資金去大輸大贏，最多也就那麼一二十元的進出，純粹打著玩沒有什麼意思，總得來點刺激才行。這，也可以算是鄉民們的一種正當娛樂，對治安保衛工作無甚妨礙，鄒原也就睜隻眼閉隻眼，只是說道：「上面要是來檢查，可就不許賭錢了。」又說，「大家玩點小錢情有可原，但要儘量做得隱蔽一些才是，不要明目張膽地把錢放在桌子上打。大家給我面子，我才會給你們面子。」但是，村裡也有一個大賭戶主魏承彪。他承包果園賺了幾個錢，便經常性地大賭，少則近千，多則上萬地賭來賭去。賭客十分廣泛，分佈在兩省境內的三鄉二十村，也有縣裡、鎮上的賭客光臨。魏承彪家住黃山頭，幽靜隱蔽，人跡罕至，自然便成了一個天然的賭場。鄒原為此曾專門上山找過魏承彪，要老魏給他抬椿，今後莫在家裡賭錢了。鄒原說：「都是熟人、鄉親，咱們互相給點面子吧，只要你不在村裡、在你家中大開賭場就行了，至於你去外地賭，賭多大，我都不管，也管不著。」魏承彪唯唯諾諾，說今後要賭，到外地去就是了，決不讓鄒原為難。鄒原道：「有你這話，我這個治保主任就放心了。不過，咱把醜話說在前面，要是真犯了，可別怪我抹臉不認人呀！」魏承彪說：「那自然是。」以後的日子，的確風平浪靜，沒有聽到魏承彪大開賭場的風聲了。鄒原偷偷轉過幾次，也平安無事。沒想到，正在這個節骨眼上，魏承彪竟熬不住，要開賭戒了。

雞蛋說：「早晨，一個人在我店裡買煙，我一眼就認出來了，正是魏承彪過去的一個賭友。當時我不在意，後來又來了兩個，我便留心了，要兩個小兄弟去前山周圍轉了一圈，從南邊也偷偷摸摸地過來了不少賭徒。我估摸著這是一場大賭，不少於十人。」

鄒原聽後十分氣憤，魏承彪這傢伙怎能這樣說話不算數？這可怪不得他鄒原了，便決定晚上親自帶人去抓賭。不過，魏承彪這夥人也是不好對付的，涉及幾萬元的賭款，他們也十分謹慎，外面起碼布兩道崗哨，人人腰間別有刀子，有的甚至還帶有自製火槍。鄒原不敢大意，便將留作巡視的一行人改為去抓賭。他想，只要各個道口布守嚴密，防範得當，就不會出什麼事了。況且，逃犯王××哪能就真的會竄到紫瓦村一帶呢？沒想到，正是鄒原的疏忽與分心，導致了王××的漏網。

民兵們相互傳說著罪犯王××如何厲害本領如何高強，他從東北竄到長江以南，好幾千里的路程，各地戒備森嚴，卻如入無人之境，逃得無影無蹤。可想而知，他該是何等的武功過人了。於是，大家就產生了一股畏怯懼怕的心理，警戒自然鬆弛，給王××提供了可乘之機。

王××逃出包圍圈，竄入青龍山脈後，更是放心大膽、有恃無恐。他不知怎麼摸到了雞公山上的密林，發現了一個木棚子，本想弄點東西充饑，偷偷摸摸地弄開虛掩的人門進到屋內，在搖曳的燈光下，見一美女昏昏沉沉地躺在床上。他機警地搜查一番，屋裡沒有別人，就只這個美女。頓時，食欲拋諸腦後，壓抑已久的性欲使他獸性大發。即使這種時刻，他也沒有忘記防範，恐外人闖進，輕手輕腳地閂上木門，再回到內屋。死死地盯著桃子，眼睛燃燒著一股邪惡的欲火，瘋狂地撲了上去。

面對柔弱的女人，他不需防衛，只是大肆蹂躪，發洩欲望之火。但是，他萬萬沒有想到，一輩子機警過人、狡詐兇殘，最後卻栽在一個柔弱女子之手。他來不及後悔，來不及掙紮，就在桃子那一聲復仇的槍聲中一命嗚呼了……

鄒原帶著獵狗花皮及一干人繞過崗哨的監視，猛地踢開謝承彪家屋門，一夥賭徒頓時驚得呆若木雞，一個人也不敢動彈、反抗。正在這時，便聽到了雞公山傳來的清脆槍聲。槍聲一響，鄒原便預感出了大事，慌亂、後悔、煩躁、擔憂的複雜情緒一齊湧上心頭。他迅速命人將桌上、賭徒身上的鉅款全部沒收，留下兩個民兵處理後事，自己則帶著其他人匆匆奔向雞公山頂。臨走時，他對魏承彪吼道：「都是你，打亂了我的安排，要是出了什麼大事，我非找你算帳不可！」

隔老遠，就見到了木棚內的燈光，他們不敢貿然行動，皆匍匐著一寸一寸地往前移動。來到屋外，鄒原環顧四周，未見半點動靜，他端著一支老式步槍，猛地躍起身，一腳踢開木門，衝進屋內。

於是，他見到了倒在血泊中的桃子與逃犯王××。頓時，鄒原眼前又驀然湧起一道血光，沖天而上，彌漫了大半個天空。

桃子籠罩在這片血光之中，正含笑向他走來。

桃子渾身是血。

桃子變成了一個血人。

桃子正一步一步地走向鄒原，他驚恐萬分地步步後退……

＊＊＊

桃子被追認為烈士。追悼會那天，省裡、縣裡都來了人，還來了不少新聞記者，幾台攝像機攝影機對準了紫瓦村及雙龍山脈的山山水水與純樸的農民。

桃子媽，這位烈士的母親受到大家的尊敬與稱道，官員們握手安慰，記者們追尋採訪。桃子媽冷冷地應酬著，漠然地面對著這熱烈而隆重的一幕。

桃子葬在葫蘆山的最高處。為此，上面撥了一筆款子建造她的墳墓，周圍砌了一道護欄，墓前立了一塊高大的石碑，上面雕刻十個大字：「革命烈士桃子永垂不朽！」

桃子萬萬沒有想到，死後的她，會享有如此殊榮。她更沒有想到，她的死，會給紫瓦村帶來一番轟動效應：她不畏犧牲與歹徒英勇搏鬥的事蹟經過加工整理、渲染描述，寫成了新聞通訊、報告文學；追悼會現場及對領導、村民的採訪被拍成照片，攝成錄影，通過廣播、電視、報紙、雜誌等宣傳媒介廣為傳播。桃子的英雄事蹟激勵著千千萬萬心靈。與此同時，人們從畫面上發現，原來這世界上還存在著如此優美、古樸動人的原始鄉村，這真是大自然的一幅傑作啊！

於是，紫瓦村第一次名揚四方。

當然，它還會有第二次，第三次乃至更多次的轟動。不過，那將是以後的事了。

正是因了桃子的開啟，紫瓦村才從一個偏遠之地驀然矗立、曝光於世。

就在埋葬桃子的當天夜晚，桃子媽將屋子的前門後門嚴嚴關死，然後拿出一桶汽油、一瓶柴油到處潑灑。灑完後，她「嚓」地一聲劃亮了火柴。

在沖天的火光中，桃子媽露出了一生難得的美麗笑容。

她立在屋子中央，望著熊熊燃燒呼呼騰竄的火龍，含笑邁步，翩然騰空，向已然遠逝的桃子追趕而去……

三十二

桃子與桃子媽的死亡，在精神與肉體上給鄒啟明以強烈的刺激。他悲痛難抑，又不能形於言表，只能強壓心頭，獨自忍受。

當初，她給桃子媽以救助、安慰，完全是出於一個正直男人的良心與支部書記的職責。時間一長，他們倆就不知不覺產生了感情。孟子說，食色，性也。儘管你再革命，再先進，也避免不了食與色的誘惑。一旦陷入其中，就如同進了單行道，只能往前走下去，難以抽身回逃了。鄒啟明也是如此。兩人偷偷摸摸地上過幾次床，事情完後，他後悔不迭，將此事視為人生中的一大汙點。他勸桃子媽改嫁他人，他下決心斷絕兩人的來往。但是，桃子媽卻不知哪次懷上了孩子。強烈的母愛促使她忘了羞恥，即使去死，也要生下孩子。鄒啟明拿她沒有辦法，只能眼睜睜地瞧著由自己一手製造的「苦果」降臨人世。

從此，桃子媽、桃子，便與他便結下了不解之緣。他只能在暗中關照保護她們，不敢有半點顯露。一旦被人知覺，他將身敗名裂，一世英名與威望付諸流水。對這「隱患」，他懺悔不已，又因自己沒能對桃子母女倆盡心盡力而痛苦自責。這種熬煎，猶如拉緊的弓弦，一直折磨了他近三十年之久。現在，琴弦突然斷裂，一道無法跨越的鴻溝將世界分為陰陽二道，死者長逝，生者留在人世，繼續在無盡的道路上顛簸而行。

道路殊異，歸途同一。鄒啟明垮了，完全變成了一個老頭，一個看穿世事、無所企求的老頭。到了這把年紀，這樣一副凋零之軀，即使胸懷大志、雄心勃勃，又有何益？生老病死、周而復始，一代又一代，生生不息，面對這一永恆的自然規律，鄒啟明不得不服。

於是，他主動提出了辭職請求，縣鄉有關領導象徵性地挽留一番，也就答應了他的要求，並破例地做出一項特殊規定：每月發給鄒啟明退休養老金兩百元。

牽一髮而動全身。鄒啟明一辭職，紫瓦村的村幹部便面臨著一番大的調整。對此，鄒啟明拿出了一個傾向性的意見，上級經過討論研究，基本上保留了他的方案，只是將鄒原提升為村長。特大搶劫殺人犯王××在紫瓦村被斃，抓獲大賭上繳人民幣兩萬多元，都是鄒原這個治保主任的政績。雖然鄒啟明的建議中沒有提拔他，但上級領導不得不考慮呀，以政績論升遷，大家心服口服。又在紫瓦村搞了一次民意測驗，鄒原威信頗高，群眾對他反映不錯，普遍認為村裡有一個像鄒原這樣的人，老百姓有時也會跟著沾點光。從另一角度來說，提拔鄒原為村長，也是對鄒啟明的極大安撫。

紫瓦村的新任領導班子如下：支書樊立人，村長鄒原，會計、婦聯主任仍為馬大發和周友梅，原團支書梁明生提拔為支部副書記，雞蛋因報案抓賭有功被鄉鎮任命為治保主任，以接替鄒原的位子。

鄒原對父親的主動辭職甚是贊同，認為這是他的一次明智之舉，一種清醒的自我認識。是的，幹嘛要不知趣地實行「終生制」，或者非讓別人把你拉下臺不可呢？他心裡也清楚，父親做出這項決定，是經歷了一番痛苦的思想鬥爭的。為此，冷陣啟明變得沉默寡言、神不守舍，變得步履踉蹌、頭髮花白了。

鄒原發現，父親常常獨自一人上山，一待就是好半天。出於好奇，也出於關心，有一次，鄒原悄悄地跟在父親後頭，看他到底幹些什麼。父親喘喘吁吁、停停走走地往胡蘆山上爬，他來到了桃子媽的墳前，呆呆地站著，突然雙膝跪下，掏出懷裡的祭奠之物，磕拜不已。鄒原躲在樹叢中，偷偷地觀望著。他發現，堅強的父親湧出了淚水。他還是第一次發現父親流淚，不禁疑惑不解，父親怎麼對桃子媽懷有如此深情？難道說……他不敢妄加猜測。過了一會，鄒啟明站起身，又蹣跚著往上走，來到了桃子墳前。他默默地雙手垂立，良久，猛然撲在那塊高大的墓碑上，放聲大哭。見父親這般悲痛，他想上前勸慰一番，然後陪同父親回家。突然，他聽得鄒啟明叫道：「桃子，我的好姑娘，爸來看你了！桃子，俺對不起你們母女倆呀……」

儘管鄒啟明壓抑著，聲音不大，但鄒原卻聽得十分真切。他愣在原地，心中湧出一個個難解的謎團……

對於桃子的死因及事情的真實經過，唯有鄒原本人知道得最為清楚。但是，桃子與桃子媽的死，帶走了親人間不可避免的感情糾葛，帶走了一段歷史，也給生者留下了一些新的感情痛苦，將有關世相弄得撲朔迷離、紛繁斑駁。這歷史的當事人與見證人，世上就只有鄒啟明一人了。要不是這自然流露與偶然巧合，桃子的身世及與鄒家的關係，將會成為一個永難澄清的歷史之謎。

想起往昔父母對桃子母女的諱莫如深，一瞬間，鄒原似乎什麼都明白了。想到桃子是他的妹妹，負罪與懺悔使他更加痛苦不堪。儘管他想將一切埋在心中，但回家後，還是忍不住找個機會，將親眼所見所聞對母親說了。

母親聞言，當即淚流滿面，哽咽著說：「兒啊，不是娘不告訴你這些，說真話，他們之間的關係到底怎樣，我懷疑過，外面也有過一些流言，但俺不敢肯定。畢竟，我沒有抓到把柄，見到事實呀！現在，你告訴了我，我才算真正信了。」

鄒原說：「媽，事已至此，也都過去了，你就當什麼也不知道似的，好嗎？」

母親點點頭：「我心裡明白就是了。一輩子都這麼過來了，就是說了，又有什麼益處呢？只會弄得大家更傷心的。」

＊＊＊

村幹部正式任命前，鄉領導前來紫瓦村又轉了一圈，透出一些風聲。鄉長張斌找鄒原談話，要他作好思想準備，說上級有可能讓他出任村長。鄒原當即推辭，張鄉長只得如實相告，說已經形成決議，不日將正式公佈。

張鄉長說；「鄒原，我看你算得上是一塊當幹部的料，不蒸饅頭爭口氣，也要接好你父親的班呀！」鄒原默然。張鄉長又說：「城市搞改革，企業黨政分家。咱們農村基層，要堅持黨的一元化領導，但也要學學城裡，支書和村長分工明確。支書是一把手，抓黨務，抓村民的政治思想工作，全盤負責。村長的擔子也不輕，協助支書抓經濟。要搞好經濟，搞好鄉村建設，不容易呀！你年輕，也有開拓精神，要把紫瓦村搞出點起色來，帶動咱們全鄉。今後，我可要看你的本事啦！」

推是推不脫的了，況且，人生在世，也得英英武武才是呀！鄒原深深點頭，算是接受了村長這副擔子。一時間，他感到挺沉重，也很惘然。

新官上任三把火，擔任治保主任那陣，輕車熟路，砍了幾斧頭，也還砍出了一點名堂。可這村長的位置坐上去後，又該怎樣燒它三把火砍它幾斧頭呢？

鄒原腦子很亂，想不出個道道來。心底空空，難以躍出什麼良計妙策，突然間就想到了鄒始。對，去墨市找弟弟談談，他見多識廣，思維敏捷，兄弟倆說不定會盤出點妙法來的，也好趁此告訴他有關桃子的真相。

三十三

鄒始與戴潔感情破裂的真正原因與經過，他從未對別人直言。就是在雞公山與鄒原同住木棚推心置腹交談時，也並未完全敞開心扉。有些事，只有當事人最為清楚，不是不願說出，而是難以啟齒。

那天，戴潔在他宿舍玩耍逗留，一晃就是深夜十二點。鄒始緊緊地擁抱著戴潔，在她臉上、唇上深吻不已，情不自禁地說：「戴，這麼晚了，就在這兒……過一夜吧。」戴潔連連搖頭說：「始，不行，不行，不行的！」鄒始說：「總會有那麼一天的，咱們不是快要拿結婚證了麼？」戴潔掙紮著說：「結婚是一回事，這又是另一回事。」「戴，你思想怎就這麼封建？」「不，我不願意，真的，我不願意這樣做，你說我封建也好，不通情理也罷，反正我不願意。在這點上，請你不要勉強！」

鄒始哪裡肯依，兩人獨處，夜深人靜，面對著的又是一位如花似玉的少女，他無法自抑。雙臂似鐵箍緊緊地箍纏著戴潔的腰肢，使勁上舉，他將戴潔放在那張單身窄床上，順勢壓了上去。戴潔拼命反抗，她不知哪來的一股勁，一把推開鄒始，掙紮著坐了起來。鄒始幾乎是哀求了：「戴，親愛的，就這一次好不好？你依了這次，今後任是什麼事，我都聽你的。今晚，是咱們兩人的天下，神不知鬼不覺，就是人家知道了，也不怕，咱們自由戀愛，正大光明！」戴潔毫不退讓，一臉正色道：「不行，我說不行，就是不行！始，親愛的，我也求你了，請你莫要難為我，我真的不願意，我討厭，討厭！今晚，還是請你讓我走吧！」說完，站起身走向房門。

鄒始一步越過她，雙手攔在門邊，不讓她啟動門鎖。他有點惱怒了：「戴，今天我偏不讓你走！咱們倆的感情已經發展到了這種程度，水到渠成，自自然然，你怎能如此不近人情呢？簡直連冷血動物都不如！」戴潔垂手默立，眼裡湧出晶瑩的淚水。平時，戴潔表現得那麼開放豁達，有時甚至達到了主動的程度。可一到了關鍵時刻，卻變得這樣封建、傳統，實在令鄒始無法理解。戴潔的行為給鄒始造成了一種強烈的逆反心理，你越是不願意不答應，我越是要這樣做不可！今晚，無論如何，都要使她就範，即使強迫，也要達此目的。他相信，事後，兩人會更加如膠似漆、恩恩愛愛的。他與毛冰，就曾有過類似的體驗。當然，就更不必擔憂對方狀告自己強姦了。中國社會，畢竟不是西方世界，夫妻同床，若是妻子不願，丈夫採取了粗暴手段，妻子會告上法庭，判處丈夫的監禁。

鄒始盯著戴潔閃動淚花的雙眼，猛然上前捧住她腦袋，伸出舌苔，舔去她滾落在臉頰上的淚珠，一語雙關地說：「戴，今晚，我一定要吃掉你。」戴潔冷漠地推開他，說：「始，真的，今天我不願意。到時候，我會自覺自願的……可是現在不行，如果你不聽，不尊重我，強迫我做不願做的事，那……我們的關係……也就到此為止了！」

鄒始哪裡聽得進去，他堅信自己的觀點，仍是用力將戴潔推向床頭，抱在床上，俯下身子，動手去解她的衣褲。

戴潔掙紮著，喘息著，又不敢大聲喊叫，無奈鄒始力大無比，她無法掙脫。鄒始一急一使勁，「嘣」地一聲響，就將戴潔上衣的一粒扣子拉脫了。這一聲響，彷彿催征的戰鼓，兩人立時亢奮，鄒始更是欲火難禁，戴潔則反抗倍增。

兩人僵持著，突然地，戴潔就伸出右手，在鄒始臉上狠狠地抽了一個耳光。鄒始動作的雙手頓時停在空中，不認識似的望著戴潔，伸出食指，顫顫抖抖地指著戴潔：「你……你……」他氣得說不出話來。

戴潔複站起身，臉上已是淚汗交加，她也指著鄒始道：「鄒始，原來你是這樣一個傢伙，一點都不把我當人待，簡直是個衣冠禽獸，今天我算真正認識了你！」

屈辱、憤怒、痛苦交織在一起，鄒始也道：「戴潔，今天我也算真正認識了你！原來你不是人，半點人味也沒有！你敢抽我耳光，要不是看在我們過去的情份上，要不是看在你是個女人的份上，我決不會饒恕你的……」

戴潔突然放聲大哭起來，「始，我不是故意的，真的，我不是故意的，你聽我說……」

鄒始吼道：「你什麼也不用說了，要走，你就走吧！」

鄒始打開了房門，戴潔止住哭泣，她感情複雜地望著鄒始，狠狠心，咬咬牙，一步步走了出去。走出門外，她又回過頭來說：「始，以後……我會向你解釋的。」

鄒始仍是怒不可遏，他捂著臉頰，低沉地吼道：「我什麼解釋也不要，滾，你滾吧！」說著，他「砰」地一聲關上房門，回身一頭紮在床上，用被子捂著腦袋，不禁痛哭起來。

第二天，他就請假回了故鄉紫瓦村。在金泉寺與毛冰邂逅相遇，雖然給鄒始帶來了更大的折磨與痛苦，但他畢竟弄清了毛冰的下落。毛冰並未身亡，也沒有南下，而是避開了滾滾紅塵，削髮為尼。這一事件，始終困擾著鄒始，他不斷地揣測、思索毛冰這一行為的動機與內在因素。把佛教、道教、基督教等宗教視為研究對象，的確可以參透、悟解不少人生的真諦、行為的價值與不解的謎團。但若使自己沉浸其中，與之融為一體，成為一名忠實教徒，此點實難做到。然而，成千上百年來，無數飲食男女斬斷塵根，不食葷腥，不思婚姻，孤燈長伴，苦熬人生，可謂前僕後繼，生生不息，這種歷史現象與社會存在，又不得不令人深思。

返回墨市，鄒始想忘掉過去的一切，白天四處奔波、採訪，晚上或趕稿，或編輯。面對紛繁複雜、光怪陸離的社會人生，觀察瞭解越多，認識見解也就愈加深刻。內心深處，時時湧動著一股不可抑制的衝動，驅使著他記錄下二十世紀末的這一切。他不可能像巴爾紮克那樣，構思創作出卷帙浩繁的《神聖家族》，但他願盡其所能，做一名忠實的書記員，記錄下歷史上曾經存在、發生過的一切，以期對世紀末的中國社會進行一番鳥瞰似的形象掃描。

鄒始繼續構思，羅列綱要，準備創作。他可以忘掉置身金泉寺的毛冰，但不可能忘掉戴潔。只要旋開墨市電視臺，就有可能見到她的容貌，聽到她的聲音。於是，他盡可能地不看電視；即使看，也不看墨市台；即使看墨市台，也要跳過新聞節目時間。

一次去朋友家拜訪，兩人聊著，電視裡不知怎麼就蹦出了戴潔的面孔，鄒始下意識地躍身上前，「啪」地一聲關掉了電視。鄒始想忘掉戴潔，忘掉與她有關的一切，但她總是無孔不入，無處不在。只要一回想那天的羞辱，他就惱怒。苦悶至極，便獨自一人借酒澆愁，他畢竟能夠控制住自己，從未大醉過。

與他頻繁交往的，也不乏聰明漂亮的女性，他一一將她們在腦裡篩過，然後，再有目的、有針對性地邀請那些出眾的姑娘光臨舞廳，以填補戴潔離開之後留下的真空。然而，他總是拿這些女性與戴潔相互比較，只要一比，一個個便黯然失色，在戴潔那耀眼的光環下紛紛退場。

一天，辦公室的電話鈴聲突然響了起來。同室的小田一躍而起，抓過話筒問道：「哪裡？對，我是報社，你找誰呀？……哦，鄒始？在，他在，你等著……」回身將話筒遞給鄒始，「你的。」

鄒始接過話筒：「喂，我是鄒始，你誰呀？」對方卻沒有聲音，只有一陣嗡嗡的雜響，「喂，你說話呀，你到底是誰？我是鄒始，你找我什麼事，倒是說話呀！」除了從對方話筒裡隱約傳來的一兩聲汽車喇叭聲外，什麼聲音也沒有。鄒始還想說什麼，就聽得「啪」地一聲響，對方擱下了話筒。鄒始愣在原地，也「啪」地一聲將話筒擱下。

「神經病！」他自言自語地說了這麼一句，然後對小田攤開手道，「對方不說話，莫名其妙。」小田說：「是一個女人的聲音。」鄒始問：「你估計是誰？」「聲音通過話筒傳播，就失真了，我沒聽出來。」

傍晚，鄒始洗過澡，鋪開書桌，正準備撰寫一篇新聞稿，突然聽得樓下門房叫他接電話。他蹬蹬蹬地跑下樓梯，拿過話筒問：「喂，你是誰？」對方仍是沒有回音。鄒始道：「這就怪了，怎麼沒有聲音？」回頭問門房，「你聽清楚了，是我的電話嗎？」門房回道：「我耳朵沒聾，聽得一清二楚呢，是找你！」「這幾天電話沒壞吧？」「沒壞。」「這就怪了，一到我手裡，怎麼就沒聲音了呢？」又對話筒叫道，「喂，你是誰，請你說話！我是鄒始，噢，我知道了，上午你也給我打了電話是不是？這時候打來，到底什麼事，你怎麼不說話呀？」突然，話筒裡傳來「嚶嚶嚶」的哭泣聲。鄒始一愣：「啊，是你！」對方仍是沒有回應。鄒始道：「戴，莫哭，你莫哭呀！」戴潔終於說話了：「鄒始，你的心好狠……你一直不理我，你……」鄒始急切地問道：「戴，你在哪？告訴我，快告訴我！」「我在家，爸爸媽媽今晚參加宴會去了，家裡就我一人……」「戴，你等著，我馬上就來！」

鄒始顧不得回寢室推自行車便出了院門，他站在馬路邊，伸手攔住一輛「計程車」道：「市委大院，快！」

轎車在寬闊平坦的街道上急駛而行，很快就停在了市委大院旁。鄒始付過車費，直奔戴潔家住室。

兩人一見面，頓時忘了過去的齟齬與不快，緊緊地擁抱在一起，情語喃喃。

一陣忘情的親吻過後，戴潔又正襟危坐了。她說鄒始，我真的真的好愛你，我願意把我的一切都給你……

鄒始聞言，就又往她身上靠。

戴潔說：「你莫急，聽我把話說完。那天，我知道傷了你的自尊心，但我並不後悔，我不能那樣不明不白地……唉，怎麼說呢？始，我愛你，又怕失去你。我的心裡一直很矛盾，想把事情的真相告訴你，和你好好談一次，但我一直下不了決心，沒有那份勇氣。這些日子，我好痛苦，想就此留給你一個較好的印象，兩人斷絕關係算了，但我不能就這麼不明不白地離開你呀！直到今天，我才下定了決心，想跟你談談。我想，總是避免不了會有這麼一天的，不如乾脆跟你早點攤開為好。」

鄒始心中掠過一股不祥的預感，他緊張地望著戴潔，說：「到底什麼事，你就別轉彎抹角了，直截了當地說吧！」

戴潔呆呆地望著他，淚水不知不覺就湧了出來。

鄒始勸道：「戴，過去的事，你莫傷心，說出來就好了。」

戴潔的目光移向天花板，好半天，才開口道：「始，那天，不是我不願意，我思想並不保守，也能接受。但是，在感情上，我對男女間的那種關係，卻十分反感、厭惡。你說我連冷血動物都不如，不，我不是冷血動物！我是人，是女人，一個有血有肉的女人啊！我激動，我衝動，但是，我……始，我對不起你！今天，我要把過去的一切告訴你，你原諒也罷，不原諒也好，咱們朋友一場，隨你的便……」

鄒始說：「戴，不要有什麼顧慮，你儘管說吧。我會原諒，會理解你的！」

「始，我……我……失過身……」儘管心理有所準備，鄒始還是禁不住驚異、痛苦。「我讓人給騙了……不，應該說是讓人逼著使我失去了……一個女人最寶貴的東西。」說到這裡，戴潔痛哭流涕，鄒始掏出手帕默默地為她揩拭。「那年，我還只有十七歲。」戴潔繼續說，「在上高二……我記得那天是上政治課，我們的語文老師兼班主任說有人找我，將我叫出教室，叫到他的寢室……我說誰找我呀？他說就是我找你，當即把我按在床上，在我嘴裡塞了一條毛巾……」

鄒始聽著，怒火難捺地說：「真正的衣冠禽獸！你怎麼不去告他？」

戴潔搖搖頭：「我怎能告他呀？我是個學生，要讀書，還要活下去呀……這事，就連爸爸媽媽，都一直給瞞著……那天，你那樣做，又使我彷彿回到了過去那痛苦的一幕，我……」戴潔說著說著，突然嚎啕大哭。

鄒始勸慰道：「戴，告訴我，這個傢伙是誰，我一定要找他算帳！」戴潔搖頭說：「別，別，我不願將這事鬧得沸沸揚揚，讓人家都知道。這個屈辱，這杯苦水，我願一個人忍了，吞了……」「戴，你太軟弱了！咱們上法庭告他，一定要讓他受到法律的制裁！他是誰，請你告訴我！」「我不會告訴你的，至少暫時不會。始，我都對你說了，以後的事，你願意怎麼辦，就怎麼辦吧，我決不勉強你，將這一切強加在你的頭上。」

鄒始在理智上原諒了戴潔，接受了眼前無可更改的事實。但在感情上，他怎麼也接受不了。封建的傳統道德觀念像一條蟲子，不時咬齧著他的心靈，束縛著他的行為。只要想到一個醜惡的男人壓在一位鮮花般少女身上的情景，他就噁心，就憤怒。這位少女如今已長大成人，娉娉婷婷，嬌豔多姿，即將成為自己的妻子。妻子，一個多麼美好而聖潔的字眼呀！然而，她卻有過一段悲慘而陰暗的歷史。其實，鄒始已不是童男，他與毛冰偷食禁果，男歡女愛，何止一次兩次？可戴潔這唯一的一次失身，卻像魔鬼般緊緊地糾纏著她，折磨著她。他真想就此抽身，另覓佳麗。但是，戴潔呢？她會怎樣面對今後的道路呢？跑了一個毛冰，難道嫌這個世界上的尼姑少了，還想讓戴潔也加入其中？

幾天來，鄒始不住地往戴潔家中跑，生怕她出現什麼意外。戴潔似乎很平靜，過去的一切，她已坦然面對。對於鄒始的去留選擇，似乎也並不那麼在意。鄒始想，這便是暴風雨降臨的徵兆了。決不能讓毛冰的悲劇重演！其實，女人的貞潔又算得了什麼呢？況且，她是被人強暴，責任並不在她。她是一個受害者，已經夠悲苦的了，為什麼還要讓她背著沉重的包袱痛苦地生存呢？想於此，鄒始頓覺心胸開朗，眼前露出一片無際的藍天。

他對戴潔說：「戴，我愛你，過去的事，根本算不了什麼，我要娶你，馬上就娶，咱們下月就去領結婚證好不好？」戴潔又哭了，她伏在鄒始懷裡，激動萬分：「始，謝謝你！真的謝謝你，我要報答你一輩子，我會做你最好最好的妻子。」戴潔輕輕撫摸鄒始，溫柔如水，她緩緩地閉上眼簾道：「始，我說到時候，會自覺自願的……始，我的一切，都是你的，你一個人的……」

鄒始頓時激動萬分，他恢復了自信，不再有所顧忌。他緊緊地摟著戴潔，狂熱地吻著她的淚眼、臉頰、嘴唇、鼻子，他將她的衣褲一件件剝下。鄒始見到了戴潔潔白純淨、優美動人的裸體。他快速地扯下自己的衣褲，發狂般地壓了上去。他緊緊地樓住戴潔，喃喃道：「戴，我的戴！」戴潔也抱緊了他，沉醉地說：「始，親愛的始……」兩人親密無間地融匯在了一起，在那短暫的一瞬，進入輝煌之境。

完後，鄒始問：「戴，現在，你該可以告訴我那人是誰了吧？」戴潔沉默不語。鄒始說：「看來，你對那人產生了感情？」戴潔憤然說道：「當然有感情啦！這是一種恨不完憎不夠的感情！」「他到底是誰？還在墨市嗎？」戴潔點點頭：「還在墨市，現在不教書了……」於是，戴潔說出了一個名字。

鄒始大吃一驚：「啊，汪子明，原來是他？」「怎麼，你認識他？」鄒始忙掩飾道：「不認識，只是聽人說過而已，想不到會是他！」但他在心裡卻說道，汪子明，狗日的，原來你是這麼一條兇惡的色狼！等著瞧吧，總有一天，我要讓你身敗名裂！

三十四

鄒始與戴潔度過了感情的危機期，兩人和好如初，恩愛有加。領了結婚證，便開始張羅著婚事的籌備了。婚期還沒確定，主要是沒有房子，戴潔父母現住三室兩廳，但她不願繼續待在家裡，鄒始也不願與岳父母住在一起受約束。可電視臺沒有房子，報社也沒有房子，他們想在外面租一套。又聽說電視臺已籌到一筆修建職工宿舍的資金，估計年底即可動工。於是，兩人有了指望，只等新房竣工，便舉行婚禮。其實，這也不過是一個走走過場的儀式罷了，自打結婚證後，鄒始與戴潔便過起了半公開的同居生活，就在鄒始那間單人宿舍裡，兩人共同壘起了一個溫馨的還稱不上家的家。

一天傍晚，鄒始與戴潔正在吃晚飯，突然聽得一陣敲門聲。打開房門，見是鄒原風塵僕僕地站在門外，兩人不覺驚喜萬分。

鄒始說：「哥，你真是個天兵天將，說來就來。」

戴潔道：「哥，快進來一起吃飯。」

鄒原見他們倆待在一起親親熱熱，也驚喜萬分。他一步跨進屋內，環顧四周，不禁說道：「呵，有電視機、洗衣機，還有冰箱，結婚用品都快購齊了，猛一看，還以為你們倆成家了呢！」

戴潔說：「哪能呢？就這麼個樣子，亂七八糟的，房子也小，身都轉不過來。結婚了，還是這麼一副亂兮兮的樣子，我可沒法見人了！」

鄒原讚歎道：「弟媳肯定是一個賢慧的好妻子，弟，你真有福氣呢！我不是說過嘛，兩人鬧點小矛盾，是免不了的，日子一長，就好了。牙齒和舌頭，有時也要來點磨擦，打架鬥毆呢。弟，我說過，你肯定捨不得聰明漂亮的弟媳的，到底怎麼樣，我的話沒說錯吧？」一席話，說得大家都笑起來。

戴潔要給鄒原趕做飯食，他連連擺手道：「吃過了，我吃過了。」鄒始說：「咱們有煤氣灶，在外面走廊；菜也有現成的，就在冰箱裡，做起來快得很，哥你莫講客氣呀！」「在你這兒，我還講什麼客氣？下車後，我估摸食堂早已關門，就在小攤上吃了兩碗麵條，肚子飽飽的。早曉得你們倆在一起開火做飯，我就不會在外面吃麵條了。唉，我這人太沒口福了。」鄒始說：「那咱們就喝兩杯，戴潔，幫忙炒幾個菜吧。我跟哥哥在一起也難，要好好地高興高興！」

鄒原聽弟弟這麼一說，也就不再推辭，爽快地端起了酒杯。兄弟倆一邊喝著，一邊談論離別之情及各自的近況。

鄒原講了擔任村治保主任後的所作所為，話題便轉到了案犯王××狀誅、桃子母女身亡的事件上。

鄒始說：「桃子的事蹟，我在報上看到了。」鄒原說：「報上寫的那些東西，很多都是虛構，並且把桃子拔得太高了！」「為尊者諱，為賢者諱，為親者諱，這是我們歷來的傳統與國粹。看完報導後，我當即就感到多少有些失真。不過，單從桃子事蹟本身來看，一個弱女子，以自己的血肉之軀，不畏強暴，為民除害，實在可歌可泣，令人敬仰不已。」鄒原端起酒杯喝了一大口，神色淒然地說：「其實，桃子的死因和經過，只有我一個人知道得最清楚、最詳細。」「你就說給我聽聽嘛。」

鄒原正要開口，突然想到了一旁的戴潔，望了她一眼，便默然不語了。鄒始明瞭其意，道：「哥，你儘管說吧，戴潔又不是外人，讓她聽見，不礙事的。」鄒原「嗞」地喝了一口酒，仍是不開口。戴潔知趣地站起身道：「你們兄弟倆推心置腹好好談吧，今晚我就回家去了。」鄒原說：「我都成一個第三者了！弟媳，打擾你們了，實在不好意思。」戴潔道：「哥，你說哪裡話，我們的日子長著呢。」鄒原道：「好在只住一個晚上，我明日就要趕回去，你們又可在一起恩恩愛愛了。」戴潔與鄒始留他多玩幾天，鄒原說：「不行，我得馬上趕回去，重任在肩啦！」「什麼大不了的事？」鄒始問。「咱們慢慢談，我要一件一件地向你道來的。」鄒原說著，又轉向戴潔，「你們結婚時，我保證多住幾天。」鄒始道：「那時，我要把爹媽都接來，也讓他們出來好好轉轉逛逛。一輩子待在那個村子裡，也該見見外面的世界才是。」鄒原說：「到時候，還得回家鄉再舉辦一場婚禮，兩邊都得慶賀慶賀。」戴潔說：「你們老家，我是非去不可的，但再辦一次婚禮，就沒有那個必要了。」鄒原拍拍胸脯道：「到時由我來一手操辦，你們半點閒事也不管，只管做客就是了。」戴潔道：「哥，你自已的婚事，也該操辦了，快娶一個嫂子進門嘛！」鄒原淒然一笑道：「古人說，先天下之憂而憂，後天下之樂而樂。我也該學學古人才是。」大家又笑。戴潔便說，哥，你都快成一個黑色幽默專家了。

說著笑著，戴潔告辭回家，開門走了。

剩下兄弟倆，鄒原便將自己的私情，桃子之死的經過及她的身世，一五一十地全對弟弟說了。

鄒始喝了一口酒，抬眼望鄒原，見他已是淚流滿面，也不禁流下了傷心的淚水。他勸鄒原說：「哥，不知者不為罪，過去的事，你蒙在鼓裡，哪裡知道桃子就是咱們的親妹妹呢？在基督教的《聖經》裡面，亞當和夏娃結合，他們就是兄妹；在我們中國開天闢地的古代神話裡，也是兄妹相合，才繁衍了人類。哥，這是人類無法避免的原罪呀，上帝也會原諒你的，況且她還跟你隔了一層，是同父異母呢。哥，你就不必為這事折磨自己了……唉，真沒想到，桃子是我姐，原來她是我的姐姐呀！我從沒親熱地叫過她一句，也沒盡一個弟弟應盡的義務。姐呀，下次回去，我一定要在你墳頭前好好地跪拜祭奠，好好地喚你幾聲姐。姐，桃子姐，我的親姐姐呀……」鄒始勸慰鄒原，自己卻失聲痛哭起來。

這時，鄒原掏出一張黑白照片遞給鄒始說：「弟，這是桃子的照片，我幸好保存了兩張，就留一張給你吧。」

鄒始當即找出一個鏡框鑲在裡面，供在桌前。又尋出兩支蠟燭點燃，放在桃子像前。

兄弟倆哭過一陣，再無喝酒的興致，便將杯盤碗盞撤了。

鄒始燒了兩壺熱水，兩人洗完腳，便上了床，一頭一個，對坐而談。

鄒原說：「我這次來，除了談桃子的事，主要是想聽聽你的意見。」遂將父親的隱退及自己即將任職的事，對他講了。

鄒始聽後，極力慫恿道：「哥，你應該當仁不讓！一村之長，也算不得什麼官兒，但可以憑藉這個位置，在村裡幹點兒實事好事。你不幹，總會有人幹；你要幹，我想會比別人幹得更好。也許，你算不得一個最好的村長，但就目前而言，也算是最合適的人選了。特殊社會造就特殊的人才，特殊的人才治理特殊的社會，我想就是這麼回事兒。」

幾句話，說得鄒原點頭稱是，他說：「弟，說實話，我就擔心幹上幾年沒有什麼政績，幹了等於沒有幹。既然下決心幹，就要把它幹好才是。要讓紫瓦村變個模樣，不能總是千百年來的一副老面孔了。當了幾個月的治保主任，也還弄出了一點名堂。幹村長這職，主全村的事兒，怎樣才能弄點起色來呢？我心裡在打鼓，半點譜也沒有。想讓你跟我出出點子，再來好好地燒它三把大火。」「我可以談談我的想法，」鄒始說，「但拿主意，辦實事，還得靠你自己！」「那當然。」

鄒始點燃一支煙，深深地吸了一口，便陷入了沉思。

鄒原腦門頂「咚咚」直跳，腦裡也是思緒翻滾。

突然，鄒始一拍床沿道：「哥，怎就把姚一葦這人給忘了？」

鄒原一聽，也說：「對，咱們可以和他聯繫聯繫嘛。」

鄒始眉飛色舞地說說：「哥，只要抓緊抓牢抓好姚一葦這個人，你準能在村裡幹出點名堂來。姚一葦過去是好是壞，歷史自有公論，用不著咱們去評說，就從他上次回鄉探親的一些言行來看，我發現他也想為家鄉的人民辦點好事。他的這種動機，也許是贖罪，也許是想為自己樹碑立傳。這些，咱們沒有必要尋根究底弄個一清二楚，咱們只利用、引進他的資金就是了。」

鄒原說：「弟，你這麼一說，也打開了我的思路，他上次回鄉談的關於建設紫瓦村的遠景規劃，我認為也有不少可取之處，可以參考實施。」

鄒始點點頭：「對，你心裡應該有這麼一個總體構想，但現在得從小處著眼，一點一點地幹才行。先要打動姚一葦的心，讓他為村裡捐獻一筆資金，搞點基礎性的建設，改變一下紫瓦村閉塞的自然環境。我看先得修一條貫通全村的公路，然後辦企業，開工廠。他出資金，咱們出土地，出資源，共同開發。」

鄒原十分激動地說：「對，說幹就幹！弟，現在就給他寫信聯繫怎麼樣？」

鄒始也興奮：「正好，他的名片我還保存著，通訊位址、電話號碼都有。」

「弟，你文思好，就以我的名義，不，以紫瓦村村委會的名義，給他寫封信。」

「大家還沒討論，你怎能以村委會的名義寫信呢？哥，你當村長後，要講民主，可不能獨斷專行呀！」

「講民主，也要講集中嘛。」

「信由我來寫，但你還得謄抄一遍。這封信，你最好是回村去發。今後，要由你和他直接聯繫，要保持同一字跡，同一口氣，同一郵戳才行。否則，人家就要懷疑你的真誠了。」鄒始說著，穿上褲子，下床坐到了書桌前。

三十五

鄒原從墨市返回紫瓦村不到兩天，關於村幹部的任免決定便正式下達公佈。

下的下，上的上，換的換，各司其職，不多時，紫瓦村的領導工作便走上了正軌。

為慎重起見，鄒原揣著那份寫好的聯繫信並未發出。他選了一個合適的機會，在一次村幹部會議上，將關於建設未來紫瓦村的構想和盤托出。大家聽後，當即叫好，說是抓住了問題的關鍵。鄒原趁熱打鐵，又將寫好的信箚掏出來念了一遍，要大家討論討論，不妥的修改，添加的補充。

於是，大家便議論開了。

樊立人說：「我看還是以個人名義寫的好，將村委會討論一致通過，或者村委會決定之類的話在信中說明就行了。咱們辦這事，得有個責任人，人家才好聯繫呀！」

鄒原說：「這事該樊書記牽頭才行。」

大家一致贊同，書記麼，一把手，理所當然的嘛！

樊立人卻說：「不行，我不行！一來水準低學識淺，二來我的身分是書記，代表黨組織，直接和姚一葦聯繫，他會怎麼想？鄒原是村長，管生產、經濟方面的事務，理應由他出面嘛！」

大家認為樊支書說的也有道理。在樊立人的一再堅持下，便決定由鄒原單獨與他聯繫。

會計馬大發說：「鄒村長，乾脆，這信裡還加兩條，就說全村鄉親歡迎他再次回村探親。」

樊立人點頭道，「嗯，這主意不錯，有些事，與他本人當面談，當面拍板，會更好！」

這時，鄒原又來了靈感，他說：「乾脆，咱們還要他寄些資料、照片、實物來，把他住過幾夜的屋子騰出來，辦個姚一葦事蹟展覽室。」

樊立人說：「這……」

剛由團支書升為副支書的梁明生搶著說：「這樣更能顯出我們的誠意，可以打消姚一葦的顧慮，真心誠意地和我們合作。」

樊立人道：「我就擔心村裡會有人在感情上接受不了。」

一直沉默著的周友梅插話道：「過去的事，都是些陳穀子爛芝麻了，什麼感情不感情的，共產黨的天下鐵得很，哪個也打不垮。要在人家口袋裡掏錢，自家不舍點本錢哪能成？常言說得好，捨不得金彈子，難打鳳凰鳥嘛！」

梁明生又說：「中央提倡改革開放，步子要邁大一點，我想咱們不能光停留在口頭上，要拿出行動，見點實效才行。」

馬大發也歎道：「是啊，還那老一套，咱們村總是拉磨的一條驢，只在原地打轉轉。」

於是，鄒同意籌建一個姚一葦事蹟展覽室，當然，裡面陳列的資料、圖片等物，只能是有關他在臺灣創辦企業取得成功等經濟方面的，要儘量避開敏感的政治時事。

姚一葦的信函還未發出，鄒原就收到了雲兒寄自廣州的來信：

鄒主任：

你好！

我說過，你不會在雞公山長期待下去的。可不，只幾個月時間，你就搖身一變，從鄒廠長變成了鄒大主任。咱們打的賭，自然是我贏了。雖然贏了，但我贏得半點意思也沒有，因為桃子死了。如果她還活著，我也會活得更有勁一些，但是她死了。儘管人家稱她英雄，但我覺得她死得太慘了。她不應該這麼年輕就死去，她還有好多好多事要做啊！

由她的死，想到我們這些農村姑娘的命運和遭遇，想到人生的短暫無常，我很悲傷，常常一個人偷偷地流淚。剛來廣州，心裡挺自卑，覺得樣樣不如人，更令人氣憤的是，有人在背後把我們一群農村來的姑娘稱為「土包子」「傻妞」「蠻姑娘」。後來，我覺得農村姑娘並不比城裡人笨，才慢慢又恢復了自信。

我現在過得很充實，下班後，還上自修大學，我選修的是文秘專業。我下決心好好幹，一定為俺農村人爭口氣！今年過年，幾個姐妹都不準備回家，我也不打算回村，就在廣州過一個「城市年」。

希望得到你的好消息，再談。

雲兒

看完信，鄒原心裡湧出一股深深的失落與惆悵。

雲兒說過，春節她將回家向鄒原告訴她的選擇，可是她卻不準備回家過年了。看來，她也要離開他了。身邊的女人，死的死，走的走，剩他孤零零的一人，孑然於世，好不令人感傷也。當然，當初要是……唉，還提什麼當初喲，過去的事，悔之何益？雲兒本身就出眾，又去了大城市，還自修大學，將來更會是一朵耀眼的花兒，自己哪能配得上？罷罷罷，就死了那份心思吧！好在路還長，還有許多事要做，莫回頭，往前走吧，或多或少幹點事業出來，也不至於讓雲兒看我的笑話。

鄒原想於此，心裡也就安寧下來，給雲兒寫了封回信。沒有半點兒女情長，只是將村裡的一些事情說了，並向她透露了與姚一葦聯繫興辦合資企業的資訊。信的結尾，他希望雲兒多留意學習一些技術、生產、管理等方面的東西，今後如有可能，就聘她回村當一名女廠長或者女經理。

鄒原將兩封信一同發出後，心裡感到格外地踏實與愜意。

三十六

鄒啟明主動辭職讓位後，百事不管，覺得輕閒自在極了。

村裡的事不管，家裡的事也不需他過問，想幹啥就幹啥，想吃就吃，想睡就睡，煙癮發了就往煙鍋裡塞煙絲……他感到一輩子從未這樣自在快活。然而，日子一長，就又閒不住了，總覺得要幹點什麼才行。不然，心裡空落落的，半點也不安生。

他想上田幹活，鄒原不讓，說幾畝責任田全由他一人承包了，爸你只管享幾天清福就是了；他想上菜園幹點事，老伴不讓，說他不懂侍弄蔬菜什麼的，就莫幫倒忙了。幹點什麼好呢？原先沒事，還可把村委會訂的報紙翻翻看看，家裡報紙也沒有看的，便懷念起待了幾十年之久的村委會，想上那幾間辦公室去看看、轉轉，又恐人家說他退了還不死心，還想垂簾聽政，走了一程，又從半路踅回家中。

總算發現了家裡還有事情可做，比如墊豬圈、出糞、修補竹籃籮筐等等。但這些事情也不是常有的，做完就又閒了下來。

後來，村裡幾個老頭約他一起打麻將。他不會，人家不厭其煩地教，不過兩天也就學會了。老頭子打麻將也「帶彩」，一天有個上十元的輸贏。鄒啟明輸了幾天，口袋裡五六十元人民幣不翼而飛，便覺得沒意思，乾脆不來了。

還有人約他去鎮上茶館聽人說書，往桌前一坐，捧一杯香茶，聽得有滋有味。聽著聽著，環顧一下四周，就覺得自己混在這樣一個場合，太有失身分，太不像個老革命、老幹部的樣子了，便急匆匆、逃也似的奔回家中。

無所事事，百無聊賴，這日子怎麼這樣難以打發？過去的幾十年，一晃就沒了，從未嫌它長過。可現在，一天就是一天，實實在在的。太陽掛在天上，一動也不動，總是不肯往西邊移動落山。夜晚也長，像一根越拉越長沒有止境的橡皮筋。

這日，他硬是憋不住了，便慢騰騰地去了村委會。還是那副老樣子呢，半點模樣也沒變，鄒啟明不覺倍感親切，彷彿又回到了過丟。他的大半輩子，就是在這兒度過的，他召開會議、制定決策、發號施令，真可謂英姿颯爽、威風凜凜。可現在，景色未改，人事全非，睹物思情，不覺喉嚨陣陣發熱。

他走著看著，突然發現兩間房的門楣上多了一塊牌子，抬頭一瞧，見那木牌上寫著「姚一葦事蹟展覽室」幾個大字。他不敢相信這是真的。揉揉眼睛，仔細看去，不錯，正是這八個大字。退遠一點，再看，不錯，還是這八個大字。他呆呆地望著，那些字就慢慢地變成了年輕時的姚一葦，目光裡露出輕蔑與鄙夷，語言中顯出嘲諷與辱罵。頓時，鄒啟明心頭湧起一陣難抑怒火，也不知哪來的一股勁，衝上臺階，「砰」地一聲踢開大門。進到屋內，只見裡面徒有四壁，空空如也。

村幹部就只馬大發一人留在村部算帳，其餘的皆各辦各的事去了。馬大發聽得一聲巨響，忙從一間關著的屋子跑了出來。

鄒啟明正待退出，看見奔跑而來的馬大發，不禁厲聲吼道：「小馬，你們幹的好事呀！」

馬大發不明就裡，當即愣在原地：「老支書，您……」

「什麼支書，你們乾脆把村委會牌子上的中國共產黨幾個字也一齊換掉算啦！」

聽了這幾句，馬大發如夢初醒，知道是姚一葦事蹟展覽室這塊牌子傷了老人的心，便解釋掩飾道：「老支書老領導，這只是咱們的一個設想，還沒有實施呢。您瞧，屋裡什麼東西都沒有，掛塊牌子，原也是徵求大家的意見，要是鄉親們覺得不行，咱們開個會，取消不就得啦！」

鄒啟明道：「說得倒輕巧，你們頭腦裡根本就不應該冒出這個想法來！無產階級立場，黨性原則，都跑哪裡去了？共產黨教育咱們幾十年，怎麼連半點感情、覺悟也沒有？咱們的生命、財產，一切的一切，都是共產黨給的，怎能讓姚一葦這樣的國民黨反動派前來耀武揚威？你們想得太邪乎了，還要為他這樣的還鄉團頭子、反革命分子樹碑立傳，建什麼雞巴展覽室……」

馬大發不敢頂嘴，只得點頭哈腰道：「是、是，老支書說得對，是我們的錯，我們做錯了！」

「既然錯了，怎麼還不改過來？快，把這個臭牌子取下，給我砸掉！」

「這……」馬大發感到十分為難。

「難道還要我老鄒自己動手不成？」

「鄒支書，這……這是村委會的集體決定，我一個人做不了主……」馬大發正在為難之際，一眼瞥見樊立人和通訊員吹火筒走了過來，彷彿見了救星似的忙向他們招手。「樊書記，快點過來，咱們的鄒支書來了！」

沒等樊立人走近，鄒啟明便說：「樊書記，你們幹的好事呀！國民黨反動派辦不到的事，我們倒幫他們做到了！」

樊立人見狀，很快就知道了是怎麼一回事，便上前勸慰道：「鄒書記，是我們的錯，一時糊塗，一時糊塗呀！」

鄒啟明長歎一聲道：「這些年，我算是白教育你、白栽培了你呀！我的同志哥，革命這根弦，什麼時候也不丟呀！敵人把中國變修的希望，寄託在我們第三代、第四代人身上，稍不留神，我們的黨，我們的國家就會改變顏色呀！」他語重心長地說著，手指木牌，「你自己看看吧，這不是資產階級和平演變又是什麼？活生生的反面教材呀！」

樊立人唯唯諾諾：「鄒書記，咱們認錯，這就改，這就把它改過來！」

樊立人叫吹火筒從儲藏室搬了梯子，自己一步一步地爬上去。

正待動手取下木牌，忽聽得有人叫道：「樊書記，慢點動手！」

大家回頭一看，見是鄒原回了村委會。

樊立人說：「鄒村長，你爸來了，把我們教育了一番，我們也覺得這塊牌子掛得不妥，把它取下來算了！」

鄒原說：「牌子是我掛上去的，要取，還是由我來取為好。樊書記，你先下來再說吧。」

鄒啟明望著兒子，眼裡射出一股寒冷逼人的光芒。

樊立人下了梯子，推搡著鄒原說：「那你就快點把它摘下來吧，莫惹你爸生氣了。」

鄒原對父親說：「爸，要建展覽室，是我的提議，找人寫字掛牌，也是我一手幹的。爸，你要罵，就罵我吧！」

鄒啟明一字一頓地說：「你是不是認為做得太好了，想在我面前表功？」

「爸，哪能呢？」鄒原儘量把語氣放得平和一些，臉上掛著一副不自然的笑容，「我只是覺得這樣做，會給村裡帶來一些福利。爸，你不是常常教育我要拋棄個人利益，拋開個人恩怨，為人民幹好事、謀幸福的嗎？我就是按你的教導做的呀！」

「老子什麼時候教導你掛這麼個臭牌子了？你這個吃家飯、拉野屎的雜種，認賊做父，簡直是認賊做父呀！」鄒啟明氣得直跺腳。

樊立人、馬大發在一旁勸鄒原算了，莫要惹他老人家生氣發火。

鄒原哪裡聽得進去，他針尖對麥芒地說道：「爸，就因為你們倆過去的一些恩恩怨怨，你便要我們全村人放棄自己的利益，跟著你一起去恨姚一葦。你經常說，一個共產黨員，應該胸懷寬廣、光明磊落，你這樣做，不是太小心眼了嗎？」

即以其人之道，還治其人之身，鄒原知道怎樣對付父親，但他的一番話，實在使鄒啟明徹骨寒心。他氣得渾身發抖，指著鄒原說：「你……你……你這個狗雜種，你出賣……出賣靈魂，出賣紫瓦村的利益，出賣革命，老子算是白養了你這個臭兒子！老子不要你這個兒子，要跟你一刀兩斷！」他罵著，就要衝上前去揍鄒原。

樊立人忙上前拉住鄒啟明；馬大發勸鄒原冷靜一些，莫要這樣對待自己的父親；吹火筒也在一旁勸來勸去。三人將父子倆勸著推往辦公室。

鄒啟明憤怒之至，他乘人不備，從辦公室門彎抄起一根木棒，對準鄒原腦袋，閃電般狠命地劈了下來：「狗日的雜種，老子今天要你的命！狗日的，老子只當沒養你這個兒子，一棒把你收拾算啦！」鄒啟明怒氣衝衝地吼道。

鄒原剛剛落座，根本沒有防備父親的進攻。木棒劈下，他趕緊捂住受傷的腦袋，不認識似的望著父親。望著望著，突然一聲慘叫，就從椅子上栽倒在地。

眾人嚇得目瞪口呆、不知所措。

鄒啟明扔下木棒，仰頭哈哈大笑：「好，打得好，打得好！看你這個狗雜種還狂不狂！」

一陣大笑過後，他俯身望著躺在地下的鄒原，一灘殷紅的鮮血頓時映入眼簾。他慢慢蹲下身子，趴在地下，抖抖顫顫地捧著鄒原那顆雙目緊閉的腦袋，禁不住老淚縱橫，發出一聲揪人心肺的悲慘淒號：「兒啊，我的兒啊！——」

三十七

大家分頭行動，吹火筒騎車去叫草子；樊立人等人趕緊綁擔架，叫了兩個身強力壯的農民，將鄒原抬往鎮上醫院。

草子很快趕到，在鄒原頭頂敷了一堆草藥。

鄒啟明當時撲在鄒原身上，眼前一陣發黑。眾人七手八腳將他扶起，送回家中，從此便病倒在床，一臥不起，奄奄一息。

一行人將鄒原及時抬到醫院，全力搶救，才脫離了危險。

鄒原身體強壯，不過三天，就基本恢復了正常。只是一頭黑髮全部剃光，腦袋的傷口縫了九針才算合攏。他住不慣醫院，堅持要回家。醫生勸阻，他也聽不進去。後來醫生發怒了，才勉強繼續住下。

捱過一個星期，傷口拆了線，鄒原急煎煎地趕回紫瓦村。回家見父親病成這般樣子，又見母消瘦得已如一根枯柴，不禁懊悔不已，悲從中來，淚水漣漣，便與母親一起，老老實實地守在父親身邊。

鄒啟明靠在床頭，每一次呼吸，喉頭都不由得一陣滾動，發出一陣哢哢的聲響。他想咳嗽，又咳不出聲。胸脯艱難地一起一伏，不時發出「哎喲哎喲」的痛苦呻吟。

在鄒原的記憶中，父親是一個堅強不屈的漢子，再痛苦，他也隱忍著，這麼痛苦地呻吟，他還是第一次見到。

「爸，是我的不對，我不應該惹你生氣的……」鄒原在父親耳邊喃喃地懺悔不已。

鄒啟明什麼也說不出，只是艱難地喘息著。母親講，父親自病倒在床，已不能吞咽飯食，每日只能用勺子餵食一點米湯或很稀的稀粥。鄒原便想，父親的日子怕不多了。於是，就匆匆地趕往鎮上，給鄒始拍了一封加急龜報：「父病危速歸」。

一天晚上，陸先生拎了一個包裹來看鄒啟明。他進到裡屋，搬把椅子坐在鄒啟明病床前。坐了一會，陸先生對鄒原母子倆道：「請你們出去一下，我有要緊話跟鄒書記講。」

鄒原見他一副嚴肅認真、鄭重其事的樣子，便拉了母親，一同默默地退了出來，退到堂屋坐下。

陸先生返身關上門，閂嚴，拎了包裹端端正正地站在鄒啟明面前：「老鄒，你還認得我嗎？」

鄒啟明喉頭滾動著，點點頭，算是作答。

「老鄒，你真的認識我嗎？」

鄒啟明望著他，又點點頭。

陸先生解開包裹，拿出一套陳舊服裝，說：「老鄒，你也是快入土的人了，我可不能再瞞著你了呀！」他抖開衣服，是一套二十世紀四十年代的那種藍色學生衫。陸先生脫下外衣，將學生衫穿在身上。然後，又端端正正地站在鄒啟明面前。「老鄒，你認認看，我到底是誰？」陸先生轉過身子，將背影遞給鄒啟明，儘量穩住，往前穩健地邁了兩步，複轉過身來問：「老鄒，認出我來了嗎？」

這時，鄒啟明突然止了喘息，一陣咳嗽後，竟然發出聲音道：「你是……難道你是……」他緊緊地抓住被子，急促地問道：「陸先生，你到底是誰，快告訴我，快，你快點……陸先生，我求求你，我快支撐不住了……」

陸先生湊近他的耳邊，一字一頓地說：「我是姚一帆。」

鄒啟明彷彿恢復了正常，他說：「陸先生，這……怎麼可能呢？你怎麼變成了這副樣子呢？我是一個快死的人了，你不該欺騙我呀……」

「老鄒，我是姚一帆，真正的姚一帆，我不騙你，我從不欺騙你！過去，我沒欺騙你；現在，我也不會欺騙你。老鄒，我永遠不會欺騙你呀！老鄒，不要激動，你聽我說；你躺下，對，就這樣靜靜地躺下，聽我慢慢說來……」於是，陸先生陷入回憶，開始講述自己的過去。

鄒啟明聽完，緊緊地抓住陸先生雙手，又將他的身子扳過來，拼了全身力氣抱緊。他喃喃地說道：「你真是姚一帆，真的是！老姚，我還以為你早就不在人世了呢……我常常想你，懷念你……姚同志，我一直感激你，感激你一輩子。是你，使我走上了革命的道路。不管你後來怎麼樣，但我從來沒有後悔過！我這一輩子，也沒幹出什麼事業，這我心裡很清楚，也沒給紫瓦村和鄉親們謀上好的福利，幾十年支書算是白當了……唉，我有時也後悔，後悔自己沒有幹出起色來。但我對過去的選擇從不後悔！就是讓我從頭再活，我也會選擇共產黨這條革命道路的……姚同志，謝謝你，謝謝你給我帶來了安慰……現在，我也能夠安安心心、平平靜靜地走了……」

陸先生彷彿回到了熱血沸騰的學生時代，他被鄒啟明的真誠，感動得熱淚盈眶。

鄒啟明繼續說道：「姚同志，我這輩子不行了……到了那邊，咱們再會吧！咱們……還要在一起鬧革命。那時候……你就不要再抽腿了呀……」

陸先生聽著，深深地點頭。

鄒啟明說著，身子突然一陣抽搐，發出「啊」地一聲慘叫。

鄒原母親聞聲趕來。

陸先生打開房門，大家一齊看時，鄒啟明已中風偏癱，再也不能言語，不能自由動作，變成了一個不死不活的植物人。

＊＊＊

鄒始接到電報後，與戴潔一同匆匆趕回紫瓦村。

他擔心再也不能見上父親一面了。但他終於見著了活著的父親，感到一絲欣慰。然而，父親已不再有任何知覺，也不再認識他，更認不出未過門的媳婦戴潔了。鄒始想盡盡孝心，將父母接出紫瓦村，接到墨市見見世面的，看來這計畫也落空了。要是父親剛退職那陣，便將他們接去住一段時間就好了。看著父親欲活不成、欲死不能的樣子，不禁更加悲慟。

這時，鄒原接到了姚一葦的回信，他迫不及待地拆開展讀：

鄒原君：

惠書收閱，為君之誠意所深深感動。

愚雖一介老朽，但仍渴望有生之年幹點實事。承蒙父老鄉親厚愛，鄙人願盡所能，為故鄉人民效勞，現擬捐款一百萬元人民幣，作為紫瓦村鄉村建設之啟動資金。至於興辦合資企業之事，我擬明年開春重返大陸探親，相關具體事宜，屆時面談，不知可否？

代向村委會全體官員及鄉親們問候致意！

此頌

秋祈

姚一葦呈

又及：

君之所談籌建姚某展覽室一事，愚以為此舉欠妥。有關寄件，實難從命，望諸官員諒解為盼。

＊＊＊

讀完信，鄒原興奮不已，馬上與樊立人合計，召開了一次有各組組長參加的幹部會議。

鄒原將姚一葦的回信念了一遍，大家不禁議論紛紛：「真是財大氣粗，一捐就是上百萬。」「上百萬，對他姚一葦來說算個什麼，牙縫裡擠出一點也不止這麼多。」「他有的是錢，咱們要多敲他幾個。」「共產黨講政策，怎能亂敲人家？失了信用，就廢了。」「唉，姚一葦不同意建展覽室呢，早知如此，就不會惹出一些是非來了。」「是鄒村長自己多事，結果害得父子倆都倒楣遭殃。」

議論一陣後，樊立人便要大家轉入會議正題，討論姚一葦捐款到位後的支配使用方案。

大家很興備，各抒己見，提出了不少看法。有的說將捐款用於建造村委會；有的說去買電機，建一個發電廠；有的說最好是平均分配發給村民，吃好穿好也是一種啟動……大家各抒己見，莫衷一是。

樊立人高聲道：「我們還是聽聽鄒村長的意見吧。」

姚一葦回信中雖說沒有提及款子的具體運用，但鄒原想到了他們兄弟倆拜訪姚一葦時他說的一番改造紫瓦村的構想。此時，便在會上將那天晚上姚一葦的談話大意複述了一遍，然後說：「捐款的運用非常重要，得用到點子上才行。只有這樣，姚一葦才會對我們的合作產生信任，才會捨得投資大筆資金。如果我們亂花，像有些人說的那樣，搞平均主義，將款子按人頭平均分掉，姚一葦會認為我們是敗家子，會對我們失去信心的，就不會跟我們合資開辦企業了，紫瓦村將失去一次難得的發展機會。我認為，咱們得用這筆錢修一條公路，連接南北兩省。那時候，大家出門辦事、走親訪友，也方便多了，也為紫瓦村今後的發展，打下了紮實的基礎……」

鄒原一番話，說得大家點頭稱是。

時令已是深秋，收割已畢，即將進入冬季，正好趁此時機，修築路基。樊立人要求各組組長回去後做好動員工作，全村將於近日動工修路。

大家頗振奮，皆摩拳擦掌，表示要好好地大幹一番。

回到家裡，鄒原將姚一葦的回信給鄒始看了，又將村委擴大會議的討論決定講了。

鄒始說：「這是一個很好的兆頭呢，只是我們家付出的代價太大了。」

鄒原頓時神色黯然。

鄒始見狀，馬上寬慰道：「哥，這也是沒有辦法的事兒。要奮鬥，就會有犧牲，毛澤東有些話說得還是蠻有道理的。」

鄒原說：「往後去，困難肯定會更多，又不知要付出多大的犧牲。唉，弄不好，我就真的出家去當和尚。」說到這，鄒原摘下帽子，露出了一個電燈泡似的光頭。

戴潔一見，「噗哧」一聲笑了。

鄒始也覺好笑，便道：「你想威脅哪個是不是？」

鄒原一聽也樂了，隨手又將帽子扣在頭上：「砍頭只當風吹帽，不管怎樣，我總不會有砍頭的風險吧？說一千道一萬，現在幹革命還是比過去容易多了。」

戴潔笑得弓腰捧腹：「哥，我說過嘛，你是一個黑色幽默家，這話半點不假。」

鄒原想了想，道：「但願我今後的結局，不是一個黑色幽默。」

鄒始與戴潔在紫瓦村住過幾天，該玩的玩了，該轉的轉了，孝心與義務也盡到了，於是動身返城。

他們深情地與父親道別，父親只是漠然地面對著一切世事。

母親將他們送到屋外，禁不住老淚縱橫，扯著身上的圍腰揩拭不已。

鄒始又將母親送回屋內道：「媽，你就莫送了。有空，俺會回村來看您的。」

鄒原一路長送。他說：「弟，弟媳，下次你們回來，就不必步行了。過幾天，咱們村，就要開工修路了。到時，你們坐車直接到家門口下。」

鄒始鼓勵道：「哥，你一定要沉住氣，好好幹，給咱們紫瓦村人爭光，也算是立了一塊不朽的豐碑了。」

鄒原說：「我決心大著呢，我甚至想，咱們一九九七年收回香港，我就把生意做到那兒去！」

戴潔道：「哥，很好！二〇〇〇年，你就把生意做到臺灣去；二十一世紀呢，就做到歐美去！」

鄒原笑了笑，往上一指道：「謀事在人，成事在天。能不能成，就看老天的意思了！」

大家仰頭望天，碧空如洗，高遠湛藍，一絲雲彩都沒有。

鄒原將他們一直送到鄉裡，送他們搭上一輛去縣城的汽車。

直到客車在鄒原的視野裡完全消失，他才獨自一人返回紫瓦村。

回到城裡，鄒始開始著手創作構思良久的《世紀末》長篇小說三部曲。

「這是一個沒有尾聲的世紀，從舊世紀末向新世紀初的過渡與邁進，猶如門的閉合與開啟，在那短暫的一瞬，將成為永恆的歷史。是否燦爛輝煌，就靠人類自身如何奮鬥，怎樣握持了。」在第一部《世紀末的誘惑》卷首，鄒始如是寫道。

釀小說107　PG2142

世紀末的誘惑
──曾紀鑫長篇小說

作　　者　曾紀鑫
責任編輯　杜國維
圖文排版　林宛榆
封面設計　蔡瑋筠

出版策劃　釀出版
製作發行　秀威資訊科技股份有限公司
114 台北市內湖區瑞光路76巷65號1樓
電話：+886-2-2796-3638　傳真：+886-2-2796-1377
服務信箱：service@showwe.com.tw
http://www.showwe.com.tw
郵政劃撥　19563868　戶名：秀威資訊科技股份有限公司
展售門市　國家書店【松江門市】
104 台北市中山區松江路209號1樓
電話：+886-2-2518-0207　傳真：+886-2-2518-0778
網路訂購　秀威網路書店：https://store.showwe.tw
國家網路書店：https://www.govbooks.com.tw
法律顧問　毛國樑　律師
總 經 銷　聯合發行股份有限公司
231新北市新店區寶橋路235巷6弄6號4F
電話：+886-2-2917-8022　傳真：+886-2-2915-6275

出版日期　2019年4月　BOD一版
定　　價　390元

Printed in Taiwan

國家圖書館出版品預行編目

世紀末的誘惑：曾紀鑫長篇小說 / 曾紀鑫著. --
一版. -- 臺北市：釀出版, 2019.04
面； 公分. -- (釀小說；107)
BOD版
ISBN 978-986-445-323-8(平裝)

857.7 108004457

讀者回函卡

感謝您購買本書，為提升服務品質，請填妥以下資料，將讀者回函卡直接寄回或傳真本公司，收到您的寶貴意見後，我們會收藏記錄及檢討，謝謝！

如您需要了解本公司最新出版書目、購書優惠或企劃活動，歡迎您上網查詢或下載相關資料：http:// www.showwe.com.tw

您購買的書名：________________________________

出生日期：_______年_______月_______日

學歷：□高中（含）以下　□大專　□研究所（含）以上

職業：□製造業　□金融業　□資訊業　□軍警　□傳播業　□自由業

□服務業　□公務員　□教職　□學生　□家管　□其它_____

購書地點：□網路書店　□實體書店　□書展　□郵購　□贈閱　□其他

您從何得知本書的消息？

□網路書店　□實體書店　□網路搜尋　□電子報　□書訊　□雜誌

□傳播媒體　□親友推薦　□網站推薦　□部落格　□其他__________

您對本書的評價：（請填代號　1.非常滿意　2.滿意　3.尚可　4.再改進）

封面設計____　版面編排____　內容____　文／譯筆____　價格____

讀完書後您覺得：

□很有收穫　□有收穫　□收穫不多　□沒收穫

對我們的建議：________________________________

____

____

____

請貼
郵票

11466
台北市內湖區瑞光路 76 巷 65 號 1 樓
秀威資訊科技股份有限公司 收
BOD 數位出版事業部

....
（請沿線對折寄回，謝謝！）

姓　　名：＿＿＿＿＿＿＿＿ 年齡：＿＿＿＿ 性別：□女　□男

郵遞區號：□□□□□

地　　址：＿＿＿＿＿＿＿＿＿＿＿＿＿＿＿＿

聯絡電話：(日)＿＿＿＿＿＿＿＿ (夜)＿＿＿＿＿＿＿＿

E-mail：＿＿＿＿＿＿＿＿＿＿＿＿＿＿＿＿